दूसरा मंगलसूत्र
(कहानी संग्रह)

दूसरा मंगलसूत्र

देवकी भट्ट नायक 'दीपा'

वाणी प्रकाशन ग्रुप
भारतीय ज्ञानपीठ
वाणी प्रकाशन : भारतीय ज्ञानपीठ की पुस्तकों के एकमात्र प्रकाशक एवं वितरक

लोकोदय ग्रन्थमाला : ग्रन्थांक 1537

सजिल्द पहला संस्करण : 2022
सजिल्द दूसरा संस्करण : 2023
सजिल्द तीसरा संस्करण : 2024
सजिल्द चौथा संस्करण : 2025

वाणी प्रकाशन : भारतीय ज्ञानपीठ की पुस्तकों के एकमात्र प्रकाशक एवं वितरक

वाणी प्रकाशन

4695, 21-ए, दरियागंज, नयी दिल्ली-110 002
दूरभाष : 011-23273167, 23275710
ईमेल : sales@vaniprakashan.in
www.vaniprakashan.com

ISBN : 978-81-19014-86-6

मूल्य : ₹ 395

दूसरा मंगलसूत्र
(कहानी-संग्रह)
देवकी भट्ट नायक 'दीपा'

DOOSRA MANGALSUTRA
(Collections of Stories)
by Devki Bhatt Nayak 'Deepa'

आवरण-चित्र : कु. अपूर्वा नाईक

मुद्रक : आर. टेक ऑफ़सेट प्रिंटर्स, दिल्ली-110 032

आमुख

मेरा पहला कहानी संग्रह 'दूसरा मंगलसूत्र' आपको सौंपते हुए मुझे अत्यधिक प्रसन्नता की अनुभूति हो रही है। प्रारंभ से ही मेरी रूचि साहित्य–समाज सेवा में रही है। मैंने इस कार्य को करते हुए समाज को बहुत निकटता से जाना–समझा है। मेरा संवेदनशील हृदय समाज में किसी भी स्तर पर पक्षपात को सहन नहीं कर पाता। मैंने महिलाओं, बच्चों विशेषतया पिछड़े तबके के मध्य एक एक्टीविस्ट के रूप में कार्य किया है। जहाँ अन्याय, अपमान, हिंसा, शोषण, दुर्व्यवहार, दुराचार आदि को देखा भोगा है। उसी की यथार्थवादी अभिव्यक्ति मेरी रचनाओं में कल्पनाशीलता के साथ–साथ हुई है। जो पात्र मन में टीस पैदा करते और आन्तरिक बेचैनी के साथ पीड़ा देते वे कहानी में रूपायित हो जाते।

मेरे चाचाजी श्री टी.आर.त्रिपाठी जैसे वरिष्ठ साहित्यकार के मार्गदर्शन में मैंने लिखना प्रारंभ किया। उनके प्रयास से मैं गोष्ठियों में जाने लगी। उनका आभार मैं हृदय के अन्तस्तल से करती हूँ। कवि समीक्षक श्री महेन्द्र सिंह का सहयोग प्रोत्साहन व मार्गदर्शन भी मुझे सदा मिला, मैं हृदय तल से उनकी आभारी हूँ। वरिष्ठ कवि समीक्षक प्रो. दिनेश अत्री, श्री उमाकान्त मिश्र, श्री मुन्ना शुक्ला एवं अन्य सहयोगियों की सदा आभारी रहूँगी जिन्होंने मेरी रचनाओं को पढ़ने और संशोधित करने में अमूल्य समय दिया और मुझे पुस्तक प्रकाशन के लिए बारंबार प्रेरित किया।

वरिष्ठ कथाकार समीक्षक स्व. श्री महेन्द्र फुसकेले, कवि स्व. निर्मलचंद निर्मल और समीक्षक स्व. डॉ. संतोष कुमार तिवारी ने सदैव मुझे प्रोत्साहित किया उनके आशीर्वचन सदैव मेरा मार्गदर्शन करते रहेंगे। उनका भी आभार व्यक्त करती हूँ।

मेरी तीनों बेटियाँ डॉ. दिव्या नाइक, सहा–प्राध्यापक ऐश्वर्या नाइक और कु. अपूर्वा नाइक ने मुझे लगातार लिखने को प्रेरित किया और मेरा आत्मविश्वास बढ़ाया और सहयोग दिया। छोटी बेटी अर्पूवा ने मेरी कहानियों के संशोधन किए और आवरण चित्र बनाया। मैं तीनों बेटियों की हृदयतल से आभारी हूँ। मैं अपने स्वर्गीय माता–पिता के मांगलिक आशीर्वाद की सदा ऋणी रहूँगी। मैं अपनी मातृभूमि

देवभूमि उत्तराखण्ड व कर्मभूमि सागर के कण-कण की आभारी हूँ।

भारतीय ज्ञानपीठ प्रकाशन, श्री दिनेश भटनागर जी के प्रति आभार व्यक्त करना मेरा परम कर्त्तव्य है कि उन्होंने अल्पसमय में पुस्तक को आकार देने में अपना सहयोग किया।

साहित्यिक सुधी समाज से अनुरोध करती हूँ कि यह मेरा प्रथम कहानी संग्रह है। आप इसमें जो कमियाँ त्रुटियाँ देखेंगे और बतायेंगे। मैं उन्हें स्वीकार करते हुए अपनी कहानी यात्रा जारी रखूंगी। इसी विश्वास के साथ-

दिनांक : 27/12/2021

विनीत

-देवकी भट्ट नायक 'दीपा'

अनुक्रम

बाघिन

उत्तराखण्ड की उत्तुंग पर्वत श्रृंखलाएँ, कहीं अटे-पटे ऊँचे-नीचे वृक्षों के पातल (जंगल) कहीं हरी-भरी घास का डाँणा (जंगल)। इन पहाड़ों का सौन्दर्य देखते ही बनता है। इन डाँणों में घश्यारिनों (घसियारिनों) के झुण्ड के झुण्ड घास, काटने में ऐसे जुटे रहते जैसे भूखे जानवर हरी घास पर टूट-पड़ते हैं। ये घश्यारिनें कोई श्रमिक मजदूर नहीं...संपन्न परिवारों की गृह लक्ष्मियाँ होती हैं। इनमें से अधिकांश के पति या बेटे... फौज में नौकरी कर रहे होते हैं। इन महिलाओं को ही घर, परिवार, बच्चों, जानवरों और खेती किसानी के काम करने होते हैं। उत्तराखण्ड की ये महिलायें, औरत और आदमी दोनों की जिम्मेदारी निभाती हैं। इनके हाथ प्रतिदिन लगभग 15 से 18 घंटे चलते रहते हैं। इन पहाड़ी औरतों का जीवन श्रमिक महिलाओं के जीवन से कम दुश्कर नहीं होता। ये महिलायें सहनशील, मेहनती, साहसी और ईमानदार होती हैं। साल-भर परदेशी पति का इन्तजार करते हुए माँ, बहू, बेटी, पत्नी का कर्तव्य निभाते हुए खुशी से सारे दुःख दर्द सहकर बच्चों की परवरिश करती हैं।

मंगशीर (अगहन) महीने के दिन मुझे दम लेने की फुरसत न थी। सबेरे से घर की सफाई लिपाई, जानवरों के गोठ से गोबर निकालना, घर और गोठ के लिए नौला (बावड़ी) से पानी भरना, बच्चों को नहलाना, धुलाना, कपड़े धोना, खाना बनाने, खिलाने में दोपहर बीत गई थी। तब पड़ोसन घश्यारिनों के साथ घास काटने डाँणा (जंगल) के लिये निकल पायी थी। साथी घश्यारिनों के झुण्ड के साथ मैं भी जल्दी - जल्दी हाँफते हुए घास काट रही थी। मुझे शाम होने से पहले चार पूले (गट्ठे) काटने ही थे। चार जानवर भूखे जो गोठ में बँधे थे। मैंने आँसी (हँसिया) और तेज-चलाना शुरू किया। अंधेरा होने से पहले डाणां से निकलना भी जरूरी था। अंधेरा होते ही जंगल के राजा का स्वच्छंद विचरण शुरू हो जाता था। आये दिन घटनायें होती रहती थी। कभी किसी को दबोचा कभी किसी को मारा। मेरे जेठीजी (जेठजी) गाँव के सरपंच और जंगल के चौकीदार थे। आपात स्थिति में जेठीजी ही अपनी दुनाली बन्दूक और हथियारबंद आठ-दस लोगों के साथ मशाल जलाकर जंगल में प्रवेश कर पाते थे। कभी-रात बेरात जंगल में कोई इंसान या जानवर छूट जाता तो जेठी जी ही उसे बचा

पाते। जेठीजी की सख्त हिदायत थी कि शाम होते ही डाँणा–पातल छोड़ दें। चाहे काम पूरा हो न हो अपने घर लौट आयें।

कभी जाने अनजाने लोग जंगल में रह ही जाते दुर्घटनायें हो जाती। घर पर भैंस, गाय, बैल और बछिया चार जानवर बँधे थे। बेचारे निरीह जानवर रात भर भूखे कैसे रहेंगे? मेरी घास काटने की रफ्तार तेज हो गई; दनादन काटे जा रही थी। चार पूले करके ही रहूँगी–समय पंख लगाकर उड़ा जा रहा था। अंधेरा होने को था। मेरे चार पूले हो गये। मैंने झटपट पूले समेटे और जल्दी निकलने की हिदायत सभी को दी। एक-एक करके हम सातों घश्यारिनें पीठ पर पूले बाँधे, गर्दन झुकाये पगडंडी पर एक दूसरे के पीछे तेजी से भागते हुए चल पड़ीं। हमें तीन किलोमीटर पैदल–चलकर गाँव पहुँचना था। जिसमें एक किलोमीटर डाँणा और दो किलोमीटर पातल वाला रास्ता–पार करना था। पिथौरागढ़ शहर से ढाई कि.मी. की दूरी पर मेरा गाँव बड़ोली बसा है। पिथौरागढ़ से डिग्री कॉलेज के लाल मैदान को पार कर ढलान के बाद एक नदी आती है। नदी पार कर सीढ़ीनुमा खेतों के बीचोंबीच सपाकज़र पगडंडियाँ आती हैं। यहाँ सदा मौसमी फसलें गुलजार होतीं हैं। कभी धान के लहलहाते खेत, कभी सरसों फूले बसंती रंगों में डूबी धरती, कभी गेहूँ की हरियाली ओढ़नी ओढ़े जमीन। हर आधे कि.मी. में रंगीन चिंदियों और घंटियों से पेड़ों पर बँधे प्रतीक चिन्हों ने पेड़ों को ही मंदिरों का प्रतिरूप बना दिया था। यह पहाड़ी लोगों की आस्था और देव भूमि के रास्ते की पहचान है। मुसाफिर इन पेड़ों को दण्डवत कर घंटी बजाकर ही आगे बढते।

आस्था की घंटी बजा कर आगे बढ़ने पर मेरे गाँव की पहाड़ की ऊँची–ऊँची चोटियाँ चारों ओर मुँह बाए खड़ी हैं जैसे हाथ जोड़कर आपका अभिवादन कर रही हों। पहाड़ों से घश्यारिनों के गले से फूटते मधुर बिरहा कुंमावनी गीतों के बोल, गाय–बैलों के गले में बंधी घंटियों का स्वर, एक मनोहर सिम्फनी निर्मित करता है। कहीं कोई बिरहन घश्यारिन दूर देश गये अपने प्रियतम को याद कर गा उठती है–"हिच्च–हिच्च बाटुली लागणी, म्यारा खुटी किम्मोडी लागणी, ओ इजु हाय को छै समझूणां"। (बार–बार हिच्च–हिच्च हिचकी लग रही है। मेरे पैरों में कांटे चुभ रहे हैं। ओ माँ कौन है इधर मुझे समझाने वाला) ऐसा प्रतीत होता जैसे बिरहिन की तड़प पहाड़ों को साक्षी बना रही हो। दिन का यह सुहावना दृश्य रात होते ही भयानक हो उठता। खेतों के दूसरी तरफ गाँव बसे हैं जिसमें सबसे पहले राजपूतों का गाँव पौंण दिखाई देता है। बड़े–बड़े ऊँचे दुमंजिले तिमंजिले पक्के मकान की पंक्तियाँ लगभग एक हजार घरों का गाँव, दूसरी तरफ कच्चे छोटे, एक मंजिला मकानों का वीरान सा हरिजन गाँव जिसका नौला (बावड़ी) भी खुला रहता। राजपूतों एवं बामनों के गाँव के नौलों के ऊपर मंदिर जैसा गोलाकार गुम्बद बना होता था। यहाँ पर गरीब से गरीब का घर भी एक मंजिला होता जिससे जंगली जानवरों और ठंड, बर्फ से बचाव हो सके । तलघर घास–लकड़ी रखने के काम आता। पहली मंजिल में लोग रहते थे। इन दोनों गाँवों के सामने की नदिया के पार पहाड़ी की गोद में बसा गाँव जैसे होलिका की गोद में प्रहलाद, हमारा बडोली गाँव

है। इसमे लगभग सौ घर होंगे। जिसमें सबसे ऊपर बायीं तरफ सबसे बड़ा हमारा घर था। जिसके सामने पत्थरों से पटा आँगन और चारों ओर बैठने की ऊँची भींण (पत्थर की छोटी दीवार) बनी थी। यहीं से बायीं ओर का रास्ता थोड़ी दूर जाकर ऊपर जंगल की ओर और दूसरा नीचे गाँव की ओर जाता था। तीज त्यौहार और पंचायत में लोगों की यहीं बैठक होती थी।

अभी हम लगभग आधा कि.मी. ही चले होंगे कि बदकिस्मती से मेरी पीठ पर बँधे पूले खुलकर बिखर गये शायद जल्दी में मैंने ठीक से नहीं बाँधे थे। मैं घबरा गई हड़बड़ा कर पूले समेटने लगी। पता नहीं आज किसका मुँह देखा, तभी मेरे पीछे चल रही काखी सास (चाची सास) मेरी दयौरानी (देवरानी) निर्मला से बोली–तुम चारों लछ्मा के लिए रूको हम तीनों उमर वाली निकलती हैं। हमें अंधेरे में पातल बिल्कुल दिखाई नहीं देता'' कहते हुए उत्तर की प्रतीक्षा किए बिना निकल गईं। उनके निकलते ही कुछ पल में ही निर्मला बोली–''दीदी छोटी लड़की रो रही होगी, आप तो जल्दी-जल्दी चलकर आ जाओगी'' कहकर वह भी निकली। उसके जाते ही मुझे कुछ कहना ही नहीं आया मैं और हड़बडा गई। एक-एक कर सब बहाना बनाकर चली गई। मैं रूआंसी होकर उन्हें जाते देखती रही। पूले बाँधते-बाँधते भी मैंने कितनी बार अनुनय-विनय किया था। सभी मेरी करीबी रिश्तेदार थीं। मैं कितनी ही दफे आड़े वक्त में सबकी मदद कर चुकी थी। अब मैं घने डाणां में शाम के समय अकेली रह गई थी। जैसे तैसे पूले बांधकर पीठी लगाये झटपट बढ़ने लगी, मुँह अंधेरा हो चला था। मन में शंकायें कुशंकायें फन फैला बैठी थी। सब पर गुस्सा और खीझ आ रही थी। सात में से एक भी नहीं रूकी उनको लगा भी नहीं मुझे अक्ले छोड़ दिया घने डाँणा में, मेरी जिठानी को पता चल जाए कि ये सब मुझे अके ला छोड़ गई हैं तो वे सबकी खबर लेंगी और अभी जेठीजी को भेज देंगी। मालूम नहीं डर के मारे अभी जिठानी को बताती भी हैं या नहीं। कम से कम काखी सास को तो घर पहुँचकर सब सही-सही जिठानी को बता देना चाहिए था। कम से कम जिठानी तो मुझे लेने भेजती।

मेरे पति मिलेट्री में नौकरी करते हैं। मेरे जेठीजी और तीन दयौर (देवर) गाँव में ही खेती किसानी करते है सबकी शादी हो गयी तो घर में जगह कम पड़ने लगी। पुराना मकान छोटा था। तब ससुर जी ने मेरे पति से कहा ''बेटा तू तो नौकरी में बड़ा अफ सर बन गया है अपने लिए घर बना ले, छोटे भाईयों की भी मदद करना, ये तो बेरोजगार हैं। ये इसी घर में रहेंगे। तू इस घर में हिस्सा न लेना'' मेरे पति ने कहा-''पिताजी कैसी बात करते हैं? इस घर को भी ठीक करा लेते हैं। मैं अलग से भी बना लूँगा। जो मेरा वो मेरे भाईयों का'' तब पुराने घर को ठीक करा कर छोटे भाइयों को सौंप दिया और जेठीजी से कहा दादा आप मेरे घर का पूरा काम कराओ मैं तो सालभर बाद ही आ पाऊँगा। जेठी जी ने घर बनवाया मेरे पति प्रति माह मनीआर्डर करते। कितना पैसा लगा, मुझे कुछ नहीं पता? घर बनकर तैयार हो गया। मेरे पति छुट्टी पर आये। गृह प्रवेश हुआ। हम नये घर में पहुँचे तब मेरा एक छोटा बेटा था, जेठीजी का बेटा गणेश ग्यारह वर्ष का

था। मेरे पति उसे जी जान से चाहते थे वे गणेश को भी हमारे ही साथ ले आये। दूसरे दिन मेरे पति जेठीजी से बोले "दादा मैं अकेला इतने बड़े घर में न रहूँगा। मेरे जाने के बाद लछमा अके ली छोटे से बच्चे को लेकर कैंसे रहेगी? आप भी चलो भाभी को मैं ले चलता हूँ। गणेश और मेरे बेटे में क्या फरक है? मैं आधा घर गणेश के नाम कर देता हूँ। आगे भी कोई समस्या न होगी। तभी से मैं जेठ जिठानी के संरक्षण में रहती हूँ। आधे में उनका परिवार रहता है ससुर के स्वर्गवास के बाद अब भी मनीआर्डर जेठीजी के नाम आता है। मुझे आज तक नहीं मालूम कि कितना रुपया आता है बस मेरे खर्चे को कुछ रुपये जिठानी मुझे दे देती है और कहती हैं कि कम पड़े तो बता देना।" बच्चे छोटे थे मैं कभी बाजार जा न पाती। सो मेरा उतने रुपयों से हो जाता, कभी रुपये देकर जिठानी से कह कर बच्चों का जरूरी सामान जेठीजी से मंगवा लेती थी। मैंने कभी जेठीजी से बात नहीं की, ससुर जी से बात कर लेती थी। जेठीजी का हमारे यहाँ बहुत परदा होता जिठानी के माध्यम से ही बात होती थी। उनका मैं बहुत कायदा करती थी।

हाथ में आँसी, पीठ पर पूले, सिर में पूलों की रस्सी बाँधे मैं सतर्क हो कर भगवान का नाम जपते-जपते सरपट भागी जा रही थी। अंधेरा मुझसे तीव्र गति से बढ़ रहा था। मेरे पंख होते तो उड़कर बच्चों के पास पहुँच जाती। हे इष्ट देवी चंडिका...हे भवानी... हे सैंम ज्यू (शंकरजी) रक्षा करना। मैं सकुशल मेरे बच्चों के पास पहुँच जाऊँ। अब डाँणा खतम होकर पातल शुरु होने वाला था। आगे का तिराहा आते ही पातल शुरु हो जायेगा। पातल ऊँचे-ऊँचे पेड़ों से अटा पड़ा था। घना इतना कि उसमें से चाँद और सूरज की किरणें भी छनकर लुकाछिपी खेलती आती थी। अंधेरी रातों में बिना मशाल, लालटेन या टार्च के उसे पार करना हँसी खेल न था। भगवान का शुकर है कि अभी मुँह अंधेरा था।

तभी तिराहे की तरफ से दनदनाकर चलने की आवाज से तन्द्रा टूटी। मैंने अचंभित सिर उठाकर सामने तिराहे की ओर देखा। मेरे सामने दो कदम के फासले पर ठीक तिराहे पर एक बड़े बछड़े के बराबर बूटेदार जानवर खड़ा मेरी ओर कंची सी भूरी चमकीली आँखों से एकटक देख रहा था। मेरे पैरों तले जमीन खिसक गई...दिल धक से रह गया... दो पल को जैसे सब थम गया हो...। मैं आश्चर्य चकित उसे तकती रह गई। उसकी आँखों के तेज से मेरा पूरा शरीर सूखे पत्ते सा थर-थर कॉपने लगा। मेरे रोंगटे खड़े हो गये। खड़े रहना कठिन हो गया लगा अब गिर पड़ूँगी जिससे बचने की दुआ कर रही थी वही सामने है: ऐसी मौत होगी मेरी?

तभी गाँव के बड़े बुजुर्गों के शब्द मेरे दिमाग में गूँजे -"अगर कभी बाघ सामने पड़े तो उससे नजरें मिलाकर रखो, नजरें चुराईं तो वह हमला कर देगा। जितनी देर तक आँख मिला सको; मिलाओ, पलकें मत झपकाओ...ओ ईजु (ओ माँ) ओ बाज्यू (पिताजी) तो ये बैरी बाघ है... तो आज मैं बाघ के हाथ पड़ गई। ये मुझे नहीं छोड़ेगा अब बस झपट्टा मारेगा। यमराज दो कदम के फासले से मुझे देख रहा है।

तभी मेरे अन्दर अलौकिक शक्ति का संचार हुआ। वो मुझे मैं उसे आँखों में आँखें

डाले देखते रहे, जितनी देर तक मैं बिना पलक झपकाये देख सकती थी। मेरा पूरा शरीर कड़ाके की ठंड सा कांप रहा था। शरीर में रोंगटे खड़े हो गये थे। साक्षात् मौत मेरे सामने खड़ी थी कुछ भी नहीं सूझ रहा था...बस एक पल में मेरा काम तमाम... पता नहीं कौन सी शक्ति मुझे गिरने नहीं दे रही थी... आखिरी वक्त मुझे मेरे तीनों बच्चे याद आये जो घर पर बिना दिया-बत्ती के अंधेरे में ही मेरे घर लौटने का इन्तजार कर रहे होंगे। मेरे समय से घर न लौटने की कितनी बड़ी लापरवाही के लिये जेठानी मुझे बुरा-भला कह कर बच्चों के सामने लालटेन जलाकर रख गई होंगी। दुध मुँही बेटी भूखी रोती बिखलती होगी उसे क्या पता कि आज उसकी माँ उसे दूध नहीं पिला पायेगी? हे देवी माँ मुझे आज घर तक पहुँचा दे।

मरता क्या न करता, मन में विचार आया, नीचे लकड़ी या बड़ा पत्थर मिल जाये तो मैं इसे मारूँ ये विचार मन में आते ही मैंने नजरें उस पर जमाए रखकर ज्यों ही हाथ नीचे किया दनादन दौड़ने की आवाज हुई मुझे लगा वो मुझ पर झपटा... मैंने देखा वो वापस जा रहा था। मेरी जान में जान आयी, अपने को सम्भाला जै माता जै सैम ज्यू भवानी माँ अभी तो बैरी चला गया पर अब तो पातल में और ज्यादा अंधेरा है शायद अभी जानबूझकर छोड़ गया है। वापस आकर पातल में पीछे से हमला करेगा। पता नहीं कहाँ छिप कर बैठेगा, मैं तो देख ही नहीं पायी किस ओर गया है?

जहाँ मौत से सामना हुआ वह तिराहा तीन पगडंडियों को मिलाता था। मैं देख नहीं पायी वह किस रास्ते पर गया है? जहाँ मुझे जाना था उसमें या दूसरे रास्ते में, खतरा दोनों में था। यदि दूसरे रास्ते में गया है तो वापस आकर पीछे से हमला करेगा। यदि उसी पगडंडी पर गया है जहाँ मुझे जाना है तब वह रास्ते में फिर मुझे मिलेगा और सामने से झपटेगा। पीठ पर चार पुले हैं, वो पीछे से झपटेगा तो क्या कर पाऊँगी? एक एक पल जीवन पर भारी था। मासूम बच्चों के चेहरे आँखों में घूम रहे थे। हे इष्ट देवी रक्षा करना। मैं पूरी ताकत इकट्ठा कर हाथ में आँसी को मजबूती से थामकर सतर्क होकर फिर से जल्दी-जल्दी चलने लगी। पातल में पगडंडी के दोनों तरफ ऊँचे-ऊँचे सल्ला, बाँज, देवदार, काफल, चीड़ के पेड़ थे ऐसा संयोग हुआ कि चाँद निकल आया था। पेड़ों के पत्तों के बीच-बीच में से सूत-सूत दूधिया रोशनी छनकर पगडंडी में पड़ रही थी। जिससे पगडंडी का रास्ता दिख, छिप रहा था।

हर कदम पर मौत थी वह कभी भी पीछे से हमला कर सकता था। फिर भी मैं पूरी जान लगाकर पूरी ताकत से पैरों को आगे धकेल रही थी। मैंने ठान लिया था अब मरना ही है तो मैं अंतिम सांस तक लडूँगी। मेरा एकमात्र हथियार घास काटने वाली आँसी और घास के पूले ही थे। मैं आँसी से ही उस पर हमला करूँगी। मैं लडूँगी अपने बच्चों के लिए मुझे जीवित रहना है। जरा सी कट-चट की आवाज से दिमाग में खतरे की घंटी बज जाती। भय, रहस्य और आस्था के अँधेरे धुँधलके, कुहरे में लिपटी पातल की खामोशी। पल-पल मौत का अंदेशा बना हुआ, पता नहीं कब मौत आगे या पीछे से हमला कर दे। हर पल मुझे लगता अब हमला हुआ। कोई शक्ति मुझे जल्दी-जल्दी

भगाये लिए जा रही थी। जरा सा पत्ता हिलता तो जान निकल जाती। पातल एकदम स्तब्ध गुपचुप जैसे नजर गड़ाये मौत को आते–देख रहा था। वह सहमा हुआ निरीह पर उसके हाथ में कुछ न था। मैं तीनों बच्चों के अनाथ होने के डर से पूले बिखरने के उस पल को कोस रही थी। बेटी भूखी रो रही होगी तभी तो छाती भर आयी थी। मैं किसी भी तरह बच्चों के पास पहुँचना चाहती थी।

जैसे–तैसे पातल का दो किलोमीटर का रास्ता पार हो गया। अब मैं अपने घर से थोड़ी ही दूरी तक आ पहुँची थी। अब जंगल खतम और गाँव की समतल जमीन आ गई थी। मुझे पता था कि अभी भी खतरा टला नहीं है। गाँव के लोग घरों के अन्दर जा चुके थे। पिछली बार तो मेरे घर के आँगन से बाघ बछिया उठा ले गया था। आवाज सुनकर सब दौडे, जेठीजी अपनी दुनाली भरकर भागे तब तक बछड़े को खींचकर जंगल में ले जा चुका था। कहीं ऐसा न हो कि घर के इतने पास आकर मुझे बछड़े की तरह खींच ले जाये। हे इष्ट देव रक्षा कर जब यहाँ तक पहुँचा दिया है तो घर तक भी पहुँचा दे। हमारे घर के चाख (बैठक) में बाघ, बारहसिंगा, शेरों की खाल टंगी थी। एक शेर की खाल में भूसा भरकर शो पीस बना कर रखा था। मेरे पति और जेठीजी ने इनका शिकार किया था। सरकार ने दोनों को सम्मानित किया था।

तभी पीछे से एक जोर का झटका लगा। जैसे मुझे कोई...घास के पूले सहित खींच रहा हो। ओ–तो बाघ बैरी...आ ही गया...ये मुझे घर के, बच्चों के, इतने करीब से दबोच ले जायेगा...नहीं...मैं जोर से चीखी; भय और क्रोध में थर्रा देने वाली जोर–जोर की चीख मेरे गले से निकली बचाओ...और मैंने पूरी ताकत से हाथ में पकड़ी आँसी से पीछे वार किया। कट की आवाज के साथ एक चीख निकली...उससे मेरी पकड़ ढीली हुई मैं पुनः वार करने आँसी ऊपर उठाये पीछे घूम गई...पर वहाँ कोई न था?

अगर वह बाघ था तो मैं भी बाघिन थी!

आर्डर

घंटी बजते ही रामप्यारी बाई ने रोटी बनाते हुए ब्लाउज में घुसा मोबाइल निकालकर कान में लगाया...बाई बड्डो आर्डर है रात के 11 बजे उतई पहुँचने हैं...समझ गई...टैम पे आ जइयो। ''हऔ आ जै हैं टेम पे'' वह बोली और मोबाइल वापस उसी जगह रखकर जल्दी-जल्दी रोटी सेंकने लगी।

बच्चों से बोली ''तुमोरें गरम रोटी खा लेओ, बाप के आबे के पैल, ओके आबे पे कोउ खा न पे है। ओके लाने बना के धर जे हैं। मो खों जाने हैं।''

तभी बदबू के झोंके के साथ राधेश्याम गालियों की बौछार करता कमरे में घुसा। ''जाओ खसमों के फोन आन लगे हैं, उलात कर। तू काम करबे नईं, छिनाली करबे जात है।''

घबराहट में हाथ से रोटी छूटते-छूटते बची। आज फिर मैं रोटी न खा पाई हों। रात भर भूखों मरने पड़ है। दो चार रोटी और थोप दें ये खों... जीबो हराम कर दओ है ए ने तो...मुँह बन्द होने नई हैं...मैं तो बस ज्या हाथ की रोटी सेंक के निकल जात हूँ। ये खों बकने दो।

गालियों को अनसुना कर रामप्यारी झटपट निकलने की सोच रही थी। राधेश्याम के मुँह से गालियों की झड़ी बन्द होने का नाम न ले रही थी। वह तेरह वर्षीय बेटे और बेटियों के सामने रोज की तरह अश्लील गालियाँ देकर पत्नी के चरित्र की धज्जियाँ उड़ा रहा था।

रामप्यारी बिना खाये हाथ धोकर घर से निकलने को हुई। तभी राधेश्याम ने उसे भद्दा सा व्यंग्य किया। पुनः गालियाँ देना शुरू की। जाते-जाते वह तैश में आकर बोली ''हम छिनाली करत हैं तो मोरी कमाई काए खों बैठे-बैठे खा रओ है। ठेला काय नई लगात? मोखों कौन शौक परो है? रात भर आर्डर पै जाकें ऐसी-तैसी कराबे खों।''

रामप्यारी के शब्दों ने आग में घी का काम किया। नशे में बौराया राधेश्याम बौखला उठा ''साली जुबान चलाती है...'' ''जबाब देती है...'' ''बताता हूँ'' कहकर बीबी पर टूट पड़ा। लात-घूसों की झड़ी लगा दी। वह मार खाती रही पर टस से मस न हुई। हमेशा की तरह दोनों बच्चियाँ डरी सहमी रोती रहीं। बेटा भी जो हमेशा माँ को

बचाता था आज मूक दर्शक बना माँ को पिटता हुए देखता रहा। रामप्यारी रोते-सिसकते बोलती रही ''हओ जान से मार डारो...मारइ डारो...और मारो...।''

उसके हाथ-पाँव तभी रूके जब वह थक गया। अधमरी रामप्यारी में अब अपनी जगह से हिलने की भी हिम्मत न बची थी।

राधेश्याम चाँदपुर गाँव का रहने वाला था। वह सरेड़ी गाँव के पास एक बीड़ी फर्म में चौकीदारी करता था। वहीं सर्वेन्ट क्वार्टर में रहता था। सोलह साल की सांवली मझोले कद काठी की गोल-मटोल रामप्यारी और उन्नीस बरस का गोरा चिट्टा राधेश्याम के दाम्पत्य जीवन की शुरूआत बिड़ी फर्म के सर्वेन्ट क्वार्टर में हुई थी।

राधेश्याम रामप्यारी का जीवन सुखपूर्वक बीत रहा था। नवमें माह में रामप्यारी ने सुन्दर बच्चे को जन्म दिया। उनकी खुशी का ठिकाना न रहा। राधेश्याम ने फर्म में मिठाई बांटी। समय पंख लगाकर उड़ता रहा। उसी घर में अगले तीन वर्षों में रामप्यारी ने दो बेटियों को जन्म दिया। राधेश्याम कहता मोड़ा-मोड़िन को खूब पढ़ाने लिखाने हैं। चार साल के होने पर सभी बच्चे स्कूल जाने लगे। दूसरी बच्ची के बाद रामप्यारी ने टी.टी. ऑपरेशन भी करा लिया। एक पक्के कमरे का सर्वेन्ट क्वार्टर, सामने पानी का हैंडपंप, वहीं पक्का शौचालय, स्नानागार भी बना था जिसमें राधेश्याम का परिवार आराम से रहता था। पास के सरेड़ी गाँव में कुछ गिने-चुने घर ही पक्के थे। जिनमें शौचालय और स्नानागार बने थे। अधिकांश ग्रामवासी खुले में शौच जाते थे। इसीलिए रामप्यारी का घर उसे महलों से कम न लगता। उसे घर से दूर बाहर किसी चीज के लिए न निकलना पड़ता।

अचानक मंदी का दौर आया। सरेड़ी गाँव बीड़ी श्रमिकों की बस्ती थी। यह हरिजन बाहुल्य गाँव था। जिसमें बीड़ी श्रमिक, बेलदार, मिस्त्री, धोबी, नाई, ड्राइवर, स्वीपर, खेतिहर मजदूर और सब्जी वाले तक सभी मेहनत कश ग्रामीण रहते थे। महिलाओं का मुख्य पेशा बीड़ी बनाना था। गत 35-40 वर्षों से बीड़ी श्रमिकों की मजदूरी में कोई वृद्धि नहीं हुई थी। जिसके लिए कई आन्दोलन हो चुके थे। पर सत्ता पक्ष के सिर में जूँ भी न रेंगी थी। मजदूर बेहाल थे।

उन्हीं दिनों सरकार की एक योजना आयी जिसमें बीड़ी उद्योग चरमरा गया। राधेश्याम की फर्म बन्द हो गई। उसे सर्वेन्ट क्वार्टर छोड़कर सरेड़ी गाँव में कच्चे कमरे में आना पड़ा। अब सबको खुले में शौच जाना पड़ता। नहानी भी पुरानी धोती बांधकर बनायी गई। सरेड़ी गाँव का एकमात्र सहारा बीड़ी मजदूरी बन्द हो जाने से गाँव बदहाल हो गया।

राधेश्याम की नौकरी जाने से विकट समस्या खड़ी हो गई। पाँच प्राणियों का पेट कैसे भरा जाए? राधेश्याम को और कुछ काम आता न था सो बेलदारी करने लगा। वह न मिली तो जो भी काम मिलता वही करता। काम तो काम है छोटा बड़ा कुछ नहीं होता। प्रतिदिन सबेरे साढ़े आठ बजे काम ढूँढने निकलता और दो तीन घंटे यहाँ वहाँ भटकने के बाद हैरान परेशान घर वापस लौट आता। ऐसी मन्दी का दौर था कि निम्न

मध्यम वर्ग की स्थिति चरमरा गई थी। ऐसे में रामप्यारी ने पति को हिम्मत बँधायी। जो भी उसने जमा कर रखा था उससे घर का खर्च चलाती रही। फिर घरों में झाड़ू-पोंछा करने जाने लगी। पापी पेट का सवाल था।

जब कभी राधेश्याम को काम मिलता तो करता। न मिलता तो घर लौटकर घर में बैठा रहता। पत्नी घरों में झाड़ू-पोंछा करती वह घर पर बैठा रहता। करे तो करे क्या?

सड़ेली गाँव इस इलाके का सबसे प्राचीनतम गाँव था। छोटे-छोटे कच्चे मकानों की बेतरतीब पंक्तियाँ, बीच में कुछ पक्के बड़े मकान, घना मुहल्ला जान पड़ता। बीच-बीच में पगडंडियाँ और उसके दोनों तरफ इमली, आम, बबूल, कैंथ, अमरूद के गिने-चुने वृक्ष थे। पक्के घर सरपंच या बड़े लोगों के थे। जिनके घरों में शौचालय थे।

गाँव के बीचों-बीच चार वर्ष पूर्व ही शराब की दुकान खुल गई थी। दुकान के सामने बंजर सरकारी भूमि पड़ी थी जिसमें सुबह-शाम गाँव के लोग लोटा लिए निस्तार को जाते थे।

लगभग पाँच हजार की आबादी वाले इस गाँव में कई प्रयासों के बाद एक सुलभ शौचालय बना था। जो इस गाँव की आधी आबादी को भी नाकाफी था। उस पर भी कुछ शरारती तत्वों की नजर पड़ गई। एक वर्ष भी न बीत पाया था। उसके दरवाजे निकल गये। टंकी में पानी की सप्लाई बन्द कर दी गई। अब तो यह गाँव औरतों के लिए नरक से बदतर था। नई नवेली दुल्हन एवं किशोर लड़कियाँ वहाँ मुँह अंधेरे लोटा लेकर जातीं, पर टंकी में पानी न होता और दूर से ही बदबू से सिर भन्ना जाता। शराब की दुकान खुल जाने से महिलाओं को निस्तार के लिए वहाँ आने में शर्मिन्दगी और अपमान का अनुभव होता। आये दिन शराबियों द्वारा महिलाओं से बदतमीजी करने की वारदातें भी होने लगी।

उन्हीं दिनों दक्षिण भारत से एक लोन बाँटने वाली कंपनी आयी। वह कंपनी गाँव की महिलाओं का समूह बनाकर उन्हें लोन बांटने लगी। समूह बनाकर लोन देने से कंपनी को लोन उगाने में परेशानी न होती। यदि कोई एक महिला लोन नहीं चुकायेगी तो समूह की बाकी महिलाओं को मिलकर लोन की शेष रकम चुकानी होगी।

गाँव की अधिकांश महिलाओं ने पाँच से बीस-तीस हजार तक लोन उठा लिया। किसी ने शौचालय बनवाने, शादी-ब्याह, दस्टोन, लगुन, दुकान, घर बनवाने, दिन-तेरहवीं करने, बर्तन लेने आदि के लिए लोन ले लिया जिसकी प्रति सप्ताह नियत दिवस पर किश्त चुकानी पड़ती थी।

एक दिन राधेश्याम बीबी से बोला "तुम सोइ अब दसक हजार रूपैया लोन लै लो। अपन एक हाथ ठेला खरीद लें हैं। सब्जी को धन्धों कर हैं सो रोज की आमदनी होन लग है।"

पति की बात उसे भी जम कई। बोली "ज्या तुमने सही कही, अपनो ठेला हुइये तो रोज की आमदनी हुइये, सो सब ठीक हो जे है।"

दो-चार दिन की दौड़-धूप करके रामप्यारी ने लोन ले लिया। रूपये मिलते ही

सबसे पहले महीने भर का राशन भरा, मोड़ा-मोड़ी की किस्मत से भगवान ने सुन लई। तुमाई नौकरी जाबे से तो हमाई गतई हो गई। घड़ी गिनगिन दिन बीते। जौ धन्धों जम जाये भगवान हमाई इज्जत, राखियो, मोड़ी-मोड़ों को फिर भूखों नै रहने परे। खूब पढ़ें-लिखें किरपा राखियो।''

सब्जी का ठेला सजा, रामप्यारी का ईश्वर पर अटूट विश्वास था। वह ठेला सजाने के पूर्व ही मंदिर जाकर प्रसाद चढ़ा आयी और अलग से एक नारियल खरीद लायी। उसे ठेले के चके के सामने रखकर बोली ''अब ठेला चलाओ, हे भगवान धन्धौ अच्छो चलइयो।'' नारियल के ऊपर से ठेला चलाते हुए जै कारे लगाते हुए राधेश्याम सब्जी बेचने निकला।

पहला दिन बहुत अच्छा रहा। धीरे-धीरे आमदनी बढ़ने लगी। पचास रूपये से शुरू होकर अब पाँच-छै सौ रूपये मुनाफा होने लगा। शाम को दिनभर की कमाई, सिक्के, नोट अलग करके गिनते तो दोनों सारी थकान भूल जाते थे।

किश्त भरने रामप्यारी सबसे पहले पहुँच जाती थी। वह सौ रूपया रोज कर्ज चुकाने के लिए रख लेती थी। उसका रूतवा भी अब बढ़ गया था। शरीर को आराम मिलने से शरीर भी थोड़ा भर गया। अच्छी साड़ी, गले में मंगलसूत्र, कान में लटकन, माथे पर बड़ी सी बिन्दी लगाये वह सबसे अलग लगती। सांवला रंग, बड़ी-बड़ी आँखें, छोटी सी नाक, भरा बदन, उसकी किस्मत पर औरतों को ईर्ष्या हो रही थी।

''रामप्यारी तोरे तो भाग खुल गये; दिन भर घरै सोत रहत हो, हमोरों खों तो मरबे की फुरसत नईं है। तुमाओं तो घर में रै के रंगई खुल गओ है।'' पड़ोसन मीराबाई के भीतर का गुबार निकला, रामप्यारी इठलाकर हँस दी।

राधेश्याम कहता ''हमने तो ऐंसई कह दई हती, मनो तुमने करके बता दऔ मोरी किस्मत बना दई।'' ''झटपट जौ कर्जा चुके तो एक जमीन को टुकड़ा लैके ओ पे एक टपरिया और शौचालय बना लैंहे, इते भौतई ज्यादा गतें होत हैं बाहर जाबे में और ज्यादा रकम भरके कर्जा चुकाने है।'' रामप्यारी ने कहा।

गाँव के बीच में कलारी खुलने से सरेड़ी गाँव में बच्चे, किशोर, युवा वयस्कों में नशे की लत लग गई थी। माहौल वासनामय, नशेड़ियों का शोर-शराबा, गाली-गलौंच, लड़ाई-झगड़ा, मारपीट अब रोज की बात थी।

इन्हीं दिनों गाँव के दो आदमी भानू और गोकुल एक दिन शाम को राधेश्याम के घर आ धमके। उस समय पति-पत्नी कमरे में दिनभर की कमाई रूपये-पैसे गिन रहे थे। अचानक उनके आने से दोनों की तन्मयता घबराहट में बदल गई। उनका आना किसी को फूटी आँख न सुहाया। उनकी नजर पैसों पर पड़ गई। रामप्यारी ताड़ गई और झटपट रूपया समेट कर ले गई।

धीरे-धीरे इस सुख सागर में काली घटा घिर आयी। होनी को कुछ और ही मंजूर था। भानू गोकुल समझ गये कि शाम को इनके यहाँ रोज रूपये आते हैं। इसकी घरवाली के रहते हमारी दाल नहीं गलने वाली कुछ और करना पड़ेगा। उस दिन से

दोनों राधेश्याम की टोह लेने लगे, और वे वापस आते वक्त रास्ते में ही उसे फंसाने की सोचने लगे। राधेश्याम उन्हें देखते ही ठेला तेजी से ढकेलता हुआ चला जाता।

एक दिन वे अपने मकसद में कामयाब हो गये। राधेश्याम को जबरदस्ती चाय पिलाने रोका। चाय खत्म होते ही राधेश्याम उठने लगा, तो गोकुल ने उसे इशारे से पुनः बिठा दिया। "एक बात पूछें बुरो तो नै मान हो, राधे?" गोकुल ने कहा।

का है, भैय्या पूछो ए मैं बुरो का मानने। राधेश्याम ने जल्दी जाने की गरज से कहा।

"सबई कैत कि तुम औरतों घांईं रहत हो यार थोड़ी तो मर्दों घांईं रओ। जब देखो तबई घर-घर करत रैत हो" भानू ने भी उसकी हाँ में हाँ मिलाई।

"जे सब फालतू बातें हैं भैया जोन खों जो कैने; कैन दो... राम-राम भैया भूख लगी है अब चलत हैं। कहकर राधेश्याम उठने लगा।

पूर्व नियोजित षड़यंत्र के तहत पांसे फेंके जा रहे थे। पर अभी तक कोई सफलता न मिली थी। सो गोकुल ने भानू को इशारा किया अंतिम चाल चलने को "अरे, शर्त लगा लेओ, राधे कबऊँ एक घूँट नइ पी सकत, काय कि वो तो मर्द... नई...नामर्द... है हम नई सबई तो जाइ कह रये।" भानू ने बड़े नाटकीय अन्दाज में कहा।

राधेश्याम झुंझलाकर "जे का बक रये हो, जो मुँह में आ रओ, बके जा रये हो, मो खों गुस्सा नै दुआओ।" भानू का तीर निशाने पे लगा, व्यंग्यात्मक मुस्कान बिखेरता हुआ।

"हम नईं भैया गाँव वाले कह रये। हम काए खों बक हैं... हो.. मर्द तो एक पैग तौ लगा के बता देओ सबई को मों बन्द हो जे है।"

राधेश्याम उनके जाल में फंस गया। गुस्से में बोला "लाओ-बताओ कौन स्साले हमें नामर्द बोले हैं।"

यही तो वे चाहते थे। जीत का जश्न मनाने झटपट तीन पेग बना लाये। गुस्से में राधेश्याम गटागट पी गया। दोनों सफलता पर मुस्करा रहे थे। कड़वाहट और झन्नाटे के साथ घूंट पेट तक गया जैसे पूरी आहार नली ही जल गई हो अजीब जलन और कड़वाहट, आज पता चला शराब का स्वाद...।

राधेश्याम तेज जलन से अन्दर तक तिलमिला उठा। मुँह बनाकर उठने लगा तो भानू तली मछली, रोटी चाँवल, दाल सब्जी ले आया। हाथ पकड़कर बिठाकर "अब ऐसे न जाने देगे आज हमायें संगै खाने पर है; घरै तो रोज खात हो।"

"आज हमोरों के संग खा लेओ, भैया रोज तो भौजाई के हाथ को खात हो, अब बैठो हम सब सालों को मुँह बन्द कर रहे हैं तुम असली मर्द हो।" दोनों ने पुचकार कर बिठाया।

तीनों ने भरपेट खाना खाया। राधेश्याम से रूपये लेकर बिल चुकाया।

आशंकाओं, कुशंकाओं में घिरी रामप्यारी पति का इन्तजार कर रही थी। इतनी देर तो कभी हुई ही नहीं आखिर क्य हो गया? देखते ही दौड़ी "का हुआ आज इत्तो टेम कैसे हो गओ?" बदबू का तेज छोंका आया वह नाक-भों सिकोड़ कर अवाक् उसे

देखने लगी।

राधेश्याम नशे में टुन हो चुका था लड़खड़ाते हुए बोला "हम मर्द आयें बाहर से मछली भात खाके आयें हैं छोड़; किवाड़ से हट जा; थक गये हैं।" वह सन्न रह गई।

दूसरे दिन रामप्यारी ने बच्चों की कसम दे कर खूब समझाया। अनुनय-विनय की। वह मान गया बोला "अब कभी हाथ न लगाऊँगा।" दोनों धूर्त शराबी उसी की ताक में रास्ते में अड्डा जमाये रखते। किसी न किसी तरह उसे पकड़ ही लेते। दिन भर की कमाई रात को कलारी में जाने लगी। उस दिन का दिन और आज का दिन...।

राधेश्याम ने सारी जिम्मेदारियों से किनारा कर लिया। रोज दारू-मीट की आदत पड़ गई। तीन हफ्तों से समूह की किश्त नहीं भरी थी। औरतें कानाफूसी करने लगी। रामप्यारी के लिए यह मृत्युतुल्य कष्ट था। तीन बच्चों का खर्च और किश्त की रकम कैसे चुकाये?

सरेड़ी गाँव के दोनों तरफ कालोनियाँ बन गई थी जिसमें सम्पन्न वर्ग रहता था।

जब से बीड़ी बनाने का काम बन्द हुआ तब से सरेड़ी गाँव की अधिकांश महिलायें इन्हीं कालोनियों में झाड़ू-पौंछा करने लगी थी। रामप्यारी भी पड़ोसन की मदद से चार-पाँच घरों का झाड़ू-पोंछा का काम मिल गया। पर उसके महिने की आखिरी में रूपये मिलेंगे। तब तक बच्चों के खाने पीने की व्यवस्था कैसे हो? अब तो ऐसा काम मिले जिनमें रोज पैसे मिलें; जिससे खाने पीने का सामान आटा, नमक, चावल, सब्जी, दाल, तेल, हल्दी, मिर्च, खरीद कर रोज खाना बन जाये।

रामप्यारी जैसे तैसे घर की गाड़ी अकेले खींचने की जुगत में लगी थी।

अब तो रोज ठेला भी न लगता जब रूपया खत्म हो जाता तब ठेला लगता। जब तक पैसा रहता तीनों खूब दारू पीते; गोश्त खाते। दिन भर कलारी के निकट टोली बनाकर ताश खेलते और दम भरते थे।

कुछ दिनों अकेले सब्जी का ठेला लगाकर भी देखा। जवान औरत अकेले सब्जी का ठेला लगाये देख लोग मोल भाव पूछते। धूर्त निगाहों से उसके शरीर को नापते-तौलते; मुआयना करते; बेशर्मी से खींसें निपोरते; आँख मारते; भद्दे इशारे करते; थोड़ी सब्जी लेते; हजार प्रश्न पूछते; हाथ दबाकर अपनी बदनीयती का प्रमाण दे जाते। कुछ ही सभ्य लोग थे जो मात्र सब्जी लेने ठेले पर आते थे। बहुत मेहनत करने पर भी रामप्यारी ठेले से पहले जैसा रूपया न कमा सकी। एक दिन राधेश्याम ने रामप्यारी से ठेले में हाथ न लगाने का फरमान कर दिया। वह खून का घूंट पी कर रह गई।

सीधा-सादा राधेश्याम नशे की लत के चलते राक्षस बन गया था। जो आदमी पहले बच्चों के सामने बीबी से हँसी-मजाक भी न करता था। अब दारू पीकर बेशर्मी पर उतर आता था। घर में फाँके पड़ रहे थे। वह बच्चों का पेट भरने की भरपूर कोशिश करती पर फाँके पड़ ही जाते। वह कुछ भी करने को तैयार थी जिससे बच्चों को रोज खाना मिल सके।

रामप्यारी को शरीर की सुध नहीं थी वह दिन भर काम में अधमरी हुई जाती थी।

पति शरीर से खेलना चाहता। दुर्बल कृश काया कब तक झेलती? इन्कार करने पर तांडव; चरित्र पर वार कर वह चीखने चिल्लाने लगता "राखें हुइए कौनौ खों, एसे मो खों धुतकार रई।"

रामप्यारी की दशा तपेदिक के मरीज सी हो गई। वह हड्डियों का ढांचा रह गई। शरीर में छटांक भर मांस न बचा था। रात के घुप्प अंधेरे से निकलकर उसकी सुबह भी उजली न होती। कोई न कोई औरत किश्त चुकाने का फरमान लेकर आ जाती।

एक तरफ कुंआँ दूसरी तरफ खाई।

रामप्यारी की दयनीय दशा देख उसकी पड़ोसन ने उसे आर्डर के काम के बारे में बताया उसमें रोज नगद रूपया मिलता था। काम रात भर चलता। हिम्मत करके उसने पति से रात के आर्डर पर जाने का पूछा (वह चाहे कुछ भी करे पत्नी को तो उसकी आज्ञा माननी ही होती है। पति उसका नियंता जो है)।

राधेश्याम ने सिर हिलाकर रामप्यारी को आर्डर पर जाने की हाँ कर दी। उसे विश्वास ही नहीं हुआ जो आदमी दिन में सब्जी बेचने को मना करता है। वो आदमी रात को गैर मर्दों के साथ आर्डर पर कैसे भेज रहा?

रामप्यारी के लिए लोन जी का जंजाल बना था। उसकी किश्त चुकाने की फिकर उसे खाये जा रही थी। दूसरे दिन से आर्डर पर जाने लगी। सबेरे आयी तो 200 रूपये हाथ में थे। पूरे पैसों का आटा, चांवल सब्जी तेल सब ले आयी। बच्चों को खाना बनाकर खिलाया।

अब रामप्यारी रोज रात को आर्डर पर जाने लगी। घर में रोज खाना पकने लगा। इस हफ्ते से लोन की किश्त भी जाने लगी। राधेश्याम पीकर देर रात लौटता। सबेरे नौ दस बजे तक सोता रहता। उठकर घर पर साधिकार बच्चों का हिस्सा भी डकार जाता। रामप्यारी को उसका खाना सबसे पहले ही बनाना पड़ता वर्ना बच्चे और वह स्वयं नहीं खा सकते थे। रामप्यारी घर की हालत सुधारने में जी जान से जुटी थी। राधेश्याम बिगाड़ने में कोई कसर न छोड़ रहा था। अब तो वह ठेला न लगाकर दारू पीने को भी रामप्यारी से रूपये मांगने लगा। जब वह रोटी खाने बैठती तभी वह रूपये मांगने का तकाजा करता। इन्कार करने पर महाभारत शुरू होती। पूरी मर्दानगी औरत पर उतरती थी।

आर्डर सुनने के लिए मोबाइल की बहुत जरूरत थी। कुछ महीनों बाद ही उसने मोबाइल ले लिया। उसे आर्डर सुनने को (कब कहाँ कितने बजे पहुँचना है।) सब जानकारी उसी फोन से मिलती थी। यही सीक्रेट था।

अब तो वह रामप्यारी को आर्डर पर भेजने पर अपनी पीठ थपथपाता और रामप्यारी के चरित्र को संदिग्ध बनाता। हमेशा की तरह राधेश्याम रामप्यारी को अधमरी करके स्वयं खा-पीकर सो गया। हमेशा बीच-बचाव करने वाले बच्चे आज तमाशबीन बने देख रहे थे। बच्चों की बेरूखी उसे खाये जा रही थी। रामप्यारी की आँखों से नींद कोसों दूर थी। दर्द और अपमान से शरीर का पोर-पोर फटा जाता था। दोनों बेटियाँ डरी सहमी

उसके पास आने लगी तो बेटे ने उन्हें रोक दिया ओर नफरत से माँ को घूरकर देखा और बोला ''पापा कैत हैं तू गन्दी है ये से तो खों फोन आत हैं पापा ठीक कैत हैं। पापा को जितनो मारने कूटनै है कूटैं अब मो खों नई बचाने।''

रामप्यारी को जैसे काठ मार गया, सांप सूंघ गया। काश, धरती फटे और मैं उसमें समा जाऊँ। कुछ देर मौत का सन्नाटा रहा। जैसे सब खत्म हो गया। तीर सीधा कलेजे पर लगा। चोट असहनीय थी वह छटपटाने लगी। वह इस अपमान को पचा न सकी।

अधमरी, कमजोर हड्डियों का ढांचा बची रामप्यारी में अचानक असीम ताकत का संचार हुआ वह बिजली की गति से उठी; दरवाजा खोला और तीर की गति से रेलवे लाइन की ओर चल दी।

रेलवे लाइन पर पहुँचकर उसमें लेट गई। अब उसे जीवन का रत्ती भर भी मोह न बचा था। वह रोते-रोते बोले जा रही थी ''जब मोरो जाओ मो पे लांछन लगा रओ, मेरो जीवन धिक्कार मेरो जन्म धिक्कार, मेरो जीवन धिक्कार...'' तभी छुक-छुक करती रेलगाड़ी आयी और उसे बिखेरती चली गई। भोर होते ही इलाके में ये खबर आग सी फैल गई। पहचानना मुश्किल था। पुलिस तहकीकात कर रही थी। पटरियों पर पुलिस सब ओर बारीकी से देख रही थी। तभी लाइन पर पड़े मोबाइल की घंटी बजी। पुलिस ने तुरंत रिसीव किया। दूसरी ओर से मर्दाना आवाज गूँजी ''रामप्यारी बाई हम आर्डर वाले भाईजान बोल रये; कल तुम काय नई आयीं? अब आज को आर्डर सुनो; बहुत बड़ो आर्डर है। खूब खाना मिठाईयाँ बनने है।। ठाकुर सेठ जी के पोते को दस्टोन जो है।'

थप्पड़ की गूँज

मैं प्रतिदिन की तरह आज भी अखबार पढ़ रही थी। लिखा था 'नो नेगेटिव न्यूज' परन्तु भरा पूरा नेगेटिव न्यूज से था। उदास होकर पन्ने पलटने लगी, सातवें पन्ने पर एक समाचार और चित्र पर नजरें टिकी ही रह गईं। अचानक खुशी से आँखें भर आयी। मेरा चेहरा खुशी से खिल उठा। मुँह से अनायास चीख निकली "वाह...महक...थैंक गॉड" इस खबर ने मेरी आज की सुबह सचमुच गुलजार कर दी। मैं स्मृतियों में खो गई जो कई वर्षों से अन्तरमन में अंकित थी।

टन-टन। स्कूल में प्रार्थना की घंटी बजी। स्कूल के बच्चे प्रार्थना स्थल में कतारों में खड़े होने लगे। नर्सरी की शिक्षिकायें बच्चों को पकड़-पकड़ कर एक दूसरे के पीछे खड़ा कर रही थी। पहली से छठवीं तक के बच्चे स्वयं लाइन बना रहे थे। क्लास कैप्टन लाइन ठीक करा रहे थे। प्री-नर्सरी के बच्चों की कतार कक्षा से ही बनी हुई आई। बच्चे एक दूसरे की कमर पकड़े प्रार्थना स्थल पर पहुँचते। उनकी लाइन बनाकर कदम ताल और चलने की स्टाइल बड़ी प्यारी लगती। नन्हें-नन्हें ढाई से तीन साल तक के बच्चे रेलगाड़ी जैसे छुक छुक करते हुए आते।

यह स्कूल "मदर टेरेसा" कक्षा 1 से 6 तक अंग्रेजी माध्यम स्कूल थी। मैंने गत वर्ष ही इसकी शुरूआत की थी। पहले वर्ष में 80 बच्चों का दाखिला हुआ था। इन बच्चों की आयु ढाई से 13-14 वर्ष की थी।

"मदर टेरेसा" स्कूल शहर के बीच में एक महाराष्ट्रीयन सामूहिक भवन में लगती थी। इसके सामने बड़ा सा मैदान था। मैदान के सामने शहर की मुख्य सड़क और उसके किनारे पंक्तिबद्ध दुकानें थी। इन दुकानों के पीछे शहर की सबसे ज्यादा आबादी रहती थी। जिसमें कुछ हिन्दू परिवार और शेष मुस्लिम बाहुल्य इलाका था।

मैं अपनी स्कूल में बच्चों की संख्या बढ़ाने, स्कूल को और बेहतर बनाने के लिए नित नये प्रयोग कर रही थी। पढ़ाई में सुधार और नवाचार के उपाय खोज रही थी। प्रार्थना मैं ही करवाती थी। नवनियुक्त शिक्षकों को भी तैयार करना था, बच्चे भी छोटे थे। मैं जैसा चाहती थी वैसे एक्शन करके पोयम, सांग उनको नहीं आते थे। अतः मैं जल्दी से जल्दी बच्चों को तैयार कर रही थी। ताकि बच्चे स्वयं प्रार्थना करने लगें।

अंग्रेजी माध्यम की प्राइवेट शालाओं में दाखिला बढ़ाने, और अभिभावकों को रिझाने हेतु कई हथकंडे अपनाये जाते हैं। मैं अपनी स्कूल की एक अलग छवि बनाना चाहती थी। मेरे पास जो भी रूपया पैसा था मेरी एक मात्र एफ.डी. तोड़कर मैंने इसमें झोंक दिया था। मैं स्कूल की छुट्टी के बाद एक घंटे शिक्षिकाओं को ट्रेनिंग भी दे रही थी।

खेल-खेल में बच्चों को कैसे सिखाया जाए कि बच्चों को मजा भी आये और वे झटपट सीख भी जायें। प्रार्थना और प्रतिज्ञा के बाद शाला के मैदान में रखा बड़ा टेप बजने लगता। उसमें अंग्रेजी के पोयम और सांग्स की मधुर धुनों के साथ मैं अभिनय करके हाव भाव से एक्शन करने लगती... ट्विंकल-ट्विंकल लिटिल स्टार... हम्पटी डम्पटी सेट आन ए वाल... हेयर वी गो राउन्ड द मलबरी बुश.... एन्जो बैन्जो हेड ए लिटिल....

बच्चे भी खुशी-खुशी थिरकते हुए नकल उतारने लगते। उन्हें बहुत मजा आता। मैदान के सामने दुकानों से लोग आश्चर्य चकित हो देखने लगते थे। शुरू-शुरू में तो लोगों को कुछ समझ न आया। धीरे-धीरे बच्चों का उत्साह और अभिनय करने की गति से लगा कि मैडम कुछ सिखा रही हैं। बच्चे सीख रहे हैं। मुझ पर तो जैसे जुनून छाया था। जल्दी से जल्दी बच्चों को सब सिखा देना चाहती थी।

धीरे-धीरे दुकानों में भीड़ बढ़ने लगी। मुख्य रूप से चाय और नाश्ते की दुकानों में लोगों की निगाहें अब प्रार्थना शुरू होने से पूर्व ही मैदान में जमी रहती थी। उनके आकर्षण का केन्द्र मैं थी। इस छोटे से शहर में ऐसी स्कूल लोगों ने देखी न थी; जिसमें शिक्षिका नाच गा रही है। भीड़ बढ़ने से दुकानदारों की चाँदी होने लगी।

एक दिन एक विद्यार्थी अमित ने बताया "मैम, एक आदमी चाय पी रहा था तभी दूसरा बोला "अब चलो यार, जल्दी खत्म करो, देखो वो गाना खतम; टेप बन्द हो गया है, सारी मैडम और बच्चे भीतर चले गये है।। चाय वाला बोला "सर कल तो पाँच चाय पी थी आज चार ही हुई है।"

"अंकल मैं भी यहीं पढ़ता हूँ मैंने चाय वाले से कहा "अच्छा,...बहुत अच्छा स्कूल है प्रार्थना के बाद तुरन्त पढ़ाई शुरू हो जाती है। वो मैडम तो अंग्रेज लगती हैं। गोरी चिट्टी, ऊँची पूरी, बाल कटे, कितना अच्छा नाच-नाच के बच्चों को सिखाती है। मैंने तो आज तक ऐसी अच्छी पढ़ाई वाली स्कूल नहीं देखी।"

"हाँ अंकल मेरी मैम भी बहुत अच्छी है" अमित ने कहा।

दुकानदार अंकल बोले "बेटा जब से तुम्हारी स्कूल यहाँ खुली है बच्चे मैदान में टेप से पढ़ते हैं। तब से मेरी कमाई चार-पाँच गुनी बढ़ गई। भगवान करे इस स्कूल में खूब बच्चे हो जायें।" अमित खुशी से बता रहा था।

स्कूल का दूसरा वर्ष था। गर्मियों की छुट्टियाँ शुरू हो चुकी थी। अब हमारा काम एडमीशन बढ़ाने हेतु सर्वे करना था। मैं तीन-चार शिक्षिकाओं को लेकर घर-घर जाकर सर्वे कर रही थी। पंपलेट देकर स्कूल के विषय में बताती। अभिभावकों को बच्चों का

नाम स्कूल में लिखाने को प्रेरित करती थी।

एक दिन सर्वे के दौरान एक मुस्लिम परिवार की छै वर्षीय बालिका महक मिली। जो पोलियो ग्रस्त थी। दोनों हाथों और पैरों से अपाहिज थी। मुँह भी टेढ़ा होने से बोलने में अक्षम थी। उसका दाखिला कोई स्कूल नहीं कर रहा था। उसे मूक-बधिर स्कूल में डालने की सलाह सभी ने दी थी।

महक के पिता रहमान कुरैशी ने कहा "मूकबधिर विद्यालय बहुत दूर है बच्ची की हालत ऐसी नहीं कि बिना किसी की मदद के वो खड़ी भी हो पाये। ऐसे में कौन वहाँ उसकी देखभाल करेगा? मैडम! मैं कई स्कूलों के चक्कर काट चुका हूँ कोई मेरी बच्ची को लेने तैयार नहीं। अगर आप अपनी स्कूल में हमारी बच्ची का एडमीशन लेंगी तो बड़ी कृपा होगी। पर आपको उसकी पूरी जिम्मेदारी लेनी होगी कि स्कूल में कोई बच्चा उसे मारे न, तंग न करे, चिढ़ाये न, आप जो कहेंगी मैं वो व्यवस्था करा दूँगा। खुदा के फज़ल से मैं सिंचाई विभाग में हेड क्लर्क हूँ। मेरी ये इकलौती बच्ची है। इससे बड़ा एक बेटा है बस दो ही बच्चे हैं। हम महक के लिए बहुत फिकर मंद है। मैंने इसके इलाज में पानी की तरह पैसा बहाया है। अब डॉक्टर भी हार गये सबने हाथ खड़े कर दिए हैं। अब तो कोई चमत्कार ही इसे अपने पैरों पर खड़ा कर सकता है। मैं अपने आप को असहाय महसूस कर रहा हूँ। अब कम से कम अच्छी स्कूल में इसका दाखिला हो जाए। ये पढ़-लिख जाये" कहकर उदास हो गये।

मैं एकाग्रचित्त हो उनकी बातें सुन रही थी। मैंने मन में निश्चय किया कि मैं इस बच्ची को पढ़ाऊँगी और ठीक भी करूँगी। पर कैसे करूँगी? ये कुछ भी न सोचा बस मैंने उसे एक चैलेन्ज के रूप में मन ही मन स्वीकार कर लिया।

मैंने रहमान जी से कहा "सबसे पहले आपको एक आया की व्यवस्था करनी होगी। जो महक को रोज गोद में उठाकर स्कूल लायेगी और स्कूल में ही रहेगी। जब भी महक को बाथरूम या बाहर लंच के लिए जाना होगा। वो उसे उठाकर ले जायेगी और छुट्टी होने पर गोद में उठाकर घर ले जायेगी। अभी मैं केवल दो घंटे स्कूल में रखकर छुट्टी दे दूँगी। बाद में धीरे-धीरे उसका समय बढ़ाऊँगी। आपको मन्जूर हो तो बतायें"

"मैडम आप जो कहेंगी मैं वही करूँगी। कल से ही आया रख देता हूँ। रहमान ने तुरंत स्कूल का फार्म भरा और फीस जमा कर दी। उसकी बीबी खुश होकर चाय-नाश्ता बना लायी।"

दूसरे दिन से ही आया महक को गोद में उठाकर दूसरे कंधे में बस्ता, लटकाये स्कूल आने लगी। कुछ दिनों मैंने उसे जल्दी छुट्टी दे दी। पर कुछ ही दिनों बाद वह पूरे समय कक्षा में बैठने लगी। उसका मन लग गया था। उसे स्कूल में अच्छा लगता था।

एक दिन एक अभिभावक ने मुझे टोका "मैडम हमने तो अच्छी स्कूल समझकर अपने तीनों बच्चों के नाम आपकी स्कूल में लिखवा दिए हैं। पर ये क्या आप ऐसे विकलांग बच्चों को भी इस स्कूल में पढ़ायेंगी। ऐसे बच्चों के लिए मूकबधिर स्कूल

तो है।''

मेरा माथा ठनका मैंने कहा ''देखिए, सर ये अच्छी स्कूल ही है। तभी तो सब अपने बच्चों का नाम लिखाना चाहते हैं। भगवान न करे किसी के भी बच्चे की ऐसी स्थिति हो। ऐसे में तो पढ़ाई और भी जरूरी है। मूकबधिर स्कूल यहाँ से कितनी दूर है। ऐसी हालत में कोई माता-पिता बच्चे को कैसे भेज सकते हैं? ये तो आप समझ सकते हैं। आपके भी बच्चे हैं। आपके बच्चों को इस बच्ची के यहाँ पढ़ने से कोई नुकसान नहीं होगा। बल्कि मैं उन्हें उदार, परोपकारी और गुणवान बनाऊँगी। आप मुझ पर विश्वास रखिए''

फिर वे सज्जन कुछ नहीं बोल सके ।

मैंने महक को चैलेन्ज समझकर ही लिया था। मैं उसकी हर गतिविधि पर नजर रखती थी। प्रार्थना के समय उसे सबसे पीछे एक कुर्सी में बिठा देती। सब बच्चे टेप के साथ थिरकते उसे भी बहुत मजा आता वो कुर्सी में बैठे-बैठे कूक मारती। हाथ हिलाने की कोशिश करती। मैं उसके पास जाकर उसे प्रोत्साहित करती उसके हाथ पकड़कर धीरे-धीरे आगे पीछे करती; वो भी कोशिश करती थी।

मैंने दूसरे सप्ताह ही उसके लिए हार्स चेयर खरीद दी। अब हार्स चेयर में उसे और मजा आने लगा। चेयर आगे पीछे होती; वो भी डोलती; खुशी से कूक मारती; हँसती; खिलखिलाती अब तो वह छुट्टी के दिन भी स्कूल जाने की जिद करने लगी।

एक दिन शाम को महक के पापा रहमान मेरे घर आये और हाथ जोड़कर बोले ''मैडम मेरी बेटी का स्कूल में इतना मन लग जायेगा कि छुट्टी के दिन भी स्कूल जाने की जिद करेगी मैंने सोचा भी न था। मैडम मैं आपकी स्कूल में महक का दाखिला करा के बहुत खुश हूँ। अब तो वो कुछ-कुछ शब्द भी साफ-साफ बोलने लगी है पहले तो उसके मुँह से बोल ही न फूटते थे।''

''अच्छा, आपको सुनाये उसने'' मैंने उत्सुकता से पूछा। मैं उनके मुँह से सुनना चाहती थी उनकी बेटी की प्रोग्रेस के बारे में।

वे बोले ''जी मैडम वो तो मेरे ऑफिस से आते ही शुरू हो जाती है।''

रहमान ने उस दिन बातों बातों में बताया-''महक का इलाज पाँच वर्ष तक भोपाल के डॉक्टरों से कराया। अब उनका कहना है कुछ नहीं हो सकता; ठीक होना होता तो अभी तक हो जाता। अब हम आपको झूठा आश्वासन नहीं देंगे। तभी से महक का इलाज बन्द करा दिया है। मैडम अब तो परवर दिगार ही मालिक है। वही जो करे। हम तो हिम्मत हार चुके थे। पर आपके स्कूल ने हमारी महक के लिए पढ़ाई की उम्मीद जगा दी है।'' मैंने उसे ढांढस बधाया।

रोज की तरह उस दिन भी स्कूल के मैदान में प्रार्थना के बाद टेप बजने लगा। मैं गुलाबी साड़ी पहने हुए स्टेज पर खड़ी होकर पूसी कैट...हियर बी गो राउन्ड... हम्पटी... डम्पटी....ऐन्जो बैन्जो...टेप के उच्चारण कर अभिनय कर रही थी। बच्चे भी खुशी-खुशी मेरी नकल कर रहे थे। एक साथ हाथ आगे पीछे हो रहे थे। चौथी पंक्ति

के सबसे पीछे हार्स चेयर पर बैठी महक भी बैठे-बैठे आगे-पीछे, डोल रही थी। हँसी-खुशी से हिल-डुल रही थी। पर वो औरों के बराबर हाथ आगे-पीछे नहीं कर पा रही थी। उसके हाथ उतने खुलते ही नहीं थे।

सारे बच्चे खड़े थे। महक बैठी हुई सबसे अलग लग रही थी। मैं सिखाने की धुन में मंच से महक के पास पहुँचकर बोली-"सब खड़े हैं आप भी खड़े होकर सबकी तरह करो केवल आपके पूरे हाथ नहीं खुल रहे; गलत कर रही हो।"

महक आश्चर्य चकित मुझे देखने लगी। सोच रही होगी, आज मैम को क्या हो गया ऐसा क्यों कर रही हैं... ?

मैं अपनी धुन में मगन कुछ भी याद नहीं कि यह बच्ची अपाहिज है।

मुझे तो आज सब बच्चों का एक सा परफेक्शन चाहिए था। जब दो बार कहने पर भी महक नहीं उठी। तो मेरा पारा सातवें आसमान पे था। मैं चिल्लाई "समझ नहीं आया मैं बार-बार कह रही हूँ खड़ी होकर करो...उठो...उठो...। महक भयभीत होकर मुझे ताकते हुए उठने की कोशिश करने लगी। पर उठ न सकी। मैं गुस्से में जैसे अंधी हो गई थी। एक जोरदार थप्पड़ जड़ दिया और बलपूर्वक पकड़ कर खड़ा करके हार्स चेयर पीछे धकेल दी।

महक डर के मारे कँपकँपाते हुए....खड़ी हो गई। उसके दोनों पैर कांप रहे थे। फिर भी डर और दहशत के मारे खड़ी थी। तभी पलभर में उसके चेहरे पर डर की जगह खुशी का अलौकिक भाव आया...।

मेरी तन्द्रा टूटी। अरे...। ये मैंने क्या कर दिया? एक अपाहिज बच्ची को इतनी जोर से मारा। धिक्कार है मुझ पर...।

मैंने झटपट महक को पकड़कर कुर्सी में बिठा दिया। मुँह से अनायास ही निकला "सॉरी बेटा महक सॉरी, मुझे माफ कर दो।

टेप बन्द कराकर सबको अन्दर भेज दिया। मैं वहीं महक के सामने जमीन पर उसके पैरों के पास बैठकर पैर दबाने लगी। बार-बार माफी मांगती जा रही थी। सॉरी बेटा मुझे बिल्कुल भी ख्याल नहीं रहा, आपके पैरों में दर्द तो नहीं हो रहा है। मैं उसकी खुशामद करने लगी। गुस्सा तो कब का छू मंतर हो चुका था। पारा सातवें आसमान से धराशायी होकर गिरा था।

ये मैंने क्या अनर्थ कर डाला? इसके पिता मेरा कितना सम्मान करते हैं। अब जब उनको इस घटना का पता चलेगा तो क्या सोचेंगे? मैं उनको क्या जबाब दूँगी? उनके गुस्से का अनुमान लगाते ही मेरे हाथ पैर फूलने लगे।

तभी महक खुशी से चहक कर बोली "मै...म....मै....म... मैं...ख...ड़ी...हो....गई" उस वक्त मैं उसकी खुशी का अन्दाजा न लगा सकी। मैं तो अनहोनी की आशंकाओं से घिरी थी। ये मैंने क्या कर दिया। सब खत्म हो गया। मेरी सारी मेहनत पर पानी फिर गया। अब तो बच्चे एडमीशन लेने की जगह टी.सी. लेने आयेंगे। अगले साल हो सकता है स्कूल ही बन्द करना पड़े।

''हे ईश्वर इस बच्ची को ठीक कर दो इस पर दया करो, कृपा करो, मुझे माफ कर दो। मुझसे बहुत बड़ी गलती हो गई है। मुझे इसके माता-पिता से सामना करने की शक्ति दो। वो कहीं पुलिस में रिपोर्ट ही न कर दें। मैं अपने अन्तर्द्वंद्वों में महक की भावनाओं से अनभिज्ञ थी।

स्कूल की छुट्टी हुई। महक रोज की तरह आज भी आया की गोद से हाथ हिलाकर हँसते हुए मुझे टाटा बाय-बाय कह कर घर चली गई। पर मेरा व्याकु ल मन कहीं न लग रहा था। घर आकर भी मेरा ध्यान रह-रहकर वहीं चला जाता।

जिसका डर था। वही हुआ। रात को आठ बजे मेरे घर की घंटी बजी। दरवाजा खोला तो सामने महक के मम्मी-पापा खड़े थे। मुझे साँप सूंघ गया। मैं स्थिर खड़ी, भयभीत हो करके पीछे देखने लगी। शायद पीछे पुलिस होगी। अभी आगे बढ़कर मुझे अरेस्ट करेगी। तभी महक के पापा दोनों हाथ जोड़कर मुस्कुराते हुए बोले ''मैडम आप हमारे लिए खुदा ही हो। आपका एहसान तो हम ताउम्र नहीं चुका सकते। आपने हमारी बेटी की जिन्दगी बना दी। जो इतने वर्षों से बड़े-बड़े डॉक्टर न कर सके। वो आपने कर दिया। मेरी बेटी का अपाहिज होने का कलंक मिटा दिया।''

मैं अवाक् उन्हें देख रही थी। मेरे मुँह में शब्द नहीं थे। मुझे विश्वास ही नहीं हुआ। क्या अब सचमुच महक खड़ी हो जायेगी...चलने लगेगी? सोचने लगी।

मुझे चुप देख महक के पिता बोले ''जी मैडम डॉक्टर ने कहा था एक बार एक पल को भी अगर दोनों पैरों पर बिना सहारे के खड़ी हो जायेगी तो फिर खड़ी भी हो जाएगी और चलने भी लगेगी। मैडम जी आज आपने उसे बिना सहारे के दोनों पैरों पर खड़ा कर दिया है। अब देखना वो चलने भी लगेगी। मुझे पूरा विश्वास है। आज हम बहुत खुश हैं। मैडम जी महक की अम्मी भी आपका शुक्रिया अदा करने आयी हैं।''

तभी मेरे जेहन में महक का स्कूल से जाते समय का मुस्कुराता चेहरा आ गया। उस वक्त तो मैं उसकी खुशी और मुस्कुराने का अंदाजा ही न लगा पायी थी। सचमुच कुछ ही दिनों में महक अपने आप खड़ी होने लगी। एक वर्ष होते-होते वो आया का हाथ पकड़कर स्कूल आने लगी। उसका चेहरा और हाथ भी सीधे होने लगे। शब्द बोलते-बोलते वाक्य भी सही बोलने लगी। मुझे पहले आश्चर्य होता पर फिर उस परम सत्ता की उपस्थिति का आभास होने लगा। ऐसा जादू उसने मेरे द्वारा कराया था ऐसा भान होने लगा।

पेपर पर नजर गई। यादों से बाहर आयी। महक का फोटो छपा था। सुन्दर, सुडौल, काला जीन्स, सफेद टॉप पहने कॉलेज के वार्षिक उत्सव कार्यक्रम में शील्ड और प्रमाण पत्र प्राप्त कर रही थी ऊपर लिखा था, डॉ. हरीसिंह गौर विश्वविद्यालय की बी.ए. प्रथम वर्ष की छात्रा कु. महक कुरैशी ने चार सौ मीटर की दौड़ में प्रथम स्थान प्राप्त किया। आज के पेपर में यही सबसे बड़ी पॉजीटिव न्यूज थी।

उनसे पूछ लो

इन्तजार की घड़ियाँ कितनी लम्बी होती हैं एक-एक पल युगों सा प्रतीत होता है। उस दिन सरिता का बुरा हाल था। वह बेसब्री से पति का इन्तजार कर रही थी। जब से माँ की हालत देखी। वह बेचैन हो उठी थी। वह जल्दी से जल्दी माँ के पास पहुँचना चाहती थी। उसने स्कूल से आकर जैसे-तैसे हलक से खाना उतारा। घड़ी देखने लगी। झटपट अपने और गुनगुन के कुछ कपड़े समेटकर बैग तैयार कर लिया। वह माँ के पास कुछ दिन रहेगी उसने सोचा। वह जानती थी कि उसकी एक पल की देरी होगी तो पति बहाना बनाकर उसे छोड़कर चले जायेंगे। सरिता की माँ का स्वास्थ्य खराब था। वह पति के साथ माँ को देखने जाना चाहती थी। रह-रहकर माँ का चेहरा जहन में आ जाता था। सरिता के पति परेश दोपहर में दुकान बन्द करके खाना खाने आते थे। आज समय हो गया था पर वो अभी तक नहीं आये थे।

दो वर्ष पूर्व परेश ने सरिता को कालेज में देखा था। उसी दिन से उसने सरिता के विषय में पूरी जानकारी एकत्र करना शुरू कर दी थी। वह सरिता को देखते ही उस पर फिदा हो गया। वो लाखों में एक थी। सुन्दर, सुकोमल, गुलाबी रंगत लिए छरहरी काया जो, देखता-देखते ही रह जाता। परेश ने ठान लिया कि शादी करेगा तो उसी से बस फिर क्या था... ?

सरिता नौकरी के साथ कॉलेज में पढ़ाई भी कर रही थी। परेश ने सरिता के पड़ोसी लड़के से दोस्ती करके सरिता के घर में परिचय बढ़ा लिया। सरिता की अनुपस्थिति में उसके घर आना जाना शुरू कर दिया। सरिता के घर में उसके भाई-भाभी और माँ थे। उसके पिता की दस साल पूर्व मृत्यु हो चुकी थी। सीधे सच्चे लोग थे। परेश ने सरिता की भाभी को बताया कि मैं और सरिता एक ही कॉलेज में पढ़ते हैं। एक दूसरे को पसंद करते हैं। पर आप यह बात सरिता से मत पूछना वह स्वीकार नहीं करेगी भाई से बहुत डरती है। पहले आप भाई को तैयार कर लो मैं अपने घर से रिश्ता भिजवाता हूँ। भाभी ने ऐसा ही किया। परेश ने चतुराई से सरिता के घरवालों की कमजोरी का फायदा उठाया। अपने घर से रिश्ता भिजवाया। ऐसा चक्कर चलाया कि अंत में सरिता को शादी के लिए हाँ कहना पड़ा। चट मंगनी पट ब्याह करके ही दम लिया। सरिता के घर

में सब यही समझते कि सरिता की पसंद से शादी हुई है। माँ खुश थी कि सरिता को जब चाहे तब देख सकती है। एक ही शहर में है। छोटी होने के कारण वह सबकी लाड़ली थी। सरिता एम.ए. बी.एड. करके एक अच्छे प्राइवेट स्कूल में पढ़ा रही थी। परेश अभी बेरोजगार था। उसने भाभी से कहा था कि उसका पी.एस.सी. में सिलेक्शन हो चुका है। वह शादी के बाद ज्वाइन करेगा। उसे डर था सरिता की शादी कहीं और न हो जाये। शादी के बाद झूठ खुल गया। अब शादी को डेढ़ वर्ष हो चुका था। विदाई के वक्त माँ ने कहा था "बेटा हमारे खानदान में लड़की की डोली एक बार उठती है दूसरी बार ससुराल से अर्थी उठती है। अब हमारे घर की लाज तुम्हारे हाथ में है।" सरिता वही तो निभा रही थी।

सरिता का मायका स्कूल से एक किलोमीटर और ससुराल स्कूल से छैः किलोमीटर दूर था। उसकी छैः माह की एक बच्ची गुनगुन थी। वह ससुराल से स्कूल अब बस से जाने लगी थी। उसकी लूना परेश ने बेच दी थी। कहा था नई खरीद दूँगा। महीनों हो जाते; वह मायके नहीं जा पाती थी। गाड़ी न रहने से वह कहीं आने-जाने में असहाय महसूस करती थी। शादी के पहले वह अपनी गाड़ी से ही अपने घर बाहर के काम करती थी।

ससुराल में संयुक्त परिवार था। उसे मायके जाने के लिए कई लोगों से पूछना पड़ता था। जो उसे बहुत ही ज्यादा अखरता था। पहले पति से पूछती तो वह कह देता "माँ से पूछो मैं क्या कहूँ; सास से पूछने पर वह कहती "बाबूजी से पूछ लो, मैं कैसे कह दूँ जाने की" बाबूजी से पूछने पर वे कहते "बाई सबसे बड़ी हैं उनसे पूछो" बाई (आजी) से पूछती तो वह कह देती "मैं क्या कहूँ तुम्हारे सास ससुर जो कहें वही करो" सबसे पूछते-पूछते उसका सारा उत्साह ठंडा पड़ जाता। अंत में सास कहती "बाबूजी कह रहे हैं चली जाओ पर आधे घंटे में मिलकर आ जाना और मैं गुनगुन को न भेजूँगी। उसके बिना घर सूना हो जाता है। तुम दोनों चले जाओ" सरिता सब भूलकर फिर खुश हो जाती और खुशी-खुशी पति से कहती अब चलें। सबने हाँ कर दी है।" अब पति टालमटोल, कर कहता "आज नहीं आज मैं बहुत व्यस्त हूँ। मेरी अगली छुट्टी के दिन मैं पक्का वादा करता हूँ। ले चलूँगा" इस तरह बची खुची कसर पति पूरी कर देता और वह मायके न जा पाती। अब सरिता का भी मन मर गया था। उसने पूछना ही छोड़ दिया था।

इतना आसान न था मन को मारना वह घुटती रहती। बच्ची के जन्म के बाद केवल एक बार मायके गई थी। आज पाँच माह हो गये नहीं जा पायी। उस दिन भी माँ का स्वास्थ्य खराब था। तब भी परेश ने आधा घंटे से ज्यादा ठहरने न दिया था। उसने ससुराल पहुँचते ही अपने जरूरी काम गिना कर जल्दी चलने की हठ की थी। मायके में सब रोकते रह गये। उसने किसी की एक न सुनी थी। आखिर हारकर सरिता को जल्दी वापस आना पड़ा। उस दिन से उसने मायके जाने का कहना ही छोड़ दिया। दिल करता वह माँ के आँचल में बच्ची को डालकर स्वयं उनकी गोद में सिर रखकर सो जाए।

उनके पास बैठकर खूब बातें करें। वो बचपन के दिन, वो माँ के हाथ का खाना, वो मौज-मस्ती भरें बेफिक्री के दिन फिर आ जायें। कुछ दिनों मायके में माँ के पास रह ले। जाने क्यों परेश सरिता को मायके भेजना ही नहीं चाहता था।

परेश ने शादी के बाद सरिता को एक दिन भी मायके में न रहने दिया था। जिस घर में शादी के पहले वह रोज जाता था। अब उस ओर जाने से भी कतराता था। वह सरिता और भाभी को मिलाना ही नहीं चाहता था। उसने इतने झूठ बोले थे कि सरिता और उसकी भाभी मिलती तो निश्चित ही कई बातें खुलती। अब पछताए होत का जब चिड़िया चुक गई खेत, सरिता की जिन्दगी तो दाँव पर लग ही चुकी थी।

सरिता माँ की सेवा करना चाहती थी। उसका किसी पर वश न चलता, एकांत में अपनी लाचारी पर आँसू बहाती थी। कभी सोचती क्या मेरी बेटी के साथ भी ऐसा ही होगा? परेश के झूठ फरेब करके शादी करने की सच्चाई अब खुल चुकी थी। वह नौकरी न करके सरिता की तनख्वाह पर अपना हक जमाकर ऐश करता। उसे मुठ्ठी में कैद रखना चाहता था। परेश का व्यवहार सरिता की समझ से परे था। जो आदमी सरिता से शादी न होने पर जान देने को तैयार था। शादी के बाद वह इतना कठोर क्यों? कभी सरिता की भावना क्यों नहीं समझता? सरिता को इतना दुःखी क्यों करता है? इतना गैर जिम्मेदार क्यों है? कोई काम धन्धा क्यों नहीं करता? सदा पत्नी के वेतन पर ही नजर क्यों रखता? ये कैसा प्रेम है? वो समझ न पाती न किसी से कह पाती। माँ की सीख सदा दिमाग में रहती। दोनों घरों की इज्जत बचाना उसका कर्तव्य है उसे निभाना ही है।

एक ही शहर में होने पर भी वह अपनी माँ से मिलने, उन्हें देखने नहीं जा सकती थी। उस दिन भी प्रतिदिन की तरह वह शाला में बच्चों को पढ़ा रही थी। उसका मन आज बहुत ज्यादा विचलित था। आज बिना वजह ही उसका मन भारी हो रहा था। वह समझ नहीं पा रही थी कि आज इतनी बेचैनी क्यों हो रही है। उसका मन पढ़ाने में नहीं लग रहा था। उसे रह-रह कर माँ की याद आ रही थी। माँ का बुझा उदास चेहरा उसे याद आने लगा। वह सोचने लगी पता नहीं अब माँ की तबियत कैसी होगी? कोई खबर भी नहीं मिली। माँ का ख्याल आते ही आँखों ने आँसुओं की झड़ी लगा दी। गुबार इतना तेज था कि रोके न रूकी। उसे कक्षा छोड़कर बाहर जाकर आँसू पोंछना पड़े। उसके आँसू आज रूकने का नाम ही नहीं ले रहे थे। फिर-फिर बहते जाते थे। लगा किसी नये खारे सागर का प्रादुर्भाव होने में कोई संदेह नहीं। वह बारम्बार, विद्यार्थियों की तरफ पीठ करके आँखों को पोंछती जाती। आज अचानक ऐसा क्यों हो रहा था वह समझ नहीं पा रही थी। जब कक्षा में बच्चों के सामने आँसू पोंछना मुश्किल हो गया तो वह स्टाफ रूम में चली गई। वहाँ जाकर अच्छे से मुँह धोया, पोंछा, फिर वापस आई। लाल रूआँसी आँखें देखकर कोई भी उसकी पर्वताकार पीड़ा का अनुमान लगा सकता था। उस दिन सरिता का मन, किसी काम में नहीं लग रहा था। किसी भी शर्त पर वह माँ को देखना चाहती थी। वह सोचने लगी यह कैसी मजबूरी है? माँ को देखने भी

नहीं जा सकती। यदि मुझे माँ को देखने जाना है तो पूरे घर से पूछना पड़ेगा। इन्कार कर दिया तो मैं माँ को कैसे देख पाऊँगी?

तभी मध्यावकाश की घंटी बजी। बच्चे कक्षा से बाहर चले गये। बगल वाली कक्षा से चावला मैडम आकर सरिता के सामने बैठ गई। सरिता के चेहरे पर नजर पड़ते ही बोली "सरिता मैडम क्या हो गया? इतनी उदास क्यों हो? आँखें इतनी लाल, क्यों रो रही थी? सरिता चावला मैडम की ओर देख रोते हुए बोली–"मेम आज अच्छा नहीं लग रहा। मम्मी की बहुत याद आ रही है। कहीं उनकी तबियत ज्यादा खराब न हो। मुझे बहुत बेचैनी हो रही है। बार-बार उनका चेहरा याद आ रहा है।" कहते-कहते वह फफक-फफक कर रोने लगी। चावला मैडम ने सरिता को गले लगाकर चुप कराया। वह सरिता को उसकी शादी के पूर्व से ही जानती थी। वह सरिता को ढाढस बंधाती रही। चावला मैडम की अनुभवी आँखों ने सरिता की स्थिति को भांप कर एक तरीका ढूँढ लिया। वो सरिता को चुप कराते हुए बोली "मुझे एक आइडिया आ गया है। इससे तुम अभी स्कूल की छुट्टी होते ही मम्मी को देख सकोगी। घर जाने से पहले ही मम्मी से मिल लो।" उदास सरिता आश्चर्य और उत्सुकता से चावला मैडम की तरफ आशा भरी निगाहों से देखने लगी। कुछ सोचकर बोली "मेम ससुराल में पूछे बिना कैसे जा पाऊँगी?"

चावला मैडम सरिता से उम्र अनुभव दोनों में बड़ी थी। उसने सरिता को समझाया "घर पर मत बताना कि मायके गई थी। जिस बस से रोज जाती हो वही बस तुम्हें मायके ले जायेगी। मैं उस बस के ड्राइवर को जानती हूँ। बहुत अच्छा आदमी है मैं अभी बुलाकर बात करती हूँ।" चावला मैडम ने स्कूल की छुट्टी से पहले ड्राइवर को बुलाकर सब तय कर लिया।

स्कूल की छुट्टी हुई तो योजनानुसार सरिता बस में बैठ गई। आज बस रूट बदलकर पहले सरिता मैडम को उसके मायके के सामने छोड़कर ड्राइवर बोला "मैडम मैं इस तरफ के सारे बच्चों को छोड़कर 10-15 मिनिट में आता हूँ।" सरिता को विश्वास ही नहीं हो रहा था। वो इतनी जल्दी इतनी आसानी से माँ से मिलने आ गई। सरिता खुशी के मारे फूली ना समा रही थी। बस से उतरकर घर पहुँची। खुशी-खुशी दरवाजे से आवाज लगाकर जोर से बोली "मम्मी मैं आ गई आप कहाँ हो? भाभी कहाँ हो?" पर ये क्या...न भाभी बाहर आयी न माँ आयी?... मन में खटका सा लगा। दरवाजा खुला था। सरिता दरवाजे के भीतर घुसी तो सामने ही पलंग पर माँ को लेटे हुए पाया। माँ को देखा तो देखती रह गई। वे इतनी कमजोर दुर्बल, अशक्त कि आधी भी न रह गई थी। सरिता की खुशी काफूर हो गई। सरिता को देख उनके चेहरे पर खुशी की एक लहर आयी। वे उठने की कोशिश करने लगीं पर उठ न सकीं। सरिता उनके पास गई। धीरे से हाथ पीछे लगाकर उन्हें कमर से उठाया। पीछे तकिया लगाकर टिकाया तब जाकर वे बैठ पाईं। उनकी ऐसी कमजोर हालत देखकर सरिता ने पूछा "मम्मी सुबह से कुछ खाया कि नहीं" वे बोली "नहीं बेटा, आज एक हफ्ते से खाना

बंद है। बस रस और पानी पी रही हूँ। बेटा मैं तुम्हें बहुत याद कर रही थी। तू आ नहीं पायेगी फालतू परेशान होगी, यही सोचकर तुझे बुलाने नहीं भेजा। तू आ गई बहुत अच्छा किया। सरिता माँ की हालत देखकर उनसे लिपटकर रोने लगी। उसने माँ की ऐसी हालत की कभी कल्पना भी नहीं की थी। जैसे-तैसे अपने को सम्भाला और बोली ''मम्मी मैं अभी स्कूल से आयी हूँ। स्कूल बस अभी आ जायेगी। मैं शाम को इनके साथ आऊँगी। आपके पास ही रहूँगी। आप जल्दी पहले जैसी हो जाओ मम्मी'' कहकर पुनः रूआँसी हो गई। ''बेटा आज शाम को जरूर आना गुनगुन को भी लाना, अब तो हँसने लगी होगी। घर पर सास, ससुर से पूछकर दामाद जी के साथ जरूर आना। मैं इन्तजार करूँगी।''

व्यथित उदास सरिता आँसू पोंछकर बोली ''मम्मी इतनी ज्यादा तबियत खराब थी। मुझे खबर क्यों नहीं भेजी? मेरे घर की मजबूरी तो हमेशा की है। मैं ऐसे ही स्कूल से आ जाती।...मम्मी आपका गला सूख रहा है क्या? माँ ने हाँ में गर्दन हिलाई। सरिता ने टेबल पर रखे संतरे का वहीं रखे जूसर से जूस निकाला, छटांक भर रस हो जाने पर माँ को पिला दिया। फिर कुछ अंगूर उठाकर उनका भी रस निकालकर पिला दिया। पौने एक बजे थे माँ ने कुछ भी नहीं खाया था। भाई फल लाकर रख गया था। भाभी से बोल गया था ''थोड़ी-थोड़ी देर में रस निकालकर पिला देना।'' वह डयूटी चला गया था।

सरिता ने पूछा ''मम्मी भाभी कहाँ है? अभी तक बाहर नहीं आयीं''

माँ बोली ''अन्दर काम कर रही होगी या सो गई होगी, बेटा तू जाकर मिल आ'' तभी बस का हार्न बज गया। बस बच्चों को छोड़कर आ चुकी थी। सरिता बेमन से उठी और बोली ''मम्मी मैं शाम को गुनगुन को लेकर जरूर आऊँगी, देखना वो कैसे हँसती है? अब उसकी सूरत भी बदल गई है। अभी जाती हूँ मैं आज जरूर आऊँगी।'' कहकर उदास हाथ हिलाती हुई बस में बैठ गई। घर जाकर उसने जल्दी-जल्दी मायके जाने की तैयारी कर ली। सास से कहा स्कूल में खबर आयी थी कि मम्मी की तबियत बहुत खराब है। मैं चली जाऊँ? सास बोली ये तो शाम को आयेगें; बाई से पूँछ लो। बाई से पूछा तो वो बोली ''ठीक है परेश अभी दुकान से आयेगा तो उसके साथ चली जाना।''

आज तभी तो वह पति के आने का इन्तजार कर रही थी। आज उसकी सहनशक्ति की कठोर परीक्षा होनी थी। इन्तजार करते-करते दो बज गये। पति के बदले देवर आया। सरिता ने उसे माँ की बीमारी के विषय में बताया और कहा ''भैय्या आप मुझे दुकान तक स्कूटर से ले चलो। वहाँ से उनके साथ चली जाऊँगी। सास से बोली ''मम्मी ने कहलवाया है कि गुनगुन को भी लाना। उसे देखना चाहती है।'' सास ने जल्दी आने का बोलकर अनुमति दे दी। देवर बोला ''नहीं भाभी, भैय्या से पूछे बिना आपको ले जाऊँगा तो वो मुझ पर बहुत गुस्सा करेगा। मैं दुकान जाकर उसे ही भेजता हूँ। आप तैयार रहो उसके साथ ही जाना।'' कहकर चला गया। उसके जाने के बाद सरिता इन्तजार करती रही। भीतर-बाहर होती रही; समय बीतता गया। एक-एक कर

घंटे बीतते गये। चार, पाँच,छै, सात, आठ, नौ बज गये। जो दुकान बन्द करने का समय था। आज वो अभी तक नहीं आया था। ससुर भी ऑफिस से आ चुके थे। वो भी नाराज हो रहे थे। बच्ची रो रही थी। सरिता खून के आँसू रो रही थी। बेचैनी कम ही नहीं हो रही थी। इन्तजार की हद हो गई। रात के ग्यारह बज चुके थे। अब भी मायके जाने की बेचैनी, उत्कट इच्छा सरिता के चेहरे पर स्पष्ट देखी जा सकती थी। उसकी बेचैनी देखकर सास ने भी बेटे की लापरवाही पर नाराजी जाहिर की थी। अब समय देख सास बोली ''अब तो आधी रात हो चुकी। तुम अब भी इन्तजार कर रही हो। ये कोई समय नहीं है जाने का, कल चली जाना। गुनगुन रो रही है उसका ध्यान रखो उसे दूध पिलाकर सुलाओ और तुम भी सो जाओ।'' सास के आदेशानुसार सरिता चुपचाप मन मारकर अपने कमरे में आ गई। पर उसने कपड़े नहीं बदले उसका मन अभी भी माँ को देखने तड़प रहा था। वह आँसुओं को पी गई और रोती हुई गुनगुन को छाती से लगा लिया। दूध पिलाते-पिलाते जाने कब दो पल को आँख लग गई। सवा ग्यारह बजे दोनो भाई आये। माँ ने पूछा ''इतनी देर से क्यों आए, क्या हो गया था?

उल्टे परेश ने पूछा ''वह सो गई कि अभी भी वहाँ जाने की रट लगाये, तैयार बैठी है? माँ ने बताया ''अभी-अभी सोई है, दिनभर तेरा इन्तजार करती रही। छोटू ने तुम्हें नहीं बताया क्या?

वह चिढ़कर बोला ''हाँ बताया तो था। क्या करना है बार-बार मायके जाकर....माँ की तबियत खराब है। तो उसके भाई भाभियाँ हैं। घर पर इलाज चल रहा है। यह जाकर क्या करेगी?

माँ बोली ''ऐसा नहीं कहते परेश वो बहुत परेशान है। बहुत रो रही है आखिर उसकी माँ है। उसे एक बार ले जाकर माँ से मिला दो।''

तभी घर के सामने एक स्कूटर आकर रूका। परेश ने देखकर पहचान लिया वो सरिता के जीजाजी थे। उसने माँ से कहा ''माँ, दोस्त है तू अन्दर चल। मैं मिलकर आता हूँ।'' वह माँ और सरिता को जीजाजी के आने की भनक नहीं लगने देना चाहता था। परेश ने देखा जीजाजी बहुत दुःखी लग रहे थे। बाहर ही उनके स्कूटर के पास पहुँच गया? उन्हें भीतर भी नहीं बुलाया। जीजाजी के चरण स्पर्श कर अनजान बनकर बोला ''अरे जीजाजी आप इतनी रात को'' हाँ परेश सासूजी की हालत गम्भीर है। मुझे सूचना मिली तो मैं परिवार को लेकर भोपाल से दो घंटे पहले आ गया था। सरिता नहीं पहुँची। मुझे बताया कि आप लेकर आ रहे हो। सासूजी सरिता को बार-बार याद कर रही थी। तो उनकी नाजुक हालत को देखकर मैं ही आ गया सोचा शायद आपको समय न मिला हो मैं ही ले आता हूँ। परिवार में सब आ गये हैं। केवल सरिता ही नहीं पहुँची। मुझे लगता है, उनका अंतिम समय है''। निराश होकर जीजाजी चुप हो गये।

परेश जाने किस मिट्टी का बना था। उसका दिल न पसीजा उसने बड़ी सफाई से कहा ''जीजाजी गुनगुन की तबियत खराब है। सरिता अभी उसको लेकर सो गई है मैं कल सबेरे पक्का लेकर आ जाऊँगा'' जीजाजी अवाक् परेश को तकते रह गये। वे

निरूत्तर हो गये। वहीं से स्कूटर घुमाया और अपमानित वापस लौट गये।

स्कूटर की आवाज आते ही सरिता की नींद खुल गई थी। वो लेटे-लेटे ही मायके से किसी के होने का अनुमान लगा रही थी। सोच रही थी अभी मुझे बुलाया जायेगा कि जाओ तुम्हें लेने भैय्या आये हैं। कुछ देर हो गई किसी की आवाज सुनायी नहीं दी तो उसे शक हुआ। वह हड़बड़ा कर उठी और बाहर देखने दौड़ी। तब तक स्कूटर जा चुका था। उसने परेश से पूछा "कौन था?" बड़ी सफाई से परेश झूठ बोला "अरे वो तो मेरा दोस्त था। तुम क्यों उठी, सो गई थी ना?" सरिता ने भरी आँखों से उसे घूरा वह कुछ कह न सकी शब्द जबाब दे गये।

रात करवटें बदलते बीती। सबेरे सरिता ने झटपट काम निपटाकर माँ के पास जाने की सोची वह अपने काम में लग गई।

तभी सास ने कहा "काम छोड़ दो कपड़े बदलो और अपने मायके चली जाओ। सरिता कुछ समझ न सकी। आज बिना किसी से पूछे माँ के घर कैसे भेज रहे हैं?"

वह बोली "अभी कैसे? सारा काम पड़ा है, मैं जल्दी-जल्दी काम कर लूँ।"

सास बोली "मैं कर लूँगी तुम दोनों चले जाओ। वो फिर दुकान चला जायेगा तो मुश्किल हो जायेगा। गुनगुन को रहने दो फिर कभी ले जाना।"

वह बोली "मम्मी की बहुत इच्छा है उसे देखने की"

सास बोली "फिर कभी ले जाना आज तो तुम अकेली ही जाओ"

सरिता ने कपड़े बदले और चुपचाप स्कूटर के पीछे बैठ गई। मायके के बाहर परेश ने स्कूटर रोका। सरिता के घर के बाहर बहुत भीड़ लगी थी। भीड़ देख हैरान सरिता ने पूछा-"अरे हमारे घर पर ये भीड़ क्यों लगी है? परेश अनजान बना रहा।

आँगन में पहुँची तो ठिठक गई जैसे लकवा मार गया हो, उसकी आँखें फटी की फटी रह गई। जमीन पर उसकी माँ लेटी थी। जो उसे और नन्हीं सी पोती गुनगुन को याद करते-करते देखे बिना ही उससे पूछे बिना ही महाप्रयाण पर जा चुकी थी। जहाँ से लौटना मुमकिन नहीं होता। दूसरे शहरों से सभी रिश्तेदार आ चुके थे। इलाके के जान-पहचान वालों का मजमा लगा था। अर्थी की तैयारियाँ चल रही थी। इसी शहर में ब्याही छोटी बेटी का इन्तजार हो रहा था। वो अब आ पायी थी। सरिता को काटो तो खून नहीं। वो वहीं माँ की अर्थी के पास धम्म से बैठ गई। वीरान पड़े माँ के चेहरे को एक टक देखने लगी। ऐसा लगता माँ अभी भी उसके इन्तजार में आँखें बन्द करे हैं, अभी खोल देगीं।

सरिता को न रोना आया न चीखी। बस माँ को एकटक देखे जा रही थी। उसकी बड़ी बहिन दहाड़ें मार-मार कर सरिता को गले लगाकर रोती जा रही थी। जब थोड़ा रोना कम हुआ तो वो बोली-"सोनू मैंने तेरे जीजा को तुझे लेने भेजा था दामाद ने कह दिया सबेरे लाऊँगा। माँ सबेरे तक तेरा इन्तजार न कर सकी। तेरे पिलाये जूस के बाद, माँ ने पानी भी नहीं पिया। तेरी किस्मत में इतनी पास रहकर भी अंतिम समय माँ से मिलना न लिखा था। होनी को कौन टाल सकता है? उठ, चल, माँ के अंतिम दर्शन

कर, फिर माँ को हम कभी नहीं देख पायेंगे।''

सरिता जैसे नींद से जागी हो–माँ के अंतिम दर्शन... सामने जमीन पर माँ को देखा... सब्र का बाँध टूटा। माँ से लिपट–लिपट कर सिसकने लगी। मम्मी मुझे छोड़कर कैसे जा सकती है? कल ही तो मुझे बुलाया था। नहीं...नहीं ऐसा नहीं हो सकता मम्मी आप मुझे छोड़कर नहीं जा सकती'' सुबक सुबक कर रोने लगी। लोगों ने उसे रोकने वाली औरतों को इशारा किया कि उसे रोकें नहीं, अन्दर का गुबार निकलने दें। वह रोती रही। बहुत देर बाद बहिन ने ही उसे माँ से अलग किया। अर्थी उठी ''राम नाम सत्य है... माँ चली इस लोक से परलोक सबको छोड़कर।

अब गुनगुन बालिग हो चुकी है। जब वह कभी माँ से पूछती ''मम्मी नानी कैसी दिखती थीं? कैसे बोलती थी? सरिता की आँखें डबडबा जातीं, वह परेश की तरफ इशारा कर कहती; बेटा–इनसे पूछ लो...।''

कौमुदी

मैंने प्रेमचंद की कहानियों में जमींदारों और अमीरों द्वारा किया गया शोषण पूर्ण अत्याचार पढ़ा था, पर आज तो शोषण करने, धौंस जमाने, अत्याचार करने के लिए जमींदार या बहुत अमीर होना भी जरूरी नहीं है। बस आप सामने वाले से थोड़ा ज्यादा कमाते हैं तो उसे अंगुलियों पर नचा सकते हैं, उसका शोषण कर सकते हैं उस पर कब्जा कर सकते हैं। ऐसी ही एक घटना मेरे सामने घटित हुई। भारी मन से कामिनी बोली- प्रतिवर्ष छत्तीसगढ़ से काम की तलाश में खेतिहर मजदूर मध्य प्रदेश आते थे। उसमें से कुछ स्थाई काम मिलने पर यहीं बस जाते, कुछ मजबूरी में रह जाते, कुछ मजदूरी करके रुपए कमा कर वापस अपने गाँव चले जाते थे। ऐसा ही एक परिवार रामशरण का था जो मजबूरी में यही बस गया था यह सोच कर कि वहाँ जाकर भी क्या करेंगे! कोई काम धंधा तो है नहीं, अब यहाँ आ गए हैं तो यहीं काम करेंगे। पाँच बच्चों को लेकर बार-बार इतना खर्चा करके कौन आएगा जाएगा? रामशरण और उसकी बीबी सुबह से ही काम पर खेतों में चले जाते। उनकी बड़ी बच्ची कौमुदी घर का काम करती थी। वह पाँचवी तक ही पढ़ पाई थी। अब वह शाला नहीं जा पाती थी। घर का पूरा काम वो ही संभालती थी, छोटे भाई बहन पढ़ने जाते थे।

वह भी पढ़ना तो चाहती थी पर उसे समय ही ना मिल पाता था। रामशरण जहाँ काम करता था वह बहुत बड़ा फार्म हाउस था। उसकी रखवाली और देखरेख की दृष्टि से मालिक ने एक आदमी को रखा था जो रामशरण की ही उम्र लगभग 40 वर्ष का दुबला-पतला चश्मे वाला आदमी था। वह साइकिल पर बिस्कुट का बक्सा रखकर बिस्कुट बेचता था तथा रात्रि में फार्म हाउस की देखरेख करता था जिसके बदले में मालिक उससे घर का किराया नहीं लेते थे। रामशरण और बिस्कुट वाले की दोस्ती हो गई। कभी-कभी बिस्कुट वाला उनके घर भी आता था। लोग कहते थे कि बिस्कुट वाले की बीबी को कभी नहीं देखा शायद वह उसके साथ ना रहती हो अथवा वह अविवाहित हो! यह कोई नहीं जानता था।

एक दिन रामशरण को एक हजार रुपयों की जरूरत पड़ी। बिस्कुट वाले को पता चला तो उसने तुरंत दे दिए। कुछ दिन बीते तो उसने रुपए वापस मांगे। लेकिन रामशरण

पैसे वापस करने की हालत में नहीं था इसलिए उसने थोड़ी मोहलत मांगी। बिस्कुट वाला कुछ ही दिनों में दोबारा रुपया लेने आ गया। रामशरण ने समझा; बिस्कुट वाला भी दो-चार महीने की मियाद तो दे देगा, तब मैं कैसे भी इसके पैसे चुका दूँगा? लेकिन ऐसा नहीं हुआ। वह अब बिल्कुल भी समय नहीं दे रहा था। रामशरण को बहुत शर्मिंदगी हो रही थी कि अब क्या करे? तभी बिस्कुट वाले ने कहा, तुम मेरे दोस्त हो मैं तुम्हें बार-बार परेशान नहीं करना चाहता। मुझे एक उपाय सूझा है जिससे तुम्हारे रुपए चुक जाएँगे और तुम पर भार भी ना पड़ेगा। मुझे मेरे रुपए भी मिल जाएँगे। रामशरण ने पूछा अच्छा! वो कैसे! बिस्कुट वाला बोला-तुम अपनी लड़की को मेरे घर काम करने, रोटी बनाने भेज दो, मैं उसके काम से अपने रुपए काटता जाऊँगा, कुछ ही महीनों में तुम्हारे रुपए चुक जाएँगे। रामशरण बिस्कुट वाले के आगे विवश था। उसके पास लड़की को काम पर भेजने के सिवा कोई चारा न था। रामशरण को अपनी पत्नी से लड़कर कौमुदी को बिस्कुट वाले के घर काम करने भेजना पड़ा। उसकी पत्नी ने बहुत विरोध किया और यहाँ तक कहा कि काम ही करना जरूरी है तो मैं काम करने जाऊँगी पर बच्ची को न भेजूंगी परंतु रामशरण ने उसकी एक न सुनी क्योंकि बिस्कुट वाले ने कह दिया था तीनों समय का खाना, तीनों समय गरम बनाकर दे। ऐसे में तीन बार मेरे घर आना पड़ेगा तो तुम्हारी पत्नी न कर पाएगी। रही बच्ची की बात तो उसे तीन बार आने की जरूरत नहीं। वह तो घर पर ही रह कर बाकी समय घर का काम झाड़ू, पोंछा, बर्तन, कपड़े वगैरह कर देगी। मेरे ही घर पर खाना भी खा लेगी। जब मैं फेरी पर जाऊँगा तो मेरे घर पर ही आराम कर लेगी, मेरे आने पर चली जाएगी।

तेरह वर्षीय गोरी चिट्टी कौमुदी, उस पर गजब ढाती बड़ी-बड़ी भूरी आँखें और कमर तक भूरे बालों की दो मोटी-मोटी चोटियाँ और घुटने तक का घेर वाला स्कर्ट और शर्ट पहनती थी। कौमुदी बिस्कुट वाले के घर काम करने के लिए जाने लगी। उसके घर में रोटी बनाती, कपड़े धोती, घर और बर्तन साफ करती, पानी भरती, फिर शाम का खाना बनाती। पूरा काम करते-करते उसे पूरा दिन ही बीत जाता। रामशरण ने सोचा था एक-दो घंटे का काम होगा पर बिस्कुट वाला दिन भर पूरा काम कराने लगा। वह सबेरे नाश्ता बनवाता, नाश्ता खा कर फेरी लगाने जाता। दोपहर में वापस आता तब गरम खाना बनवाकर खाता। शाम चार बजे तक घर में रहता। शाम को नाश्ता-चाय कर फेरी लगाने जाता। सात बजे तक लौटता। तब तक कौमुदी रात का खाना बना कर रख चुकी होती। तब वह घर जा पाती।

कौमुदी को काम तो पहले अपने घर में भी करना पड़ता था पर इतनी थकावट न होती थी। अब वह रात को सोने के लिए ही घर आ पाती थी। कौमुदी की माँ रामशरण से लड़ती थी-अब बस भी करो। अब तो रुपये चुक गए होंगे, कितने दिन हो गए? पत्नी के ताने सुनकर रामशरण पाँच महीने बाद बिस्कुट वाले से बात करने गया। बिस्कुट वाला बड़ी चतुराई से बोला रामशरण बस, चार-पाँच माह और भेजो तुम्हारा पूरा पैसा झुक जाएगा। फिर तुम कोई गैर तो हो नहीं! कुछ रुपया और चाहिए तो ले

लेना। रामशरण निरुत्तर वापस लौटा। उसे कौमुदी को लगातार भेजना पड़ा। बिस्कुट वाला कौमुदी को रोज गोली बिस्कुट देता-खिलाता और खाना भी खिलाता। कहता तुम्हें जो चीज खानी हो मुझे बता दो, मैं वही ला दूँगा। तुम खूब खाया-पिया करो, इतनी दुबली हो। कभी-कभार जबरदस्ती उसके हाथ में दस-बीस रुपए पकड़ा देता। वह उसे खिलाने-पिलाने में कोई कसर न छोड़ते हुए कहता-अपना ही घर समझा करो।

कौमुदी घर के काम में लगी रहती। अपने शरीर की भाषा से अनजान वह जब झाड़ू-पोंछा करती, कपड़े धोती तो बिस्कुट वाला उसे दुलारता अरे! कैसे यह स्कर्ट गीला हो रहा है? तुम गीली हो रही हो। लाओ मैं भी तुम्हारे साथ काम कराता हूँ कहकर जाने-अनजाने कौमुदी के भीगे कपड़ों के बहाने शरीर को सहलाता और फिर कौमुदी का चेहरा पढ़ने की कोशिश करता, चेहरे पर नाराजी देखते ही उसे मंजे हुए खिलाड़ी की तरह समझाता अरे मुझसे गलती हो गई तो मुझे मारो, चलो आज तुम्हारे हाथ से मार खाने को भी तैयार हूँ। तुम मुझे मालिक मत कहा करो। तुम मेरी नौकरानी नहीं हो तुम तो रानी हो! आज तुम जो कहोगी मैं ला कर दूँगा। गोली, बिस्कुट, मिठाई, कपड़े। अब तो गुस्सा खत्म करो! कौमुदी का बाल-सुलभ चंचल मन उसकी बातों में आ जाता। वह खिल-खिलाकर हँस पड़ती, गालों में गड्ढे पड़ जाते। बिस्कुट वाला उसे खुश करने की कोशिश करता जिससे वह रोज काम पर आती रहे। परंतु कभी-कभी कौमुदी को लगता कि वह माँ को बता दे और अब वह काम पर नहीं जाना चाहती पर फिर सोच कर रह जाती कि अभी इनके रुपए तो चुके नहीं ये मालिक तो छोड़ेंगे नहीं। बिस्कुट वाला फार्म हाउस की चौकीदारी करता था इसलिए ऐसा काम नहीं करना चाहता था कि वह बदनाम हो। कौमुदी का शरीर अब विकसित होने लगा था। खाना बनाते समय अक्सर बिस्कुट वाला पीछे से आकर कौमुदी को किसी न किसी बहाने पीछे से छूता था। कौमुदी अब समझने लगी थी परंतु न वह चिल्ला सकती थी न ही रो सकती थी। एक दिन बिस्कुट वाला बोला तुम्हारे पापा ने जो रुपए लिए हैं वह सब मैं छोड़ दूँगा फिर और भी जब जरूरत हो दे दूँगा। तुम्हें बस एक काम करना है जो कि बिल्कुल सरल है! शरीर से बेखबर कौमुदी उत्सुकता व मासूमियत से बोली हाँ बोलो मालिक मैं आज ही कर दूँगी! बिस्कुट वाला धूर्ततापूर्वक बोला पहले कसम खाओ कि तुम चिल्लाओगी नहीं; बाहर आवाज नहीं जाएगी; तब बताऊँगा। कौमुदी बोली-भगवान कसम, बोलो! बिस्कुट वाला बोला अभी काम नहीं करना है, पहले मेरे बिस्तर पर आराम से लेट जाओ चुपचाप फिर मैं काम करके बताऊँगा। मासूम कौमुदी उसकी बातों में आ गई।

अब यह क्रम प्रतिदिन चलने लगा। बदले में बिस्कुट वाला उसे चाट, फुलकी, आइसक्रीम ला कर देता, खिलाता ताकि वह घर पर माँ को ना बताए।

गर्मियाँ शुरु हो गई थीं। कौमुदी को फार्म हाउस के दूसरे छोर पर स्थित खेत के कुएँ से पानी खींचकर लाना पड़ता था। सिर पर कसेंड़ी रखकर पानी लाती तो छलके हुए पानी से गीली हो जाती। उसकी शर्ट बहुत कसने लगी थी तब औरतों में

कानाफूसी होने लगी। वहाँ छत्तीसगढ़ से आए लोगों का एक कबीला सा बन गया था। वहीं औरतों में बातें हुईं। औरतों ने कौमुदी की माँ से कहा कौमुदी को कहां-कहाँ काम पर भेज रही हो? उससे कितना पैसा कमाओगी? जरा उसकी हालत तो देखो पहले उसे डॉक्टर को दिखाओ! कौमुदी की माँ आशंकित होकर उसे डॉक्टर के पास ले गई। जिसका डर था वही हुआ। कौमुदी को देखकर डॉक्टर ने बताया कि उसके पेट में चार माह का गर्भ है। कौमुदी का बढ़ा हुआ पेट और विकसित शरीर देखने से ही कानाफूसी हुई थी। सुनकर उसकी माँ माथा पकड़ कर बैठ गई। मारे क्रोध के वह कौमुदी पर टूट पड़ी। कलमुँही! ये क्या कर दिया तूने? हमें कहीं का न छोड़ा, कहती और उसे मारती जाती। अब पछताए होत का जब चिड़िया चुग गई खेत! नाक बचाने के चक्कर में नाक ही कट गई। रामशरण को पता लगते ही वह भी सकते में आ गया!

रामशरण अपना मुँह लटकाए हुए बिस्कुट वाले के घर पहुँचा और उससे कौमुदी के विषय में पूछा। आपके घर काम करने भेजा था। दिन भर आपके घर रहती थी डॉक्टर कहती है कि वह चार माह के गर्भ से है। बिस्कुट वाला बड़ी बेशर्मी से बोला तुमने कर्ज चुकाने के लिए काम करने भेजा था। अब तुम्हारा पूरा कर्ज चुक गया। तुम चाहो तो कौमुदी का मैं इलाज कराने और रखने को भी तैयार हूँ; नहीं चाहते तो ले जा सकते हो। रामशरण के पैरों तले जमीन खिसक गई! एक तरफ कुआँ दूसरी तरफ खाई! बुजुर्गों ने, मित्रों ने रामशरण को सलाह दी अब कुछ नहीं हो सकता। एक हजार रुपए की उधारी चुकाने के चक्कर में तुमने इतनी बड़ी कीमत चुका दी! अपनी बच्ची को ही दे दिया? अब कोई रास्ता नहीं। कौमुदी को सात फेरे लगवाकर बिस्कुट वाले को ही सौंप दो।

अपनी नाक बचाने के लिए रामशरण ने मंदिर में जाकर कौमुदी को बिस्कुट वाले को सौंपना ही ठीक समझा। मासूम भोली-भाली कौमुदी को पिता ने कर्ज की बलि चढ़ा दिया था। शातिर शिकारी बिस्कुट वाले ने उसे अनब्याही माँ बना दिया था। दोनों अपनी-अपनी नाक के साथ सही सलामत थे। कलंक तो अवयस्क कौमुदी पर लगा था! स्त्री के साथ ऐसे धोखे, विश्वासघात को मंदिर में मान्यता देकर अपराधी की जय-जयकार कर फूल माला पहनाई गई। मंदिर में औरतों ने उसे लाल साड़ी पहनाई जो कि बिस्कुट वाले ने भिजवाई थी। गोरी चिट्टी बड़ी-बड़ी भूरी आँखों और लंबे बालों पर करीने से गुंथे हुए फूलों की वेणी लगाए कौमुदी आज जन्नत की परी लग रही थी। चौदह वर्षीय दुल्हन और इकतालीस वर्षीय दूल्हा? वह अपनी कामयाबी पर फूला न समा रहा था। आखिर उसने अपने थोड़े से पैसों की दम पर कौमुदी जैसी नवयौवना को खरीद लिया था, उस पर जीवन भर के लिए कब्जा भी कर लिया, जिसमें हमारा संस्कारित समाज सहयोग कर रहा है।

इतना कहते-कहते कामिनी पूरी तरह भाव-विह्वल हो गई। अपने ओजपूर्ण स्वर में मानो मंच पर अपनी विचारधारा के पक्ष में मेनिफेस्टो पढ़ रही हो-हमें सही मायनों में स्वतंत्र होना है तो शिक्षित होना पड़ेगा। अपना निर्णय स्वयं लेना होगा। अपने पैरों पर

खुद-ब-खुद खड़े होना होगा। जब तक हम आर्थिक रूप से पुरुषों पर निर्भर रहेंगे तब तक हमें पुरुषों के ही अधीन रहना पड़ेगा! अतः क्या हम महिलाएँ हाथ पर हाथ धरे बैठें? यह ताना सुनते रहेंगे कि औरत तो हमेशा औरत ही रहेगी? उस पर सदियों से अत्याचार होता रहा है; होता रहेगा। उसे कोई नहीं रोक सकता। हमें अब कमर कसना होगी किसी भी स्त्री पर हो रहे अत्याचार को अपने ऊपर हो रहा अत्याचार समझकर प्रतिकार करना होगा। हमें एकजुट होना होगा। अत्याचार, अन्याय करने वाले का हाथ पकड़ना होगा और जरूरत पड़ने पर उस हाथ को तोड़ना भी होगा। हमें मदद के लिए दूसरे पुरुषों की ओर ताकने के बदले अपने अंदर की देवी शक्ति को जगाना होगा और धारा का रुख बदलना ही होगा। हमें बेटियों की परवरिश भी बेटों की तरह करनी होगी। हम बचपन से ही उन्हें भाई से छोटा, कमजोर कहकर उसे बड़े होने तक इतना कमजोर कर देते हैं कि वह अपने को पुरुष से कमजोर समझने लगती है। हमें पुरुष प्रधान संस्कारों, रूढ़ियों को तोड़ना होगा। बलपूर्वक, छल से यदि पुरुष किसी स्त्री, बालिका का शारीरिक शोषण करें तो बदले में समाज में इज्जत बचाने, बिन ब्याही माँ बनने को रोकने के लिए उल्टा बालिका का जीवन ही दांव पर लगाकर उसी आदमी को बेकसूर बनाकर तोहफा दो, यह कैसी विडंबना, अनर्थ! यह कैसा समाज है कि बेकसूर को फांसी दो, कसूरवार को आजीवन आजादी और बेशकीमती तोहफा।

पूनम का चाँद

सुंदर चांद सा मुखड़ा, उस पर घटा सी लहराती जुल्फें, माथे पर लगी सुर्ख नीली छोटी सी बिंदी, नीले रंग का सूट पहने सुडौल छरहरी काया की स्वामिनी पूनम अपने रूप यौवन से बेखबर फाइलों में उलझी काम कर रही थी। सहकर्मी सुबोध उसे टकटकी लगाए बहुत देर से निहार रहा था। वह बेसुध होकर पिछला काम निपटाने में लगी थी। बीच-बीच में अपने चेहरे से खेलती लटों को हटा लेती थी। अभी दो माह पूर्व ही वह तबादला होकर इस कार्यालय में आई थी। जिस दिन वह आई थी कार्यालय में सुबोध ही मिला था। जब पूनम ने उससे कार्यालय के विषय में पूछा तो सुबोध उसे ठगा सा देखता रह गया था। तभी तंद्रा टूटी जब पूनम ने अपना ज्वाइनिंग लेटर दिखाया। सुबोध के मन में लड्डू फूटे अरे वाह! यह तो मेरे ही ऑफिस में आ गई है। सुबोध ने उसका काम झटपट करके उसे अधिकारी के पास ले जाकर ज्वाइन करा दिया। कार्यालय के बारे में हल्की-फुल्की जानकारी देकर उसका कार्यालय में स्वागत किया। जल्दी से चाय-नाश्ता मंगवा लिया। पूनम के इंकार करने पर भी अनुरोध कर चाय-नाश्ता कराया।

पूनम बहुत खुश हुई। नए कार्यालय में सुबोध सर द्वारा किए गए स्वागत से उसे वहाँ के अच्छे माहौल का ज्ञान हो गया था। पूनम के चले जाने के बाद सुबोध उसके विषय में ही सोचता रहा। पूनम का चेहरा उसके सामने आता रहा। दूसरे दिन से पूनम कार्यालय में काम पर आने लगी। धीरे-धीरे सबसे जान पहचान हुई। पूनम अपने काम की पक्की थी। सुबोध कार्यालय में सबसे पहले पहुँच जाता और उसके आने का रास्ता देखता रहता। पूनम के आ जाने मात्र से उसका दिल खुश हो जाता। जिस दिन पूनम न आती उस दिन कार्यालय में उसका चित्त न लगता। वह दिन जैसे उसे खाने को दौड़ता। सुबोध को पूनम सबसे अलग लगती। वह अद्वितीय सुंदर थी। वह हमेशा उससे अकेले में बात करने की बाट जोतता रहता। हरदम मौके की तलाश में रहता। पूनम के काम में सहयोग करने को हमेशा तत्पर रहता था। रविवार को ऑफिस की छुट्टी रहती। वह घर पर रहता। उसे लगता काश ये छुट्टी न होती। पूनम कार्यालय में सभी से घुल-मिल गई थी। सुबोध से भी वह सभी की तरह बात करती थी।

सुबोध शादीशुदा था उसके दो बच्चे थे। उसकी पत्नी सीधी-सादी घरेलू महिला थी। पूनम भी विवाहित थी। उसके पति से उसका विच्छेद हो गया था। वह दो बच्चों की माँ थी। अपने मायके में रहती थी। उसका पति नटवरलाल था। शहर में कई लोगों के रूपये लेकर चंपत हो गया था। पूनम के भी जेवर एवं जमा-पूंजी लेकर भाग गया था। उसका रुपए के सिवा किसी से कोई रिश्ता ना था। वह बहुत ही लालची किस्म का आदमी था।

काम करते-करते पूनम की निगाह सुबोध पर पड़ी। वह उसे टकटकी लगाकर एकटक देख रहा था। पूनम हड़बड़ा गई। सुबोध से पूछा-सर कुछ काम है क्या? सुबोध ठिठककर बोला-हाँ मुझे तुमसे बात करनी है। पूनम सुबोध की मेज के पास आ गई और बोली।

क्या बात है सर बताइए! आज कार्यालय में वे दोनों ही हैं इससे अच्छा मौका शायद ही फिर मिले यह सोचकर सुबोध बोला-पूनम मैं जो कहने जा रहा हूँ उसे तुम झूठ या मजाक तो ना समझोगी? पूनम बोली-नहीं सर ऐसा क्यों समझूंगी। बोलिए न आप क्या कहना चाहते हैं? सुबोध बोला-मैं आज अपने दिल की बात कहना चाहता हूँ, मुझे कुछ समझ नहीं आ रहा है। मेरी बोलती तुम्हारे सामने बंद हो जाती है। मैं तुम्हें हमेशा अपनी नजरों के सामने देखना चाहता हूँ तुम्हारे बिना मुझे पूरी दुनिया बेरंग, बेजान, बेकार लगती है। जब तुम चली जाती हो तो मेरा दिल बैठ जाता है। ऐसा लगता है मेरी रूह तुम्हारे साथ चली गई और मैं बेजान रह जाता हूँ। तुम बुरा मत मानना, रूठना मत। मैं तुमसे अलग अपनी जिंदगी की कल्पना भी नहीं कर सकता। मुझे तुम्हारे सिवा कुछ याद नहीं रहता। मेरे दिलो-दिमाग पर चौबीसों घंटे तुम ही छाई रहती हो, मैं चाह कर भी किसी काम में ध्यान नहीं लगा पाता। मेरा दिल कहीं लगता ही नहीं, मैं क्या करूँ? तुम ही बताओ? कहकर पूनम को देखने लगा।

पूनम को कुछ सूझ ही नहीं रहा था। वह हड़बड़ा कर बोली-सर ये आप क्या कह रहे हैं? प्लीज मुझसे ऐसी बातें मत कहिए! सुबोध बोला-पूनम मैंने बहुत हिम्मत जुटाकर आज तुमसे अपने दिल की बात कही है। यह झूठ नहीं है। आज तक मैं लोगों पर हँसता था कि कैसे किसी के लिए अपनी जान दे देते हैं यह प्यार-व्यार सब बकवास है, लेकिन जब से तुम आई हो मेरी दुनिया ही बदल गई है। अब न दिन को चैन न रातों को करार। नींद आँखों से कोसों दूर भागती है, ख्वाबों-खयालों में तुम ही तुम हो। मैंने बहुत कोशिश की पर तुम दिल से जाती ही नहीं। मैं पागल हो गया हूँ कहकर सुबोध उम्मीद भरी नजरों से जैसे चकवा चकोर को निहारता है वैसे ही पूनम को निहारने लगा।

पूनम की धड़कन और तेज हो गई। चेहरा सुर्ख गुलाबी! घबराकर वह सुबोध को देखने लगी। अब वह वहाँ से जल्दी निकलने की सोचने लगी। वह वहाँ से झटपट सिर पर पैर रखकर भागना चाहती थी पर सुबोध उसे उठने ही नहीं दे रहा था। अत: उसने सोचा अब सुबोध को अच्छे से समझाया जाए। यह बेचारा भी क्या करे, दिल से

मजबूर है। पर मैं भी क्या करूँ। हमेशा मेरे ही लिए सबके दिल में क्यों कुछ-कुछ होता है। दुनियॉ में क्या लड़कियों की कमी है जो इसको मुझसे ही प्रेम होना था? फिर पूनम कुछ सोचकर उठते हुए बोली सर प्लीज! रास्ता छोड़िए, मुझे जाने दीजिए। मैं कल सोचकर बताऊँगी। मैंने कभी भी आपके लिए ऐसा नहीं सोचा था। मैं तो एक सीनियर की तरह आपकी इज्जत करती हूँ कहकर पूनम जल्दी से ऑफिस से बाहर निकल गई और तेज कदमों से चलते हुए घर की ओर चल दी। घर पहुँचते ही वह सीधे अपने कमरे में घुस गई। दरवाजा बंद कर पलंग पर औंधी लेटकर जोर-जोर से सांसें लेने लगी। उसे सुबोध का कहा हुआ एक-एक शब्द कॉटे सा चुभ रहा था साथ ही उसके मन में तरह-तरह की आशंकाएँ जन्म ले रही थीं। वह सुबोध के परिवार के बारे में सोच रही थी कि इस आदमी ने एक भी बार अपनी पत्नि के विषय में नहीं सोचा जो उसे घर में बैठी पूजती है भगवान समझती है? इसने आखिर दूसरी महिलाओं को ऐसी नजर से देखा ही क्यों? घर में पत्नि और बच्चों के होते हुए क्या दूसरी महिला से इस तरह... छिः-छिः ... यह गलत है! फिर वह अपने विषय में सोचने लगी एक मैं हूँ कि लाख बुरा आदमी हो मेरा पति, पर दूसरे पुरुष की तरफ मेरी नजर उठती नहीं, कभी विचार आते ही नहीं। आखिर ऐसा क्यों? औरत ऐसा क्यों नहीं कर पाती। हे भगवान! सुबोध को सद्बुद्धि दो कि वह मुझसे दूर रहे। अब मैं क्या करूँ? मुझे इसी कार्यालय में काम करना है। अब बहुत संभल कर रहना होगा। मैं धीरे-धीरे सुबोध से बात करना कम कर दूँगी और अकेले में उसके सामने कभी नहीं पड़ना है।

दूसरे दिन पूनम सुबोध से बचती रही पर छुट्टी के पहले सुबोध सामने आकर प्रश्नवाचक नजरों से उसे देखने लगा। पूनम सोच चुकी थी, शांतिपूर्वक बोली-

सर आपकी पत्नी है, बच्चे हैं, यह उम्र उन्हें संभालने की है। आप अविवाहित तो है नहीं? सुबोध भी निर्भीक होकर बोला हां! मेरा परिवार है, मैं उनकी पूरी जिम्मेदारी उठाउंगा। पर मेरी जिंदगी में अब तुम इनसे भी पहले आती हो यदि मैं जिंदा ही न रहा तो सबके प्रति क्या जिम्मेदारी निभाउंगा! पूनम को काटो तो खून नहीं। एक तरफ कुआँ दूसरी तरफ खाई! अब वह क्या करे! उसका दिल भर आया। वह सोचने लगी यदि यह जगह ही छोड़ दें तो यह समस्या हल हो जाएगी। पर मैं अचानक इतनी जल्दी तो यहाँ से तबादला करा नहीं सकती?

अब पूनम ने अपने स्वभाव में थोड़ा परिवर्तन किया, उसने सब से बात करना ही कम कर दिया। सुबोध की बेचैनी बढ़ने लगी। पूनम की हँसी जैसे गुम हो गई वह गंभीर हो गई। समय बड़ा बलवान होता है। पूनम ने सुबोध से बचने का जो उपाय किया था वह उल्टा पूनम से दूर होने के बदले और करीब होने लगा। उसका लगाव पूनम से और अधिक होने लगा। एक दिन उसने पूनम के सामने शादी का प्रस्ताव ही रख दिया। अब सुबोध पूनम को पूर्ण रूप से पाना चाहता था। सुबोध का प्रस्ताव सुन पूनम गुस्से में तमतमाकर बोली-आखिर आपने अपनी पत्नि के होते हुए ऐसा सोचा भी कैसे? आपको अपनी पत्नी का शायद ख्याल न हो, पर मुझे है। क्योंकि मैं भी एक

औरत हूँ! आपको ऐसा कहने से पहले सोचना तो था? मैं कुछ नहीं जानता बस मैं उसे भी नहीं छोड़ूंगा मैं सब जिम्मेदारी निभा लूंगा जैसा तुम कहोगी वही करूँगा। पूनम समझ गई कि वह नहीं मानेगा उसे अभी किसी भी तरह टालने में ही सार है।

दूसरे दिन बहुत सोच समझकर पूनम ने एक फैसला ले लिया ताकि सुबोध के परिवार की खुशहाली बनी रहे। सोचा, न रहेगा बांस न रहेगी बांसुरी। लगभग एक सप्ताह की छुट्टी के बाद आज पूनम कार्यालय में आई थी। उसने पता कर लिया था अभी सुबोध कार्यालय में नहीं है, अतः पूनम स्थानांतरण आदेश लेकर आई थी। आज ही उसे कार्यमुक्त होकर निकलना था। अतः वह जल्दी कार्यमुक्त हो कर चली गई। सुबोध को पूनम के स्थानांतरण की भनक लगी तब वह घर पर खाना खाने ही बैठा था। सुनते ही थाली छोड़कर उठा और सच्चाई जानने ऑफिस पहुँचा। रजिस्टर देखा। सुबोध उसे सह न सका और रजिस्टर को देखकर सोचता रहा। उसे पूनम दिखाई दी वह उसे हाथ हिला-हिला कर टा...टा कर रही थी। सुबोध क्रोध में भड़ककर चिल्लाया अच्छा। इसने मुझे धोखा दिया! मैं देखता हूँ यह शहर छोड़ कर कैसे जाएगी? मैं तो अब चाहे जो भी हो उसके शरीर को पाकर ही रहूँगा सोचकर वह तेजी से पूनम के घर की ओर निकला तभी पीछे से एक छोटी मालवाहक आपे गाड़ी उसको कुचलती हुई निकल गई।

पश्चात्ताप के आँसू

दीपाली बी.एस.एन.एल. में नौकरी करती थी। दीपाली ने सोच लिया था वह शादी नहीं करेगी। उसके भाई नहीं है। यदि वो भी और बहिनों की तरह शादी करके दूसरे का घर बसाने चली जायेगी तो बुढ़ापे में उसके माता-पिता को कौन देखेगा, कौन सेवा करेगा?

माता-पिता उसे समझा रहे थे। बेटा जैसे चारों बहनों की शादी हो गई और अपने घर चली गई। हम खुश हैं। हमारे लिए यहाँ सब है। तुम्हारे चाचा-चाची हैं उनका लड़का पुनीत है। वो सब हमारी सेवा करेंगे। पर दीपाली मानने को तैयार न थी। उसका तर्क था पाँच बहनों में से एक तो परमानेंट ही मम्मी-पापा के पास रहना चाहिए। चाहे शादी हो या न हो इससे कोई फर्क नहीं पड़ता। उसके शादी के रिश्ते आते ही जा रहे थे। पर दीपाली कहाँ मानने वाली थी? पर समाज कहाँ मानता है? जितने मुँह उतनी बातें होती। कोई कहता; सब बहनों की शादी हो गई। इससे छोटी बहन भी ब्याही गई। जरूर इसमें कोई कमी होगी तभी तो अभी तक कोई रिश्ता नहीं आया, या किसी से चलता होगा। दीपाली को बाहर से सबकी बातें सुनकर दुःख होता था। पर यह दुःख उस खुशी से बहुत कम था जो उसे अपनी बहनों का सुखी संसार देखकर होता था। वह इसी घर में रहकर माँ पिता की सेवा करेगी।

इसी बीच गाँव के जमींदार की बहू की बच्चे को जन्म देते ही प्रसूति के समय मौत हो गई। कुछ माह बाद जमींदार के घर से दीपाली के लिए रिश्ता आया। नारायण के लिए यह चौंकाने वाली स्थिति थी। कहाँ गाँव के सबसे गरीब कहाँ तो गाँव का मुखिया का सम्पन्न परिवार जो सम्पन्नता में उससे कोई मुकाबला नहीं रखता था। परन्तु बुद्धिमान नारायण ने जमींदार को खबर भेजी कि बच्ची से पूछकर सलाह करके जबाव देगें। कोई और होता तो तुरन्त हाँ कर देता। ऐसा मौका किस्मत वालों को ही मिलता है। पड़ोसी बोला-"सोचना क्या है आँख बन्द कर कर दो तुम्हारी तो लाटरी लगी है?"

जमींदार के बेटे आशुतोष ने दीपाली को बचपन से देखा था। नारायण ने दीपाली को जमींदार के घर से आयी रिश्ते की बात बतायी। वो भी सकते में आ गई "मेरे लिए

रिश्ता क्यों? अपने बराबरी वालों से रिश्ता न करके हमारे घर क्यों रिश्ता भेजा? गरीब की बेटी है समझकर एहसान कर रहे मुझ पर? मुझे तो वैसे भी शादी न हीं करनी। मैं हमेशा आपके ही साथ रहूँगी। आप खबर भेज दो नहीं।''

नारायण बोले ''ठीक से सोच लो बेटा; लड़के की उम्र तुम्हारे बराबर ही है। उसकी जल्दी शादी हो गई थी इसीलिए उसका बेटा हो गया। जमींदार का बेटा होकर भी नौकरी करता है। उसे नौकरी की कीमत पता है। वो शायद तुम्हें भी नौकरी करने देगा तो क्या बुराई है। तुम गाँव की जमींदारन कहलाओगी। इसी गाँव में इतना अपमान और गरीबी झेली। अब इतना सम्मान मिलेगा। हमारी एक एकड़ जमीन है उनकी सौ एकड़ से ज्यादा जमीन है ऊपर से लड़के की सरकारी नौकरी। देखने में लड़का सोने पे सुहागा। सुन्दर सुडौल हृष्ट-पुष्ट है।''

दीपाली ने तर्क दिया ''पिताजी मैं दुजवर से विवाह क्यों करूँ? जब मेरे लिए इतने रिश्ते आये मैंने नहीं किये।''

नारायण बोले ''ठीक है मैं उनको खबर कर देता हूँ। दूसरे दिन दीपाली के घर से जबाब भेज दिया गया।''

अगले दिन आशुतोष अचानक ही दीपाली के आफिस पहुँचा। बचपन से एक दूसरे को देखा था। पर कभी कोई बात नहीं की थी। आशुतोष ने कहा-मैं आपको पहले से पसंद करता हूँ। पहली शादी के वक्त मुझे हिम्मत नहीं थी। अब जब मुझे फिर से शादी करनी है तो मैंने आपसे शादी करने की इच्छा पापा मम्मी को बता दी। मैं आपकी बहुत इज्जत करता हूँ। आपकी हर शर्त मानने को तैयार हूँ। आप जो कहोगे वो ही करूँगा। आपके पापा ने कहा है ''उसे शादी नहीं करना।'' इसीलिए मैं आपसे मिलने आया हूँ। आप बताइये प्लीज क्या बात है।

दीपाली ने कहा ''आप जानते हैं मेरी सभी बहनें हैं। भाई नहीं है। मैं अपने मम्मी-पापा की सेवा करना चाहती हूँ। उनके ही पास रहना चाहती हूँ। तभी तो मैंने छोटी बहन की शादी के लिए मुश्किल से मम्मी-पापा को मनाया और उसकी शादी करवा दी।

आशुतोष बोला ''आपकी बात से मैं सहमत हूँ मैं आपकी भावनाओं की इज्जत करता हूँ। क्या मैं आपके मम्मी-पापा का बेटा बनकर सेवा नहीं कर सकता? दीपाली ''वो कैसे?''

आशुतोष ''शादी के बाद भी आप इसी गाँव में रहोगी और जो कुछ भी करना है करती रहोगी। आज आप अकेली हो कल मैं भी आपके साथ रहूँगा। जो काम अकेले में नहीं हो सकता वो दो मिलकर करेंगे। आपको स्वतंत्रता होगी नौकरी करने या न करने की। करना है करो; नहीं करना न करो। मुझे आपकी सेलरी का एक पैसा भी नहीं चाहिए। वो आप आज जैसे खर्च करती हो वैसे ही करती रहो। मैं आपकी जिम्मेदारी उठाने में पूरा सहयोग करूँगा। उनको अपने मम्मी-पापा समझकर। बस, आपको मेरे बच्चे को अपनाना होगा उसे माँ की कमी न हो।''

दीपाली आशुतोष के उत्तर से संतुष्ट थी पर सोच रही थी ऐसे कैसे ये सब मेरे मन

की बात कह रहा है? जरूर झूठ बोल रहा है। ''मै सोचकर बताऊँगी। कहकर बात खत्म कर उठकर चली गई। पापा से सब बातें बतायीं, उनकी सलाह ली।''

दीपाली की नींद आज आँखों से कोसों दूर थी। कुछ बातें उसके दिमाग में रह रह कर आ रही थीं, उसने तय कर लिया कि उसे क्या करना है सबेरे मम्मी-पापा से कहा ''मम्मी मैंने कुछ सोच लिया है यदि वो तैयार हो जायेगा तो मैं हाँ कर दूँगी नही तो मना कर दूँगी।''

नारायण और सरस्वती ने बेटी की सहमति में ही अपनी सहमति दे दी।

दीपाली आशुतोष से बोली ''आपने कहा कि मेरी तनख्वाह से आपको कुछ मतलब नहीं; ठीक है''

आशुतोष बोला ''हाँ मैंने सही कहा वो पैसा आपके मायके वालों का और आपका है। मैं आपकी और आपके मम्मी-पापा की जरूरतों को पूरा करने में सक्षम हूँ। मैं जो करूँगा अपने पैसे से करूँगा।''

दीपाली ''अच्छा मैं रोज अपने मम्मी-पापा को देखने जाऊँगी तो कोई परेशानी तो नहीं होगी आपको।''

''नहीं मुझे कोई परेशानी नहीं होगी, आपको कोई परेशानी न हो तो मैं भी आपके साथ चलूँगा वो मेरे माता-पिता भी तो हैं।''

दीपाली बहुत खुश हुई। वह बोली ''मैं प्रॉमिस करती हूँ कि यदि आप मेरे माता-पिता की जिम्मेदारी निभाने में मेरा सहयोग करते हैं तो मैं भी आपके अबोध बालक की जिम्मेदारी ईमानदारी से निभाऊँगी। शिकायत का मौका न दूँगी। जैसे आपको बच्चे की चिन्ता है मुझे मम्मी-पापा की है। ये समझो आपका एक बच्चा मेरे दो बच्चे मेरे मम्मी-पापा।

आशुतोष हँसते हुए बोला ''मैं तैयार हूँ आपके दो बच्चों को अपनाने''

''ठीक है मैं तैयार हूँ आप अपने घर में बता दो।''

आशुतोष और दीपाली की शादी हो गई। दीपाली ने बच्चे को अपना लिया पर नौकरी नहीं छोड़ी। घर में आशुतोष की माँ थी। अत: दीपाली बच्चे के सारे काम कर जाती। सास दिन में उसकी देखभाल कर लेती। दीपाली बच्चे की देखभाल दिल से करती। पर सास को लगता कि उसे नौकरी छोड़कर घर पर रहना चाहिए। आशुतोष भी सास-ससुर की बेटे की तरह सेवा करता। सारी कमी खतम करके उन्हें खुशहाल जीवन देने का प्रयास करता।

दीपाली की शादी के बाद गाँव वालों का ब्यवहार बदल गया जो आज तक सीधे मुँह बात न करते थे। हेय दृष्टि से देखते थे। वो अब दीपाली के पिता को दूर से प्रणाम करने लगे। गाँव में नारायण का सम्मान बढ़ गया।

दीपाली को सब सम्मान से झुककर प्रणाम करते।

दीपाली के ससुराल और मायके के बीच मात्र चार सौ मीटर की दूरी थी। वह रोज ही माता-पिता को देखने चली आती। अब कोई आर्थिक अभाव न था। किसी प्रकार

की कमी न थी। जिस सामान की जरूरत होती आशुतोष रखवा देता। उनकी जरूरतों का बहुत ख्याल रखता। दीपाली के माता-पिता का अपने माता-पिता जैसा ही सम्मान देता।

दीपाली की सास को बहू का मायके के प्रति इतना लगाव ठीक न लगता। वह बड़बड़ाया करती ''शादी के बाद अब क्या जरूरत रोज मायके जाने की''

दीपाली उनकी बातों को अनसुनी कर उसे जो करना होता था; करती थी।

दीपाली के घर बच्चे के लिए और घर के लिए दो लीटर दूध आता था। जो शुद्ध था। वह बच्चे को, सास को, पति को सबको देती। तब उसे अपने मम्मी-पापा याद आते। उसने दूध को तीन लीटर कर दिया एक लीटर रोज अपने मायके भेजने लगी। ताकि बुढ़ापे में उसके माता-पिता भी दूध पी सकें। जो सुख उन्होंने कभी न भोगे थे वो उन्हें देना चाहती थी। कभी कोई अच्छी मसालेदार सब्जी या अपने माता-पिता के पसंद का खाना बनाती तब उनको घर के लिए भी टिफिन लगाकर भेज देती।

सास को उसका ऐसा व्यवहार खटकता था। पर दीपाली सास की भी खूब सेवा करती वो सोचती ''मैं इनकी भी इतनी सेवा करूँगी कि वो खुश हो जायेंगी'' उनकी पसंद की चीजें पूछ कर खाना बनाती।

आशुतोष दीपाली को बहुत प्यार करता था। शादी के तीन सालों में दोनों की लड़ाई नहीं हुई थी। ''जमीदारों में पत्नी पर हाथ उठाना तो पौरूष की निशानी है पति परमेश्वर है उसने मार दिया तो क्या अपना ही आदमी है? दूसरा थोड़े ही है।'' दीपाली की सास दूसरे बेटे की बहू के लिए कह रही थी। ''आशुतोष तो अब बीबी का गुलाम बन गया है। उसे बीबी के सिवा कुछ दिखता कहाँ है? घर में तीन लीटर दूध आता है। पूरा भरकर अपने मायके भेज देती है। छोटा मासूम चार साल का बच्चा दूध को तरसता है; सौतेली जो है; सब अपनी चलाती है। जिसने कभी कुछ देखा नहीं वो तो करेगी ही आशु तो सुनता ही नहीं कितनी बार शिकायत करूँ। मारना तो दूर डांटता भी नहीं है।''

''आज फिर बेटे से बहू की शिकायतें करती रही'' आशुतोष बोला ''माँ उसको जो भेजना है, भेजने दे। वो अपने पैसों से अपने मम्मी-पापा को दूध भेजती है तो भेजने दे। उसे भी मम्मी-पापा की सेवा करनी चाहिए। जैसे हर बेटा बेटी को करना चाहिए। बस तुझे और बच्चे को कोई कमी नहीं होनी चाहिए। बता कोई कमी है। तुझे क्या नहीं देती या बच्चे का ध्यान नहीं रखती।''

माँ गुस्से में बोली ''वो बच्चे को कहाँ दूध देती है पूरा तो भेज देती है।''

आशुतोष ने बेटे को बुलाया पूछा ''बेटा मम्मी आपको दूध देती है कि नहीं''

''बेटे ने हाँ में सिर हिलाया''

''अच्छा बताओ दादी को मम्मी ने कब दिया था दूध और कितना दिया''

''पापा मम्मी, मुझे सबेरे और रात को जबरदस्ती गिलास भर कर दूध पिलाती है। दादी को भी तो दिया था, मम्मी ने दूध, दादी के सामने ही तो मुझे दिया था।'' हँसता हुआ बच्चा दौड़कर खेलने चला गया।

आशुतोष ने माँ को समझाने की कोशिश की। दीपाली अपनी जिम्मेदारी भली भांति जानती है आप बिल्कुल परेशान न हुआ करो।

पर इससे माँ और भड़क गई "तू मेरी बात नहीं मानता बच्चे को बुलाकर पुछवाता है। मेरी तो किस्मत फूटी है। बहू को डाँटना तो दूर मुझे ही बोलता है। आखिर वो बन्द क्यों नहीं करती यहाँ से दूध भेजना; उसके माँ-बाप का हमने ठेका ले लिया है क्या माँ-बाप से इतना ही प्यार था तो शादी क्यों की?"

"माँ, वो इसीलिए शादी नहीं कर रही थी। मैंने ही उसे कहा है कि वो अपने माता-पिता की जो भी सेवा करना चाहती है करे, अब आप इस मामले में न ही बोलें। आप बस आराम से सुख पूर्वक रहें। मैं अन्धा नहीं हूँ। वो आपकी भी बहुत सेवा करती है।"

माँ की तसल्ली के लिए उसी दिन आशुतोष ने दीपाली से कहा "दीपा मैंने दूध वाले से कह दिया है वो पहले मम्मी पापा के घर एक लीटर दूध दे आये। बाद में हमारे घर आये।"

उन्हीं दिनों दीपाली की सास की तबियत खराब हो गई। उन्हें एक पैर में लकवा मार गया। धीरे-धीरे शरीर जबाब दे गया। खांसी सर्दी ऐसी बिगड़ी कि बिस्तर पर पड़े-पड़े बैड सोर (त्वचा व्रण) हो गये। दीपाली ने एक महिने का चिकित्सा अवकाश ले लिया। वह सोचती भगवान न करे; कल मेरे मम्मी-पापा की ऐसी स्थिति होगी तो क्या मैं उनकी सेवा न करूँगी? यही सोचकर वह सासुजी का बिस्तर पर मलमूत्र त्याग करवाती, शरीर और जख्मों की सफाई करती। कपड़े बिस्तर प्रतिदिन बदलकर धोती। ये सब करते-करते कभी-कभी खाने का मन ही न करता।

दीपाली की छुट्टी खत्म होने को थी। दीपाली ने एक आया ढूँढ़ ली जो उसकी अनुपस्थिति में सासू माँ की देखरेख कर सके। गाँव होने के कारण कोई इस तरह का कार्य करने तैयार न होती थी। पर कब तक छुट्टी लेकर घर पर रहती। सासूजी नहीं चाहती थी बाई रखी जाये। वो चाहती थी दीपाली ही सब काम करे।

दीपाली ने छुट्टी खत्म होने से दो दिन पूर्व बाई को बुला लिया सारा काम समझाने के बाद अगले दिन से ऑफिस जाने लगी। वह चाहती थी कि सास की देखभाल ठीक से हो। बाई बहुत मुश्किल से मिल पायी थी। वो भी इस शर्त पर कि वह मलमूत्र त्याग करा देगी।

दीपाली शाम को ऑफिस से आने के बाद सास का मलमूत्र शौचालय में डालती, कपड़े धोती, बच्चे का काम होमवर्क कराते हुए खाना बनाती, बच्चे को खिला पिलाकर सास को खिलाने पिलाने का काम करती।

उसकी मेहनत रंग लाई। सास की तबियत सुधरने लगी अब वो अपना मल मूत्र विसर्जन करने शौचालय तक सहारे से जाने लगी।

चार महिने में भली चंगी हो गई। तब दीपाली की जान में जान आयी। अड़ोस-पड़ौस की औरतें आती। दीपाली की तारीफों के पुल बाँधती। पर सास के मुँह से तारीफ

का कभी एक शब्द न निकलता।

आशुतोष की बहन सुनीता माँ को देखने आयी थी। माँ के पास बैठकर बातचीत कर रही थी। दीपाली रसोई में खाना बना रही थी। दीपाली का बेटा भी बुआ के पास ही बैठा खेल रहा था। तभी सुनीता ने माँ से कहा ''माँ भाभी ने आपकी बहुत सेवा की, बड़ी भाभी भी कह रही थी।'' तभी माँ ने कमरे में इधर-उधर देखा फिर धीरे से बोली ''क्या किया सब तो बाई करती थी उसे आशु ने रखा था। ये तो नौकरी पर चली जाती थी।'' यह तो अपने मायके का घर भर रही है भिखारी की बेटी जो ठहरी, आशु को गुलाम बना रखा है।

दीपाली चाय नाश्ता लेकर दरवाजे पर पहुँची ही थी। उसने सास की बातें सुन ली। वह सन्न रह गई। ट्रे वापस लेकर रसोई में चली गई।

दीपाली का बेटा सुमित दादी की बात सुनकर गुस्सा हो गया और बोला ''दादी आप गन्दी हो मम्मी अच्छी है। आप मेरी मम्मी की बुराई क्यों कर रही हो बुआ से...कहकर दादी को मारने लगा। दीपाली किचन में जाकर अपने को सामान्य करके वापस ट्रे लेकर आयी। तभी आशुतोष भी ऑफिस से आया। दीपाली ने ट्रे ननद के सामने रखकर दरवाजा खोला। सुमित दौड़ता हुआ पापा-पापा कहता अपने पिता से चिपक गया और दादी की सब बातें बताने लगा।

दीपाली ने सबको चाय नाश्ता दिया और वापस किचन में चली गई आशुतोष के लिए चाय बनाने।

सुमित बोला ''पापा दादी ने कहा मम्मी अच्छी नहीं है... मम्मी तो अच्छी है ना'' आशुतोष ने उससे हाँ कहकर खेलने भेज दिया।

चाय-नाश्ते के बीच आशुतोष को बहन की बातों से आभास हुआ। माँ ने आज भी दीपाली की बहुत बुराई की है। वो माँ से कुछ कहे बिना गुस्से में अपने कमरे में चला गया। वहाँ बेटा माँ को दादी द्वारा कही गई बातें बता रहा था। दीपाली उसे समझाकर प्यार से चुप करा रही थी। आशुतोष ने सारी बातें सुन ली। वह वापस माँ के पास आया और बोला ''माँ तुम बताओ क्या मैंने और दीपाली ने तेरी सेवा में कोई कमी रखी? सच बताना दीदी के सामने''

बेटे का चेहरा देखे बिना माँ बोली ''हाँ तूने बाई रखी थी उसने सब किया''

''माँ तू बता बाई ने क्या-क्या काम किया तेरा''

''माँ बोली सभी काम तो करती थी नहलाना, धुलाना, खाना देना''

आशुतोष बोला ''माँ बाई ने तुझे खाना खिलाया तो तुझे वो दिखा। जिसने सबेरे उठकर तुम्हारे लिए अलग से तीन समय का अलग-अलग खाना बनाया वो तुझे पता नहीं, बाई ने तुझे कुछ दिनों नहलाया तो तुझे दिखा, जो पूरे समय तेरा मलमूत्र उठाना, गन्दे कपड़े धोना करती रही वो तुझे नहीं दिखा। एक महीने छुट्टी लेकर तेरी सेवा की, बाद में दिनभर का काम ऑफिस से आकर करती। ताकि दूसरे दिन तुम साफ सफाई से अच्छे से रहकर खा पी सको। माँ तू ऐसा कैसे कह देती है? वो बेचारी तुम्हें खुश करने

जी जान से लगी रहती है। बाई भी उसी ने रखी थी। वर्ना और भाभियाँ तो घर पर ही रहती है किसी ने तेरा काम किया? किसी ने पूछा एक दिन भी तुझे? फिर भी तू सदा दीपाली की बुराई करती है आठ साल से वो तेरी सेवा कर रही है पर तुझे आज तक नहीं दिखा।

हम दोनों बहुत बुरे हैं तुम दूसरे अच्छे बेटे बहू के पास जाओ हम पाँच भाई हैं। तू कहती है तो ठीक है हमने कुछ नहीं किया। अब मैं कहता हूँ। हम तुम्हारा अब कुछ नहीं करेगें। अब तुम अभी मेरे घर से जाओ जो तुम्हारी सेवा करते हों उनके पास रहो। अब मैं न रखूँगा। मेरे घर में तुम्हारे लिए जगह नहीं है। जाओ; हम दोनों बहुत खराब हैं। तुम्हें तकलीफ देते हैं। बड़े भैय्या के पास जाओ तुम्हारे लिए वही भाभी ठीक है।

शादी के समय से पूरे आठ वर्ष हो गये; मैंने रखा। अब और भी बेटे हैं तेरे; जो अच्छे से सेवा करेंगे। तभी दीपाली आ गई। उसने पति को रोकने की बहुत कोशिश की पर आज गुस्से में उसने किसी की न सुनी। माँ को निकालकर ही दम लिया।

आशुतोष की माँ के पास अब पश्चात्ताप के आँसुओं के सिवा कुछ शेष न था। दीपाली अपने बेटे सुमित का मुँह तो बन्द कर सकती थी। पर पति का मुँह बन्द करना उसके वश में नहीं था।

आठ साल से जो बहू उसको सिर आँखों पर बिठाकर रखती थी। उसकी पसंद का खाना बनाती। रोज सास से पूछकर खाना बनाती थी। अब और बहुओं ने उसे खाने, चाय को तरसा दिया। रह-रह कर दीपाली याद आती। काश, आशुतोष एक बार अपने पास रख ले, पर बेटा न माना। अब सासू माँ के पास पश्चात्ताप और आँसुओं के सिवा कुछ न बचा।

तंदूर

संस्कार होटल आज दुल्हन सा सजा था। शादियों का मौसम चल रहा था। रोज ही शादियाँ, दावतें, होती थी। आज शहर के मशहूर सेठ नेमीचंद के बेटे की शादी थी। होटल के मुख्य द्वार पर खड़े प्रहरी मेहमानों के सम्मान में झुकझुक कर अभिवादन कर रहे थे। अन्दर के प्रवेश द्वार पर मेजवान खड़े थे। एक तरफ डीजे की धुनों का शोर, जिस पर नौजवान और बच्चे थिरक रहे थे। बारात लग चुकी थी। शादी की रस्में चल रही थी।

दूसरी तरफ मेजों पर खाना लगा था। कुछ लोग व्यंजनों पर हाथ साफ करने में जुटे थे। खाने की मेजों में मसालेदार गोभी, दही बड़े, भरवाँ भटे, मसाला पनीर, छोले भटूरे, रायता, कोफ्ते, सादी पुड़ी, पालक पुड़ी, मटर पुलाव, तन्दूरी रोटी, पापड़, गाजर का हलुआ, जलेबी, इडली, डोसे, चाट, आलू चाप, मनचूरियन, चायनीज, नूडल्स, बर्फ का गोला, आइसक्रीम, चाय, काफी, और भी बहुत चीजें थी।

मेहमानों का हुजूम अब व्यंजनों पर उमड़ने लगा था। लोग अपने मन पसंद व्यंजनों का लुत्फ उठा रहे थे। खाना लजीज था। वेटर दौड़-दौड़ कर खाना ला रहे थे। किसी स्टाल पर कोई कमी नहीं थी। लोगों की भीड़ देखकर लग रहा था यह दौर दो तीन घंटे और चलेगा।

लजीज खाने के अलावा शौकीन लोगों के लिए अलग से पीने की व्यवस्था भी अंदर रखी गई थी। कुछ लोग राई नृत्य का लुत्फ उठाते हुए मदमस्त होकर बेड़नियों के साथ झूम रहे थे।

बेड़नियाँ मध्यप्रदेश के प्रसिद्ध बेड़िया जनजाति की नृत्यांगनायें होती हैं। यह यहाँ का पारम्परिक प्रसिद्ध नृत्य है। जो नृत्यांगनाओं द्वारा घेर वाला घाघरा पहनकर गोल-गोल छाते जैसा घुमाकर किया जाता है। नृत्यांगना के पैर थिरकते रहते हैं। इस नृत्य का प्रचलन शायद जमीदारों, रईसों की अय्याशी के लिए हुआ था। आगे चलकर इसने अश्लील रूप ले लिया। बेड़िया जाति में लड़की पैदा होने पर जश्न मनाया जाता है। लड़का होने पर बेड़नी उस (भ्रूण को) गिरा देती है। क्योंकि यहाँ पुरूष कोई काम नहीं करते; सिर्फ बेटियों बहनों की दलाली करते है। बेटी की कमाई से ही बाप का घर

चलता है। यहाँ का माहौल वासनामय था। दूसरी तरफ पवित्र वेदी में समिधाएँ जल रही थी। वहाँ फेरे पड़ रहे थे।

होटल के वेटर और बेड़नियों के पैर कई घंटों से चल रहे थे। मेहमानों का पूरा ख्याल रखा जा रहा था। सभी कार्यकर्ता अपने कर्तव्य पर डटे थे। जैसे बार्डर पर सैनिक।

संस्कार होटल के मालिक और सेठ नेमीचंद ने नौकरों को मेहमानों का विशेष ख्याल रखने का आदेश दिया था। अत: मेहमानों को ज्यादा सम्मान देने के लिए खाना उनकी टेबिल तक पहुँचाया जा रहा था। सभी नौकर (वेटर) थक कर चूर हो गये थे।

रात्रि के दो बजे थे। अधिकांश लोग जा चुके थे। पर अभी भी शराबियों के हास-परिहास और मस्ती में कमी नहीं थी। वे बेड़नियों के साथ कमर मटका-मटका कर भोंडे नृत्य करने में मशरूफ थे।

रामसींग को छोड़कर सभी होटल के कर्मचारी मैनेजर को काम खत्म होने की सूचना देकर जा चुके थे। पर रामसींग को आदेश था ''जब तक एक भी मेहमान खाने को शेष रहे, तुम नहीं जा सकते।'' रामसींग तंदूर के निकट खड़ा मायूसी से अन्दर मयखाने की ओर देख रहा था। कब ये मनचले शराबी बाहर निकलें; खाना खायें; उसे छुट्टी मिले। दिनभर भट्टी के पास खड़े रहने से उसका पोरपोर दर्द कर रहा था। सबेरे ग्यारह बजे से तंदूर में काम कर रहा था।

दस वर्ष पहले रामसींग हट्टा-कट्टा, गोलमटोल, गोरा-चिट्टा नौजवान था। इतने वर्षों में भट्टी में तपकर उसका रंग काला और शरीर सूखकर काँटा हो गयी थी। तंदूर में काम करने के कारण उसके कोहनी के नीचे हाथों में एक भी बाल नहीं बचा। बिना पत्ती के पेड़ की तरह ठूँठ हो गये थे।

दस वर्ष पूर्व जब लड़की वालों ने रामसींग को देखा तो चट-मंगनी पट ब्याह हो गया। तभी से रामसींग ने यह काम पकड़ लिया।

रामसींग की पत्नी कलीबाई को यह काम बिल्कुल पसंद न था। पर पति के आगे उसकी एक न चलती। हमेशा की तरह आज भी बच्चों को सुलाकर पति का इन्तजार कर रही थी। शादियों और पार्टियों के दिनों रामसींग रात को ढाई-तीन बजे तक घर आ पाता था। आज तीन बज गये वह घर न पहुँचा। तो कली समझ गई कि आज नास मिटे शराबियों की पार्टी में फँस गये होंगे। दिनभर घर, बाहर बच्चों के कामों से थकी होने के बाद भी उसकी आँखों से नींद कोसों दूर थी। हर आहट पर उसके कान खड़े हो जाते। पति के आवाज की कल्पना करती ''किवाड़ खोलो।'' रात भर पति की फिक्र, शंकाओं, कुशंकाओं की उधेड़बुन में नींद चैन सब उड़ गये।

रामसींग को साथियों के चले जाने के बाद अकेले घर जाना बहुत अखरता था। घर जाने का एकान्त रास्ता और आधीरात का समय खुदा न खास्ता मुझे कुछ हो गया तो कोई उठाने वाला भी न होगा। घंटों तंदूर की गर्मी से झुलसा शरीर, थकान से दु:खता पोर-पोर ऐसे में छह किलोमीटर सायकिल चलाकर घर पहुँचना। एक भी साथी होता

तो कुछ सहारा होता। पर हाय री किस्मत...तभी एक शराबी ने इशारा किया "खाना" वह झटपट रोटी बनाने लगा। तभी भीतर से दो शराबी और आ गये। उसने झटपट तीनों को गरम-गरम तंदूरी रोटी बनाकर परोस दी।

लगभग पाँच बजे रामसींग सभी शराबियों को खिलाकर फुरसत हुआ।

कली का ध्यान किवाड़ पर था। मुर्गे की बांग सुनकर समझ गई कि पौ फट गई है। पर नींद न हुई थी शरीर टूट रहा था। छोटे बच्चे को लिए थोड़ी देर और लेटी इन्तजार करती रही। लगभग पौने छैः बजे दरवाजे की साँकल बजी "किवाड़ खोलो"

रामसींग की धीमी आवाज आयी। कली झटपट उठी, उसने किवाड़ खोले। सामने रामसींग खड़ा था। उसके चेहरे की हालत देख कली का कलेजा मुँह पर आ गया। वह घबरा कर बोली "क्या हुआ?"

रामसींग बिछौने गें बैठता हुआ बोला "कुछ नहीं पानी दे" कहता हुआ दीवार से टिककर पैर फैलाकर बैठ गया। कली लोटा भर पानी लायी। रामसींग गटागट लोटा भर पानी पी गया। लोटा रखते हुए धीरे से बोला "मैं बहुत थक गया हूँ आराम कर लूँ, तो ठीक लगेगा" वहीं बच्चे के बगल में लेट गया। कुछ देर में ही उसे नींद आ गई।

रात भर तो कली भी न सो पायी थी। उसको भी अब नींद आ रही थी। पर वह तो औरत है सबेरे-सबेरे कैसे सो सकती है?

उसने बच्चों को उठाया, नहलाया, धुलाया स्कूल के लिए तैयार किया। नाश्ता बनाया। खिलाकर स्कूल भेज दिया। रामसींग को सोता छोड़कर अपने काम वाले घरों में झाड़ू-पोंछा करने चली गई। वह जल्दी सब घरों का काम निपटा कर दस बजे लौट आयी। उसने देखा रामसींग बेसुध सो रहा हे। वह घर के कामों में जुट गई।

खाना बनाकर उसने सोचा पति को उठा दे। उठाने गई तो उसकी नजर फिर रामसींग के चेहरे पर पड़ी। शादी के समय ये कितने गोरे-चिट्टे सुन्दर लगते थे। मैं तो सांवली थी। पर अब तो ये कोयला से काले हो गये हैं। ऐसे कैसे चलेगा? कल के गये आज लौटे हैं। कल भी खाना खाकर नहीं गये थे। मैं लड़ी कि कैसी भूख है इतना काम करने पर भी नहीं लगती? नहीं तो डाक्टर को दिखाओ। मेरी एक न सुनी भूखे ही चले गये थे। होटल पहुँच के तन्दूर जला के काम में लगे होंगे। काम में इनको कहाँ होश रहता है? फिर तो तन्दूर ही तन्दूर दिखता है।

मैं तो चाहूँ ये काम छोड़ कोई दूसरा काम करें। सोचते-सोचते कली ने रामसींग के माथे से चद्दर खींची। हाथ माथे पर लग गया। वह तप रहा था। उसे तेज बुखार था। वह घबराकर बोली " अरे आपको तो बुखार है"

रामसींग हड़बड़ाकर उठा बोला "कुछ नहीं, आराम कर लूँगा तो ठीक हो जायेगा" कली घबराकर दवाई लेने मेडीकल स्टोर्स भागी। उसने जबरदस्ती दवा खिलाई। फिर बड़बड़ाई "मैं कहती हूँ ये तन्दूर का काम छोड़ क्यों नहीं देते? पर मेरी सुनता कौन है?"

"ये नहीं तो क्या करूँगा? मुझे कुछ और तो आता नहीं है। पढ़ा-लिखा तो हूँ

नहीं।'' रामसींग ने लेटे-लेटे जबाब दिया।

कली तुनक कर बोली ''कुछ भी करो, हजारों काम हैं पर यह तन्दूर वाला काम छोड़ो। चपरासी बनो, मजदूरी करो, खेतों में काम करो, पर ये आग के साथ खिलवाड़ छोड़ दो। दिनभर भट्टी में तपते हो अपनी हालत तो देखो। क्या से क्या हो गये हो? तन्दूर छोड़ दो।''

रामसींग चुपचाप लेटा रहा। कली बोली ''ढाई हजार रूपये में इतने घंटे-ताप में भूनते हो। क्या कल की शादी में कुछ बख्शीश मिली?

''हाँ, कल लड़की वालों की ओर से कोई आये थे। मुझे शाबासी दी, बोले ''बहुत अच्छा काम किया, रात भर सबको गरमा-गरम तन्दूरी परोसी और अभी पाँच बजे तक रूके '' दो सौ रूपये मेरे हाथ में रखे, बोले ''रखो ये तुम्हारी बख्शीश है। पर...पर क्या? कली ने पूछा ''तो मालिक के मुनीम ने जमा करा लिए-''वो बाद में मालिक ने जमा करा लिए बोले-तुम्हें होटल से काम की पगार मिलती है ये तो होटल के हुए ना''

कली सिर पकड़कर बैठ गई-''हे भगवान, शरम न आयी मालिक को। लाखों के मालिक होकर हाथ से दो सौ रूपये हमारे बच्चों का मुँह का निवाला छीन लिया। तभी तो कहती हूँ, इससे अच्छा तुम ये नौकरी छोड़कर शादियों में काम करो। एक रात के तीन-चार सौ रूपये मिल जाते हैं। बख्शीश अलग से, फिर काम भी कम होता हे। तुम्हें थोड़ा चैन मिलेगा। सबके साथ तुम्हारी भी छुट्टी होगी। मुझे भी इतनी फिक्र न होगी। मेरी जान अटकी रहती है जब तक तुम आ नहीं जाते...'' रामसींग बोला '' पर शादी ब्याह का काम तो सीजन का होता है बाद में क्या करूँगा? मालिक फिर न रखेंगे कह देंगे जाओ वहीं करो, अब क्यों आ गये?'' कली निरूत्तर हो गई।

थोड़ी देर मौन सन्नाटा छाया रहा। तभी रामसींग को झपकी आ गई।

कली सोचने लगी। गरीबों की तो जिन्दगी ही नरक है। तिसपर औरत जात की तो कीड़े-मकोड़ों सी गत है। पूरे समय सार में डले रहो। बच्चों के गू-मूत में नहाये रहो। गरीबी में आटा गीला। वैसे तो जीना हराम है और सास लगी कि एक पोता और चाहिए। चार बच्चों को मुश्किल से पाल रहे हैं। उन्हें समझ तो कुछ आता नहीं, बस रट लगाई हैं। मैं तो अब बिल्कुल न करूँगी। शुकर है कि इनको समझ आ गया। ये ही पहले समझ जाते तो आज हमारे दो ही बच्चे होते। देर आये दुरूस्त आये।''

रामसींग की नींद खुली, दोपहर के बाहर बज चुके थे। वह बोला ''सब काम पर पहुँच चुके होंगे। आज पार्टी है मुझे जाना है।

कली पति को देखकर तुनककर बोली '' क्यों अभी दो घंटे पहले ही तो इतना तेज बुखार था। इतनी तबियत बिगड़ी थी। अब इतनी जल्दी क्या जादू हो गया।'' रामसींग उठते हुए बोला ''अभी सो लिया आराम कर लिया तो ठीक लग रहा हे। जाना तो पड़ेगा ही वह मुँह-हाथ धोकर कपड़े बदलने लगा।

कली ने समझाते हुए कहा ''अपना नही तो चार बच्चों का मुँह देखो, उनके लिए

तो अपना ध्यान रखो। कल भी कहा था आज भी कहती हूँ। ये नौकरी छोड़ो कुछ और काम देखो ये खून जलाने वाला काम है जान है तो जहान है।

रामसींग बोला "तुम क्या सोचती हो मैं काम नहीं ढूँढ रहा हूँ? मैं भी लगा हूँ पर कुछ मिले भी। कली को पति पर दया आ गई बोली "बैठो, खाना लगा दिया है। रामसींग को बिल्कुल भी भूख न थी। पर कली ने जिद करके जबरदस्ती दो रोटी खिलाई। ज्यादा कुछ कह न सकी पति की हालत देख कर"

वह उठ खड़ा हुआ/उसे देर हो रही थी। रोज की तरह वह आज भी चल दिया तन्दूर पर काम करने के लिए।

जो कह न सकी

पंद्रहवें साल का बसंत आया ही था। नीता अपने में हुए बदलाव से बेखबर अभी बचपन की अल्हड़ गलियों में ही घूमा करती। यौवन ने कब दस्तक दी पता ही नहीं चला। कभी-कभी बातें करते-करते लोगों की निगाहें अनायास ही उसके शरीर को तौलने लगतीं। तब शरीर की भाषा से अनजान होते हुए भी उसे लज्जा की अनुभूति होती। छरहरी काया, गोरा रंग, सुंदर नयन नक्श, घने लंबे चमकीले काले बाल उसे औरों से अलग करते। नीता शोख, चंचल, नटखट तो थी ही उसके समूचे व्यक्तित्व में उसकी सुगठित देह की भूमिका भी कम न थी।

नीता महार रेजीमेंट के रिटायर्ड आर्मी ऑफिसर शिवदत्त और कलावती की इकलौती बेटी थी। शिवदत्त उत्तराखंड की पहाड़ियों के किसी गाँव से थे। इस शहर की हरी-भरी पहाड़ियाँ उन्हें अपने मूल स्थान की याद दिलातीं थी इसीलिए वे सेवानिवृत्त हो यहीं बस गए थे। कई अफसरों ने भी यहीं घर बनवा लिए थे। अब यह आर्मी ऑफीसर कॉलोनी ही बन गई थी। निकट ही शिवदत्त ने थोड़ी जमीन भी अपने पारम्परिक किसानी प्रेम हेतु ले ली थी।

उनके घर पर यूनिट के उनके इलाके के अफसरों, सिपाहियों का खूब आना-जाना लगा रहता। उनके गाँव से लड़के मिलिट्री में भर्ती होने आते रहते थे। वे उनकी व्यवस्था उदारता पूर्वक करते। वे जानते थे कि इसमें से ज्यादातर लड़के गरीब घरों से आते हैं। वे उनकी भर्ती में भी हर जायज प्रयास में जुटे रहते। अपने सुदीर्घ अनुभव के चलते भांप लेते कि इसमें से कितने लड़के छोटी-छोटी कमियों के कारण फिटनेस टेस्ट पास नहीं कर पाएँगे। उनको बाकायदा प्रशिक्षण देते। इस तरह कईयों को प्रतिवर्ष फौज में भर्ती करवाते।

पिता की लाड़ली नीता हर छोटी-बड़ी बात जब तक पिता को न बता देती निवाला उसके गले से न उतरता। एक दिन उसने अपने पिता से पूछा डैडी, लोग कहते हैं, मिलिट्री वाले तो बलि का बकरा होते हैं। फिर आप सबको मिलिट्री में भर्ती कराने पर क्यों तुले हैं?

बेटा कोई बलि का बकरा नहीं होता जब जन्म का समय निश्चित है तो मृत्यु का

भी। फिर मौत तो कभी भी कहीं भी आ सकती है चाहे दस दरवाजों के अंदर छुपा लो। सरहद की शहादत घर पर होने वाली मौत से लाख गुनी बेहतर है शिवदत्त ने समझाया। नीता पढ़ाई के साथ-साथ खेलकूद में भी हमेशा आगे रहती। वह भी पिता की तरह मिलिट्री में ही जाना चाहती थी। उसे मिलिट्री की वर्दी बहुत भाती। एक दिन शिवदत्त कलावती से बोले मेरा एक जूनियर भवानी दत्त जोशी यहाँ पोस्टिंग पर आया है। आज मैंने उसे सपरिवार खाने पर बुलाया है। कलावती आवभगत के काम में जुट गई।

शाम को भवानी दत्त जोशी, पत्नी कौशिला एवं साले विष्णु के साथ शिवदत्त के यहाँ पहुँचे। दोनों परिवारों ने पहाड़ी संस्कृति अनुसार एक दूसरे का अभिवादन किया। सभी गर्मजोशी से मिले। दोनों मित्रों में डटकर बातें हुईं। अपनी यूनिट की पुरानी यादें ताजा कीं। आवभगत में नीता ने माँ का सहयोग किया। सभी ने बड़े चाव से प्रेमपूर्वक खाना खाया। नीता और कलावती आग्रह करके परोसती रहीं।

धीरे-धीरे दोनों परिवारों का एक दूसरे के घर आना-जाना होने लगा। जोशी दंपत्ति निःसंतान थे। उन्होंने विष्णु को गोद लिया था। बेटी न होने के कारण जल्दी ही नीता उनके समीप हो गई। नीता भी दोनों से खूब घुलमिल गई। जब भी वे मिलते विष्णु टुकर-टुकर उसे देखा करता। वह नीता से लगभग तीन वर्ष बड़ा था। नया-नया गाँव से आया था। अभी थोड़ी झिझक थी। वह शांत सीधा-साधा और संकोची पहाड़ी नौजवान था। अभी शहर की हवा न लगी थी। अब तो अक्सर छुट्टी के दिन दोनों परिवार एक दूसरे के घर देखे जाते। कौशला विष्णु के संकोची स्वभाव से परिचित थी। वह विष्णु से कहती नीता अभी नवमी में है तूने ग्यारहवीं कर लिया है। वो तेरे से छोटी है उससे क्या झिझकना, तुम दोनों पढ़ाई लिखाई की बातें किया करो। नीता को कुछ पढ़ना है तो तू पढ़ा दिया कर तेरा भी ज्ञान बढ़ेगा। धीरे-धीरे वह नीता से बात करने लगा। नीता तो बातूनी थी ही खूब हँस-हँस कर बातें करती।

शुरुआती दिनों में तो नीता विष्णु की खूब हँसी उड़ाती थी। कहती "मम्मी, आंटी का भाई तो बिल्कुल चुप्पा है। कुछ बोलता ही नहीं बस टुकर टुकर देखता है। जब आंटी खाना खिलाती है तब वह खाना परोसने में मुझसे कुछ ज्यादा ही आग्रह करता है। मना करने पर सुनता ही नहीं, कभी खीर कभी कुछ परोस ही देता है। बुद्धू कहीं का।"

विष्णु ने जबसे नीता को देखा तो उसके मन मस्तिष्क में रजनीगंधा की सुगंध समा गई थी। उसकी चंचल अदायें उसके मन में अंकित हो गई थीं। अब अक्सर विष्णु की सुबह भी रजनीगंधा और शाम भी रजनीगंधा हुआ करती थी। लाख छुपाने की कोशिश करता पर चेहरा बयाँ कर ही देता था। गुपचुप रहने वाला लड़का आजकल हर वक्त गुनगुनाता रहता। रहन-सहन भी बदल रहा था। अब पहले से ज्यादा व्यवस्थित रहने लगा था। वह नीता से अपने मन की बात करने का कई दिनों से प्रयास कर रहा था और मन में सोच रहा था पर हिम्मत नहीं जुटा पा रहा था। जाने क्या समझेगी; कहीं बात करना ही बंद न कर दे। हे भगवान, मेरी हिम्मत बढ़ा, इस नादान बेखबर को खबर करा दो।

एक दिन अचानक वो नीता के घर दोपहर में अकेला ही साइकिल से आ धमका। क्यों विष्णु, दीदी जीजाजी क्यों नहीं आए बेटा? कलावती ने पूछा। वो सहज होने की कोशिश करते हुए बोला-आंटी जी आज ऐसे ही इच्छा हुई तो मैं चला आया। दीदी खाना बना रही थीं। जीजाजी अपने स्कूटर से ऑफिस गए हैं। कलावती कुछ देर बातें करने के बाद बोली-तुम दोनों बैठकर बातें करो मैं चाय लाती हूँ।

नीता चुपचाप बैठी सोच रही थी कि क्या बात करूँ इससे, अंकल आंटी तो आए नहीं वो आते तो मजा आता। यह चुप्पा तो बात ही नहीं करता, बस मुझे देखता रहता है जाने कैसा है? मुझे तो इसका कुछ समझ ही नहीं आता।

नीता जी मुझे आपसे बात करना थी बुरा तो नहीं मानोगी, गुस्सा तो न करोगी? पसीना पोंछते हुए विष्णु बोला। क्यों ऐसी क्या बात हो गई? मैं क्यों गुस्सा करूँगी? नीता आश्चर्य चकित होकर बोली। बोला "गीता जी मुझे आपकी बहुत याद आ रही थी।" बोलते हुए घबराहट उसके चेहरे पर स्पष्ट झलक रही थी।

नीता अवाक् रह गई। ऐसी स्थिति उसके जीवन में इससे पहले कभी नहीं आई थी। कुछ क्षणों तक उसे कुछ सूझा ही नहीं। उसकी एकदम बोलती बंद। इतना बोलने वाली लड़की आज चुप! वह सकपका गई, ये क्या कह रहा है, इसे मेरी याद क्यों आ रही थी? विष्णु हिम्मत कर पुनः प्यार से समझाते हुए बोला-आप कितनी भोली हो, और मासूम भी, क्या आपको कभी मेरी याद नहीं आई? गलत मत समझना आप इतनी सुंदर और प्यारी हो। आप अब बड़ी हो गई हैं।

अब घबराने की बारी नीता की थी। खिलंदड़, बेवाक, उछल कूद में मस्त शरीर से बेखबर, बातूनी नटखट नीता की घबराहट इतनी बढ़ी कि वह पसीना-पसीना हो गई। उसकी समझ में कुछ नहीं आ रहा था। पर वह हार मानने वाली भी न थी। अतः विष्णु को खबरदार कर वह चिढ़कर बोली-मुझे ऐसी फालतू बातें पसंद नहीं, मैं अंदर जा रही हूँ।

विष्णु विनीत भाव से हाथ जोड़कर मिन्नतें करने लगा प्लीज आप मत जाओ, मैं चला जाता हूँ, मैं आपको देखने आया था। आप मुझे गलत न समझें, सॉरी, कान पकड़कर कहते हुए उठ कर चला गया। पर नीता गुस्से से उसे घूरती रही। उसके जाने के बाद नीता के जहन में उसके कहे शब्द लगातार गूंजने लगे...आप बड़ी हो गई हैं। मैं आपको देखने आया था आप कितनी प्यारी और भोली हो; आप मत जाओ...वो कान पकड़कर सॉरी कहना। वह चेहरा, वह विनीत भाव से हाथ जोड़ना, वो निगाहें...जो अंदर तक जाती महसूस होतीं। उसके दिलो-दिमाग में बवंडर उठ रहा था। कितना भी रोकती विष्णु का चेहरा दिल से जाने का नाम ही न लेता। उफ् ये क्या हो रहा है...! वह भूल ही नहीं पा रही थी। रह-रहकर उसे सभी बातें याद आने लगीं। उसके मन में एक नई भावना का जन्म हो गया। जिससे वह अभी अनजान थी।

उनके वापस आने के बाद शिवदत्त और कलावती भी उनके घर गमी में बैठने गए पर उस दिन नीता को साथ नहीं ले गए। विष्णु को लौटे एक सप्ताह बीत चुका था पर

वो नीता से मिलने न आया था। वह मन में जाने क्या-क्या सोच कर विष्णु पर खीझ रही थी। आठवें दिन मुश्किल से दोपहर को समय निकालकर किराए की साइकिल लेकर वह नीता के घर पहुँचा। उसने बताया कि इतने दिनों इतनी ज्यादा व्यस्तता रही, एक घंटे का भी समय नहीं मिला। वह महार रेजीमेंट में भर्ती हो गया है। अभी एक घंटे की छुट्टी लेकर आया है। कल ही यहाँ से जाना है। ट्रेनिंग दूसरे प्रदेश में होना है।

नीता उसके भर्ती होने की खबर से खुश हुई पर दूसरे ही पल जाने की खबर से दु:खी हो गई। सबके सामने सामान्य बनी रही। वह जब वापस जाने को हुआ तो उसने धीरे से पूछा कहाँ है चिट्ठी? जल्दी दो। डर, संकोच, झिझक के मारे कुछ लिखने की उसकी हिम्मत ही नहीं हुई थी। कुछ लिखा ही न था सो थोड़ा झिझकते हुए बोली-मैं लिख ही नहीं पाई, अगली बार दूँगी। वह पहले थोड़ा निराश हुआ फिर सोचकर बोला कल तो मैं जा रहा हूँ, फिर जाने कब लौटना होगा। वहाँ से मैं अंकल-आंटी जी को चिट्ठी लिखा करूँगा। आप भी जवाब में मुझे चिट्ठी लिखना। मुझे इंतजार रहेगा।

नीता को ऐसा लग रहा था जैसे कोई शरीर से जान निकाले जा रहा हो। इतने दिनों से उसके न आने से उस पर गुस्सा आ रहा था। अब उसके जाने से इतनी बेचैनी क्यों? नीता उसके घर जाकर उसे विदा करना चाहती थी पर कैसे जाती, क्या कहे घर में। अब पहले जैसे क्यों नहीं कह पाती वह हर बात? उसका मन भारी हो गया।

उसी दिन से वह विष्णु की चिट्ठी का इंतजार करने लगी। दिन गुजरते गए आखिर बीसवें दिन उसकी राजी-खुशी की चिट्ठी मिली। उसने लिखा था अंकल जी आंटी जी आप लोगों की बहुत याद आती है। यहाँ पर मन तो नहीं लग रहा है। हमारे हवलदार उस्ताद बता रहे हैं कि कल से ट्रेनिंग शुरू हो जाएगी। दिन भर बहुत टाइट शेड्यूल रहेगा फिर शायद कुछ दिनों मैं चिट्ठी न लिख पाऊँ। आप जरूर से चिट्ठी देते रहना। नीता से कहना वह भी चिट्ठी लिखा करें मैं इंतजार करूँगा। पत्र पढ़कर नीता ने माँ को सुनाया। माँ ने कहा नीतू तू भी उसको चिट्ठी लिख दे कि यहाँ सब राजी खुशी हैं। तुम अपना ख्याल रखना, चिट्ठी देते रहना और मन लगाकर ट्रेनिंग करना।

उसने चिट्ठी में वही लिखा जो माँ ने लिखवाया। वह मन की बातें लिखना चाहती थी पर झिझक के कारण लिख न सकी। उसके पत्र लगातार आते रहे वह इशारे में नीता के बारे में पूछता रहा। इससे ज्यादा वह क्या लिख सकता था? नीता हर चिट्ठी में लिखती कि यहाँ पर सब आपको बहुत याद करते हैं। वह समझ जाता कि वह याद करती है। यही उसका दिलासा और सफलता थी। वह चिट्ठी को कई-कई बार पढ़ता। उसी के सहारे मिलिट्री की उबाऊ हाड़फोड़ ट्रेनिंग पूरी कर रहा था। वह चिट्ठी ही उसका सहारा और सब कुछ थी।

पिता की मृत्यु के बाद वह भी बीमार रहने लगा था। उन्हें भी सहारे की जरूरत थी। वह गाँव जाकर माँ को ढाढ़स बंधाना चाहता था पर ट्रेनिंग में सांस लेने की फुरसत न थी। कभी-कभी चिट्ठी में ट्रेनिंग की कठिनाइयों का जिक्र आ ही जाता। तब नीता को उसकी फिक्र होने लगती। जवाब में वह उसको अपना ख्याल रखने को लिखती।

उसने सोचा था चिट्ठी में कुछ न लिखूँगी। जब वो ट्रेनिंग पूरी कर के एक साल बाद सिपाही बनकर हरी वर्दी पहनकर आएगा तब मैं उसकी बात का हाँ मैं जवाब दूँगी। तब वो कितना खुश हो जाएगा? आधी ट्रेनिंग खत्म होने पर उसे बीस दिन की छुट्टी मिली तो वह माँ से मिलने गाँव गया। पिता के स्वर्गवास के बाद बड़ा बेटा होने के कारण कुछ काम करने जरूरी थे जो उसने पूरे किए। इसी में छुट्टी खत्म हो गई। वह दीदी के पास न आ सका तो नीता से कहाँ मिलता?

ट्रेनिंग पर वापस जाकर उसने चिट्ठी लिखी और वादा किया कि ट्रेनिंग पूरी होने पर दो माह की छुट्टी मिलेगी। उसमें पहले दीदी के पास ही जाऊँगा बाद में गाँव जाऊँगा। सिपाही बनने के बाद मैं अपनी पढ़ाई जारी रखूँगा। आर्मी ऑफिसर का टेस्ट भी देता रहूँगा। सिपाही का जीवन भी क्या जीवन है। बस हुकुम बजाते रहो। मजदूरों गुलामों की तरह जियो। वर्दी पर तो मुझे गर्व है पर फौजी के जीवन की बहुत सी बातों पर नहीं। नीता अब वो नीता न रही थी। वह सयानी और गंभीर हो चुकी थी, वह भी आर्मी ऑफिसर ही तो चाहती थी। उसे तो विष्णु आर्मी ऑफिसर ही दिखाई देता था। कभी कौशिला कह देती कलावती दीदी, नीता को तो हमें ही दे दो हमारे घर में रौनक आ जाएगी। मैं अपनी बेटी की कमी भूल जाऊँगी। यह सुनकर नीता के मन में लड्डू फूटते। विष्णु के आने का बेसब्री से इंतजार कर रही थी। ट्रेनिंग खत्म होने वाली थी। वह इसी सप्ताह कसम परेड होते ही सैनिक बन जाएगा। हरी वर्दी में विष्णु कितना हेंडसम लगेगा यह सोच-सोच नीता रोमांचित हो उठती। वह ख्यालों में उड़कर उसके पास पहुँच जाती...वह कितना खुश होगा मुझे सामने देख और मैं जब हाँ कहूँगी कितना लंबा इंतजार किया उसने उफ् ...मैंने उसको कितना तड़पाया अब न तड़पाउंगी। मैंने उसे कितनी बार निराश किया, मैं क्या करती लिखा ही न जाता घबराहट होने लगती इतना भय तो मुझे कभी किसी से नहीं लगा। मैं अब उसकी सारी निराशाओं को खुशी में बदल दूँगी। मम्मी डैडी अंकल आंटी सभी कितने खुश होंगे। सोचते -सोचते वह नींद के आगोश में चली गई। सबेरे उठी तो कमरे में टीवी पर समाचार चल रहे थे। उसे समाचार पसंद न थे। वह टीवी बंद करने वाली ही थी कि समाचार वाचक की बुलंद आवाज आई। बॉर्डर पर अघोषित युद्ध की स्थिति है। अत: जवानों की छुट्टियाँ रद्द कर दी गई हैं।

नीता की खुशी पल में काफूर हो गई। तो क्या अभी विष्णु भी छुट्टी न आ पाएगा? वो तो अभी अभी सैनिक बना है। इतनी कठिन ट्रेनिंग के बाद सिपाही बनने पर तो दो माह की छुट्टी मिलती ही है।

उसने पिता से पूछा डैडी न्यूज में बता रहे हैं कि फौजियों की छुट्टियाँ कैंसिल कर दी गई हैं। कैसी कंडीशन है। तो क्या अब विष्णु की छुट्टियाँ भी कैंसिल हो जाएँगी?

हाँ बेटा(गंभीर होकर) कंडीशन ठीक नहीं है, सब की छुट्टियाँ रद्द कर दी गई हैं पर जल्दी ही सब कंट्रोल में आ जाएगा। तुम टेंशन मत लो। बेटी को तो समझा दिया पर वो स्वयं इस स्थिति से आशंकित थे। नीता बेचैन हो उठी। अब उसका मन कहीं

लगने से रहा था। सारे बांध तोड़ आज नदी पूरी प्रवाह में बहने लगी। न कोई बंधन रोक सका, लहरें बिजली की गति से बहने लगीं। वाह... सैनिक की हरी वर्दी में विष्णु बिल्कुल धर्मेन्द्र लग रहा था। कितना हेंडसम, सौम्य नीता की नजरें उससे हटती न थीं। वह एकटक निहारने लगी। मुस्कुराती हुई बोली-विष्णु जी, भगवान आपकी तपस्या से खुश हो गए। भगवान ने मुझे आपकी झोली में डाल दिया। विष्णु की खुशी का ठिकाना न रहा। उसने खुशी में नीता को गोद में उठा लिया और गोल-गोल घुमाने लगा। नीता भी खुशी से खिलखिलाकर हंस पड़ी। वाह भगवान ने मेरी सुन ली। सचमुच आपको...मेरी झोली में डाल दिया...मैं दुनियाँ का सबसे खुशकिस्मत आदमी हूँ...हा हा हा हा हंसने की आवाज गूंजने लगी। तभी गीता को खांसी आ गई। विष्णु ने घबराकर उसे नीचे उतारा। क्या हुआ नीतू आपकी तबीयत तो ठीक है। नीता मुस्कुराती हुई बोली हाँ मेरी तबीयत ठीक है। एकदम हँसते-हँसते ठस्का लग गया था।

अचानक सपना टूट गया, नीता आँखें मलते हुए चारों तरफ देखने लगी। बाजू में उसकी माँ गहरी नींद में सो रही थी। सपने के बाद वो पुनः सपने की यादों में खो गई। नींद तो जैसे आँखों से कोसों दूर भाग गई थी। पौ फटने पर उसकी आँख लग गई।

शिवदत्त हमेशा की तरह सबेरे मॉर्निंग वॉक पर निकले तो रास्ते में कुछ उड़ती-उड़ती खबर सुनी, जिसे सुन वे सकते में आ गए। पत्नि को लेकर तुरंत भवानी दत्त जोशी के घर पहुँचे। उनके घर के सामने मौन भीड़ खड़ी थी जो महार रेजीमेंट के सैनिकों की थी। भवानी दत्त जोशी सिर झुकाकर गंभीर मुद्रा में बैठे थे। कौशिला का रो-रोकर बुरा हाल था।

कलावती कौशिला को गले लगाकर भरे गले से चुप कराती रही। पर स्वयं अपने आंसू ना रोक सकी। सब लोग दोनों को धीरज बंधा रहे थे। पर सबके चेहरों पर गंभीरता और मौन था। एक उन्नीस साल का सैनिक शहीद हुआ था। कोई कैसे अपने को रोक पाता?

अनर्थ हुआ, युद्ध से पूर्व ही अघोषित युद्ध में ये क्या और कैसे हुआ सब सोच रहे थे!

बाद में विष्णु की यूनिट से जानकारी मिली कि उसकी यूनिट के जवानों को टुकड़ियों में बांटकर बॉर्डर पर गड्ढों में पोजीशन लेकर बैठाया गया था। दूसरी तरफ दुश्मन के जवान इसी तरह पोजीशन लेकर छुपे थे। तभी विष्णु वाले गड्ढे से एक जवान को खांसी आ गई। उसने बहुत दबाने की कोशिश की पर थोड़ी आवाज बाहर आ गई। इससे दुश्मन को संकेत मिल गया। बस, फिर क्या था। दुश्मन ने गोलियाँ बरसाना शुरू कर दीं। यहाँ से भी जवाबी गोलियाँ चलीं। दुश्मन ने अचानक एक बम का गोला फेंक दिया। गड्ढे में पोजीशन पर बैठे सभी जवान घायल हो गए। अस्पताल लाने तक रास्ते में ही कुछ जवानों ने दम तोड़ दिया, जिसमें विष्णु भी था।

हवाई जहाज से दूसरे दिन तिरंगे में लिपटा विष्णु आया। नीता को खबर मिली तो उसके पैरों तले जमीन खिसक गई। खुशियों का महल बनने से पहले ही ढल गया। वह

गश्त खाकर गिर पड़ी। पानी छिड़का गया। होश आया तो उसकी माँ ने कहा बेटा विष्णु जा रहा है उसके अंतिम दर्शन कर लो वह देश के लिए शहीद हो गया है। उसे अब सम्मान से विदा करना ही हमारा कर्तव्य है। उसके बाद किसी ने रजनीगंधा का एक गुलदस्ता नीता को दिया। कलावती ने नीता के हाथों गुलदस्ता चढ़वाया। शहीद के शव पर गुलदस्ता रख नीता के सब्र का बांध टूट गया। नीता के अश्रु जल से फूल तर हो गए।

मे आई कम इन मेजर नीता आवाज से नीता की तंद्रा टूटी। सामने दरवाजे पर उसका कलीग मेजर देवेंद्र खड़ा मुस्कुरा रहा था। यस कम इन मेजर देवेंद्र जी कहकर नीता ने कुर्सी से उठकर उसका अभिवादन कर गर्मजोशी से हाथ मिलाया।

मेजर देवेंद्र ने कुर्सी पर बैठते ही मेजर नीता पर एक प्रेम भरी शरारती नजर डालकर पूछा आर यू सीरियस डियर। नो नो नथिंग एवरी थिंग इज ओ के कहती हुई नीता अपने मनोभावों को छिपा गई। वह दिल की बात कह ना सकी।

रखवाली

सेठ धर्मेश जैन ने पाँच एकड़ जमीन चार साल पहले सस्ते में खरीदी थी। जमीन के दूसरी तरफ कुछ दूरी पर यादवों के घर थे। वे सभी दूध बेचने का धन्धा करते थे। गाय, भैंसे रखे थे। सेठ धर्मेश वाली जमीन यादवों के जानवरों का चरागाह थी। वे हमेशा इसे अपना चरागाह समझते थे। इसी कारण इस जमीन का मालिक इसमें खेती नहीं कर पाया। धन्नू यादव के पास सबसे ज्यादा भैंसे थी। बाकी भाईयों के पास कम थी।

धर्मेश ने इस साल बरसात में खरीफ की फसल उड़द, मूँग और सोयाबीन बो दी। खेत के चारों तरफ पहले ही बेसरम की बाढ़ लगी थी। जिससे फैन्सिंग हो गई। और कुछ खर्च भी नहीं हुआ। बेसरम एक ऐसा पौधा जो फैन्सिग करने के काम आता है मेंहदी से जल्दी उगता और फैलता है। काटने पर फैलता जाता जैसा आकार दो। इस इलाके में सभी के खेतों में बेसरम की बाढ़ थी। जिससे जानवर फसल को नुकसान न पहुँचा सके । जानवरों को खेत या फसल तक पहुँचने से रोकने के लिए यही व्यवस्था होती थी। फसल उगी जमीन ने हरियाली की चादर ओढ़ ली। समयानुकूल फसल पकने लगी। धर्मेश रोज एक चक्कर खेत का लगाता। कुछ समय खेत पर बिताता। जमीन बहुत उपजाऊ और मौके की थी। धर्मेश को माटी मोल मिली थी इसका एहसास उसे बार-बार होता था।

धर्मेश अपनी पत्नी नीता से बोला-नीता; फसलों को देख दिल खुश हो जाता है। बस थोड़े दिनों में सब तैयार हो जायेगा। ये फसल अच्छी हुई तो हमें बहुत फायदा होगा। भगवान की दया से हमें तो समझो फ्री में मिली है। ये मौके की जमीन, जो सोने से ज्यादा कीमती है। चलो, कल तुम भी खेत घूमने चलो; बच्चों को भी ले चलते हैं।

दूसरे दिन धर्मेश नीता बच्चों सहित खेत घूमने गये, सबकी खुशी का ठिकाना न था। बच्चे मस्ती कर रहे थे। फसल लहलहा रही थी। बीच बाजार में तिमंजिले मकान के रहवासी बच्चों को वहाँ का खुला वातावरण और खड़ी फसल भा गई वे दौड़-दौड़ कर सब देख रहे थे। छिपन छिपाई खेलने लगे। दो घंटे का समय कैसे निकल गया पता ही न चला। बच्चों का तो वापस घर आने का मन ही नहीं था।

दूसरे दिन शाम को रोज की तरह शाम को दूकान से धर्मेश खेत पर पहुँचा। खेत का नजारा देख वह दंग रह गया। खेत जानवरों ने चर रखा था। जगह-जगह गोबर भी पड़ा था। उसे समझते देर न लगी, यह सब ग्वालों का किया धरा है बाढ़ तोड़कर जानवरों को लाया गया है। वह क्रोध से आग बबूला हो गया बड़बड़ाया "ये ग्वाले मुझे यहाँ से भगाना चाहते हैं ये इस जमीन को अपनी बपौती समझ चरागाह बना कर रखे हैं। इस जमीन पर मैं इन्हें जानवर न चराने दूँगा। साले-कमीने-कुत्ते...मैं बनिया हूँ ये ग्वाले घुटनों में दिमाग वाले ये मुझे क्या चरायेंगे? अब देखता हूँ ये मेरी फसल कैसे बर्बाद करते हैं। अभी इनसे कुछ कहना खतरा मोल लेना है। मैं ऐसा उपाय करूँगा साँप भी मर जाये लाठी भी न टूटे।"

धर्मेश मुँह लटकाये गहन सोच में डूबा घर पहुँचा। नीता ने पूछा-इतने परेशान क्यों हो; क्या हुआ? धर्मेश सेठ सिर पकड़कर गुस्से में बोला "साले ग्वालों ने फसल चौपट करा दी...अब कुछ नहीं बचा है। 'हे राम' क्या कह रहे हैं नीता भी चिन्ता में डूबी, "सच कह रहा हूँ साफ करा दिया कमीनों ने, धन्नू यादव मुझे देखकर मुस्कराकर जै राम जी भी कर रहा था। उसी कमीने की करतूत लगती है।

नीता बोली "अरे ऐसे कैसे? कोई फसल चरा सकता है उसे शरम नहीं आयी होगी। धर्मेश सेठ बिफरकर बोला "शरम होती तो ऐसी बेशर्मी करते। बाढ़ हटाकर भैसों को खड़ी फसल में छोड़ दिया उसे तो चुल्लू भर पानी में डूब मरना चाहिए। मोटा भैंसा स्साला धन्नू"

नीता "अब ज्यादा परेशान न हो दुःखी न हो। जाने दो नीचों के मुँह कौन लगता है।" पति को समझाते हुए बोली।

थोड़े दिनों में धर्मेश ने भोला ठाकुर को खेत की रखवाली के लिए रख लिया। भोला ईमानदार सीधा सादा नौजवान था। उसकी पत्नी रमिया और तीन बच्चे थे। गाँव में काम मिलना मुश्किल हो रहा था। सो शहर आ गये। उसका बड़ा भाई दूसरे सेठ की दुकान में काम करता था। वहीं धर्मेश की भी किराने की दुकान थी। पगार का पूछने पर सेठ ने कह दिया चिन्ता न करो ठीक देगें।

सेठ जी ने भोला के परिवार को खेत में रख दिया। दो गायें भी खेत में रख ली। एक का दूध छूटने पर दूसरी दूध देने लगती थी। भोला सुबह-शाम गाय लगाकर सेठजी के घर दूध रख जाता दिन भर खेत और गायों की देखरेख में पति-पत्नि जुटे रहते थे।

जब पहली बार सेठ धर्मेश ने रखवाली के लिए भोला को आठ सौ रूपये दिए तो भोला निराश हो गया। दिन-रात पति-पत्नि खेत और गायों के कामों और रखवाली में ही तो लगे थे। उसने सेठ से कहा कि "सेठजी इतने से मेरे परिवार का खर्चा कैसे चलेगा आप ही बताओ?"

अब बुआई का काम हो चुका हे। सेठ धर्मेश ने कहा "दिन में तुम बाहर काम कर सकते हो। मै रोकूँगा नहीं। तुम्हारी अनुपस्थिति में तुम्हारी बीबी बच्चे खेत की

रखवाली करें। मैं इससे ज्यादा रूपया नहीं दे सकता। वैसे ही मुझे बहुत नुकसान हो गया है तभी से भोला बाहर मजदूरी करने जाने लगा था। सेठ की पगार से पाँच जनों का पेट कैंसे भरता?

खेत में जानवरों का आना-जाना चौबीसों घंटे लगा रहता था। भोला और रमिया सदा टूटी बाड़ सुधारते रहते। आये दिन धन्नू बाड़ तोड़कर भैंस खेत में कर देता था। जिससे खेत को बचाना टेढ़ी खीर था। आँखों से देखकर भी भोला धन्नू को कुछ कह नहीं सकता था। भोला की क्या मजाल! वो खेत का रखवाला गरीब मजदूर था। धर्मेश सेठ को सब पता था। कई बार भोला बोल चुका था सेठ जी आप एक मर्तबा यादवों को बोल दो। पर धर्मेश सेठ भोला को ही कहता कि "तुम्हें और सतर्क रहना है दिन रात इन्हीं बेशर्मों की रखवाली के लिए तो तुम्हें रखा है। इस बार कैसे भी तुम्हें फसल बचाकर मेरे घर तक पहुँचानी है। तब तो तुम्हें रखने का मेरा मतलब पूरा होगा। ग्वाले किसी की मानने वाले नहीं है।......

धन्नू ने भोला का जीना हराम कर रखा था। भोला दिन भर मजदूरी करता रात को झपकी लगते ही खेत में हलचल की आवाजें आने लगती। धन्नू स्वयं बाड़ तोड़कर भैसों को खेत में घुसाकर छिप जाता था। हल्की सी आहट पर भोला डंडा लेकर दौड़ लगा देता था। भैसों को खदेड़ता, बाड़ ठीक करता। रात में दो-तीन बार ऐसा होता। अब खेत के बीचों बीच मचान बनाकर एक कुत्ते को रखकर भोला रात भर जगराते में रहता। जैसे ही हलचल होती कुत्ता भोंकता और भोला सतर्क हो डंडा और कुत्ते को लेकर भागता भैंसो को हांकता। फसल पकने तक धन्नू भैंसें चराने की कोशिशें दिन रात करता रहा। भोला ने मजदूरी पर जाना छोड़ दिया। दिन रात की नौकरी जो बजाना थी। रात का रतजगा कर दिन निकलने पर मचान से उतर कर घर आकर रमिया को रखवाली का काम सौंपकर सो जाता। दिन में भैसें छोड़ी जाती तो कुत्ता भोंकता। रमिया दौड़कर जानवरों को भगाती।

भोला और रमिया खेत की रखवाली में जी जान से लगे थे। भोला सेठ धर्मेश के घर सुबह-शाम दूध पहुँचाने के सिवा अपना कोई भी काम न कर पाता था। खेत ने उसके पैरों में बेड़ियाँ पहना रखी थी।

सेठ धर्मेश के घर अनाज पहुँचा कर भोला ने उस दिन चैन की सांस ली। आज मैं रात भर घर पर चैन की नींद सोऊँगा।

फसल देखकर धर्मेश सेठ और नीता के चेहरे पर विजयी मुस्कान दौड़ आयी। भोला विपरीत परिस्थितियों में बिना बोले यादवों से मुकाबला कर फसल बचाकर सेठ के घर तक पहुँचा रहा था यह तीसरा साल था। पति-पत्नी दोनों की दिन-रात की रखवाली से ही फसल बच पाती। दोनों ही फसल बचाने में जी जान से लग जाते।

उस दिन धन्नू की भैसें झुण्ड बनाकर अचानक खेत में घुसकर हरी बालियाँ चर रही थीं। दिन में हमेशा की तरह धन्नू की भैंसों ने खेत पर हमला बोल दिया। भोला सेठ के घर दूध देने गया था। रमिया उन्हें भगाने दौड़ी। जैसे ही अन्य भैंसे भगाने के बाद

अंतिम भैंस को भगाने गई। वह रमिया पर टूट पड़ी...नुकीले सीगों के प्रहार से खदेड़ते -खदेड़ते खचोड़ते हुए बार-बार सींग मार रही थी। रमिया की हृदय विदारक चीखों से चारों दिशायें काँप रही थी। रमिया के पेट में सात माह का बच्चा था। वह खून से लथपथ हो गई। अगल बगल से लोग चीख सुनकर रमिया को बचाने दौड़े। बाड़ के पीछे से धन्नू-झटपट आया। रमिया को देखकर अनदेखा करके भैंस हाँक ले गया जैसे कुछ हुआ ही न हो।

पड़ोसी दामोदर और उसकी बीबी सुखिया भागे-भागे आये। रमिया खेत में खून से सनी लहुलुहान बेहोश पड़ी थी। हालत नाजुक थी। तभी लोधिन बाई भी आ पहुँची। रमियाँ की हालात देख तीनों घबरा गये।

लोधिन बाई की तो रूलाई फूट पड़ी बोली "हे भगवान इसे बचा लेना। नास के मिटे ग्वालों का सत्यानाश हो। कैसे भैंस से मरवाया है?

रोते-रोते रमिया के शरीर से अलग बिखरे पल्लू को शरीर पर डाल दिया।

दामोदर और सुखिया लोधिन से बोले "बहुत खून बह गया है जल्दी डाक्टर के पास ले जाना होगा।

"हाँ, पहले जल्दी उठाकर घर ले चलो लोधिन बोली। सुखिया, लोधिन और दामोदर सुखिया को उठाकर घर ले आये।

दामोदर ने भोला को खबर भिजवा दी थी। वह आटो रिक्शा लेकर आया। रमिया की नाजुक स्थिति देखदेख कर सब चिन्तित थे। दोनों महिलाओं के आँसू रूक न रहे थे। वे लगातार रमिया की सलामती की दुआ कर रही थी। तभी भोला आ पहुँचा। जैसे ही उसने सुना रमियाँ को भैंस ने मारा है। थैला पटककर दौड़कर झोपड़ी में घुसा तो रमियाँ की हालत देख उसे साँप सूँघ गया। उसके चेहरे का रंग उड़ गया। भौंचक्का सा वह कुछ अनहोनी की आशंका से काँप उठा। बच्चे रोते हुए बाप से चिपक गये। भोला को काटो तो खून नहीं, स्थिर देखता रहा, न रोना न बोलना जैसे बोलती बन्द हो गई हो। उसकी हिम्मत जबाब दे गई हे भगवान अब क्या होगा, रमियाँ बचेगी कि....अब क्या करूँ? किससे रूपये माँगू? रमियाँ को कैसे बचाऊँ?

तभी दामोदर अपने मालिक के साथ आता दिखाई दिया। आशा की एक किरण नजर आई।

दामोदर के मालिक रामनाथ लोधी भले आदमी थे वे बोले "भोला हिम्मत रखो, जल्दी अस्पताल ले जाओ, समय बहुत कीमती है। दामोदर आटो रिक्शा ले आया है।" तभी आटो रिक्शा आकर खड़ा हुआ। भोला और दोनों महिलाओं ने बेहोश रमियाँ को आटो में रखा। भोला अधेड़बुन में था बिना पैसों के रमियाँ को कैसे अस्पताल ले जाऊँ?

रामनाथ समझ गया बोला "भोला ये लो पाँच हजार रूपये दामोदर ने बताया था तो मैं ले आया इलाज शुरू कराओ। जरूरत पड़े तो और मिल जायेंगे। घबराना नहीं।"

भोला कृतज्ञता से उनको देख हाथ जोड़कर रूपये लेकर झटपट ऑटो में बैठकर

निकल गया।

वह रास्ते भर भगवान से प्रार्थना करता रहा। दुआ माँगता रहा हे भगवान! रमियाँ को बचा लो। छोटे-छोटे बच्चों के लिए, मेरा इसके सिवा कोई नहीं है।''

अस्पताल पहुँचते ही स्ट्रेचर पर डालकर रमिया को ऑपरेशन थियेटर ले जाया गया। भगवान की कृपा थी कि कोई कर्मठ डॉक्टर ड्यूटी पर थे। डॉ. ने मरीज की हालत को देख तुरन्त इलाज शुरू किया। थोड़ी देर में सायकिल से दामोदर और सुखिया भी अस्पताल पहुँच गये। लोधिन बाई रमियाँ के तीन छोटे बच्चों को सम्भाल रही थी।

भोला प्रार्थना कर रहा था घबराया हुआ था। दोनों ने उसे ढाढस बंधाया। इलाज तेजी से चल रहा था। रूपये जमा कर दिए थे। रमियाँ का ऑपरेशन हुआ। पेट में ग्यारह टांके आए। रमियाँ को होश न आया था। डॉ. ने कहा था सबेरे तक होश आ जाना चाहिए। रात भर भोला राम नाम जपता रहा एक झपकी न लगी उसकी आँखों से नींद कोसों दूर थी। तरह-तरह की आशंकाएँ कुशंकाएँ भी फन फैला रही थी। दामोदर दम्पत्ति तीन घण्टे भोला के पास रूककर सबेरे आने का कहकर चले गये।

पौ फटते ही रमियाँ के कराहने की आवाज सुन भोला की जान में जान आयी। उसके कान खड़े हो गये। वह अर्द्ध चेतना में थी। टांके लगाने वाले डॉक्टर ने कहा था ''मैंने अपनी पूरी कोशिश की है। पर खून बहुत गिर गया है। बाकी ऊपर वाले के हाथ में हैं प्रार्थना करो सब ठीक होगा।''

आस बंधी; होश आ गया है। थोड़ा और आ जायेगा तो रमियाँ बच जाएगी। भगवान ने शायद सुन ली। लगभग अड़तालीस घंटे में होश आया। पूर्ण स्वस्थ होने में उसे बारह दिन लगे। रमिया का बच्चा भी (पेट में) बच गया। तेरहवें दिन अस्पताल से छुट्टी हुई।

सेठ धर्मेश को दामोदर ने सब बताया तो धर्मेश एक बार अस्पताल में गया। दामोदर के कहने पर मात्र एक हजार रूपये दिए। तेरह दिन में पूछा भी नहीं कि और किस चीज की जरूरत है।

ऐसे कठिन समय में मालिक का ऐसा बर्ताव देख भोला को धक्का लगा। उनके खेत की रखवाली में रमियाँ को मौत के मुँह में धकेला, जान जाते-जाते बची वो ही इतने निष्ठुर...दामोदर के मालिक ने बार-बार भोला को ढाढस बधाया और सहायता की।

धीरे-धीरे वही दिनचर्या शुरू करना था। भोला मजदूरी करने जाता। खेत की रखवाली रमियाँ को ही करनी पड़ती। धर्मेश सेठ को लोगों ने कहा आप धन्नू की रिपोर्ट लिखा दो तो सबकी अकल ठिकाने आ जायेगी और भोला को मुआवजा दिलाओ; बेचारे की बीबी मुश्किल से बची है।

धर्मेश ने सोचा मैं क्यों बेकार अब थाने और पुलिस के चक्कर काटूँ; पुलिस को पैसा देने पड़ेंगे सो अलग, पैसों के बिना पुलिस काम करेगी नहीं।

गाँव के बुजुर्गों ने धन्नू को भी समझाया "तुम्हारी भैंस ने भोला की गर्भवती बीबी को अधमरा कर दिया। जच्चा-बच्चा मुश्किल से बचा है। इन्सानियत के नाते उस गरीब को बीबी के इलाज के लिए पाँच हजार रूपये दे आओ। माफी माँग लो। मामला रफा-दफा हो जायेगा। धन्नू पर किसी का कोई असर न हुआ।

दामोदर ने रिपोर्ट लिखाने को कहा तो वह बोला "भैय्या, मालिक ने तो आँख फेर ली। अगर मैंने रिपोर्ट लिखाई तो धन्नू यादव मेरा जीना हराम कर देगें। फिर पुलिस का क्या भरोसा वह पैसे वालों की जेब में है। हम गरीबों की वहाँ कौन सुनने वाला है। रमियाँ की जान बच गई उतना ही बहुत है। जिनके खेत के लिए हम दिन रात खटते है। हमारी जान भी चली जाए तो उनकी बला से दूसरा रखवाला रख लेगें। चौबीसों घंटों की रखवाली के आठ सौ रूपट्टी, एक से बढ़ा कर दो गायें लाकर रख दी। उनको पालो और दोनों समय का दूध उनके घर पहुँचाओ। मात्र एक पाव दूध एक समय का चाय के लिए छोड़ते हैं। उसके सिवा छटांक भर कम हो जाए; बीमार बच्चों की दवाई खिलाने रख लें तो रूपये काटने की बात करते हैं। अगर हमारी जान भी चली जाए उनकी सेवा में तब भी मालिक हमारे नहीं हो सकते।"

दामोदर कुछ न कह सका। सोच में पड़ गया। ये धर्मेश सेठ (जैन साब) किस मिट्टी के बने हैं?

धन्नू यादव को किसी ने कह दिया "भोला पुलिस में रिपोर्ट कर रहा है।" धन्नू भड़क गया बोला "भोला की ये मजाल कि पानी में रहकर मगर से बैर करेगा।"

उसने अपने आदमी भेजकर भोला को बुलवाया।

"क्यों भोला मैं क्या सुन रहा हूँ तुम मेरी रिपोर्ट करोगे। धन्नू ने पूछा। भोला हाथ जोड़कर बोला" नहीं यादव जी कैसी बातें कर रहे हैं आप, मैं ऐंसा कैंसे कर सकता हूँ?

धन्नू थोड़ा नरम पड़ा बोला "रात गई बात गई जो होना था हो गया। मैंने जानबूझकर तो भैंस से मरवाया नहीं।" भोला ने केवल हाँ में सिर हिलाया। धन्नू कुछ देर इधर-उधर की बातें करता रहा। भोला बोला "चलूँ दाऊ, जै राम जी की" धन्नू बोला "जै राम जी की" जाओ।

भोला चला आया। उसे ईमानदारी का दण्ड मिल चुका था। भोला सोच में डूबा था। रमियाँ जैसे तैसे बची है दो माह बाद डिलेवरी का समय आ रहा है। क्या होगा? उसके टांके ठीक होने में तो साल भर लगेगा। डॉक्टर ने कहा ऑपरेशन से ही डिलीवरी होगी वर्ना दोनों को खतरा है।

अब किसके दरवाजे जाऊँ? जो बखत पड़ने पर काम आये। कोई नजर नहीं आ रहा। सिवाय रामनाथ जी के , पर अभी तो उन्होंने पाँच हजार रूपये दिए हैं अब फिर से कैसे कहूँगा?"

दामोदर उसकी समस्या समझ रहा था वह बोला "तू बिल्कुल फिकर न कर मेरे मालिक तेरे मालिक जैसे कठोर नहीं बहुत अच्छे हैं। वे कह रहे थे डिलीवरी के समय

संकोच न करना जो जरूरत हो ले जाना। देरी न करना समय से अस्पताल पहुँचाना।

सुखिया ने रमियाँ को बताया कि सरकारी अस्पताल में नई डॉक्टरनी आयी है। वो बहुत भली है। कह रही थी डिलीवरी होने पर रूपया भी मिलेगा। नसबन्दी भी हो जायेगी कुछ लगेगा भी नहीं।

समय आने पर रमियाँ का दर्द शुरू हुआ। भोला चिन्ता में दुहरा हुआ जाता था भोला की जान सूख रही थी।

सरकारी, अस्पताल के डॉक्टर भी असमंजस में थे। रमियाँ का शरीर प्रसव पीड़ा को सहन कर पायेगा? शरीर के खिचाव से टाँके टूटने की पूरी आशंका थी। केवल ऑपरेशन करके ही बच्चे को निकाला जा सकता था। चार डॉक्टर आपसी मंत्रणा कर रहे थे। क्या किया जाए?

तभी रमियाँ तीव्र दर्द (लेबरपेन) से छटपटाने लगी। उसकी नाजुक स्थिति को देखते हुए ऑपरेशन करने का फैसला किया गया।

अचानक चमत्कार हुआ। रमियाँ की चीख निकली और सामान्य प्रसूति (डिलीवरी) हो गई। जच्चा-बच्चा दोनों स्वस्थ थे। सामान्य डिलीवरी हुई थी।

नन्हीं सी शिशु बालिका के रोने का आवाज से वातावरण गूँजा और रमियाँ शांति से प्रसव की थकान के बाद गहरी नींद सो गई। एक भी टांका नहीं टूटा था।

शायद भोला की सच्चे मन की पुकार कायनात ने सुन ली थी। जर्रे-जर्रे ने रमिया को बचाने में मदद की। तभी तो कहा है "जाको राखे साईयाँ मार सके नहिं कोय, बाल न बांका कर सके जो जग बैरी होय"।

पानी फेर दिया

"माद...मुँह चलाती है" कहता हुआ लक्ष्मीनारायण गुस्से में आग बबूला होकर पत्नी सरस्वती को मारने दौड़ा, तभी उसकी दस वर्षीय बेटी सुरभि हाथ में लोटा लिए दौड़कर उसके सामने आकर पिता को गुस्से में घूरकर गुर्राई "मम्मी को नहीं मारना; नहीं तो मैं इसी लोटे से आपका सिर फोड़ दूँगी। दूर हटो, दूर हटो," धकेलते हुए गुस्से में तमतमाई खड़ी हो गई जैसे साक्षात दुर्गा।

लक्ष्मीनारायण का हाथ रूक गया वो सकपका कर सुरभि को देखता रह गया। अरे इस बित्ते भर की बच्ची में इतना साहस, इतना गुस्सा, ऐसा रौद्र रूप... आखिर मेरी बेटी जो है मुझ पर ही गई है। "अरे-रे-मैं तो डर ही गया" कहकर सुरभि के आगे हाथ जोड़ लिए उस दिन से लक्ष्मीनारायण ने सरस्वती पर हाथ नहीं उठाया।

लक्ष्मीनारायण नया गाँव का रहने वाला था। बेटे की आशा करते-करते चार बेटियाँ हो गई। वह अपने जमाने का मैट्रिक पास था। एक से एक नौकरियों के आफर थे। स्टेशन मास्टर का काल लेटर आया था। दूसरे शहर में ज्वाइंन करना था।

माँ ने कहा "मैं दो रोटी कम खा लेहूँ पर बिटवा को कहूँ बाहर न भेज हूँ" बड़ा होने से दादा दादी का भी लाड़ला था। सो गाँव में ही किसानी करने लगा।

लक्ष्मीनारायण के दो भाई थे। भाइयों की पढ़ाई के बाद नौकरी लग गई। अपनी गलती पर वह पछताता-सोचता यदि मैंने नौकरी कर ली होती तो मेरे बच्चों को गरीबी और दरिद्रता का मुँह न देखना पड़ता। माँ तो बेचारी सीधी सादी घरेलू औरत थी। उनको तो समझाया जा सकता था। उलटा मेरा ही घर का अत्यधिक मोह नौकरी के रास्ते का कांटा बन गया। जब तक सुध आयी उम्र निकल चुकी थी। पिता के पास तीन एकड़ जमीन थी। तीन एकड़ जमीन तीन भाईयों में बंट कर एक-एक एकड़ हो गई। लक्ष्मीनारायण की चार बेटियाँ, पति-पत्नि, छै जन का परिवार केवल 1 एकड़ जमीन से क्या होता?

वह बुद्धिमान पढ़ा लिखा और गरीब आदमी था। गाँव के लोग उससे सलाह लेने कोर्ट कचहरी का कागज पढ़ाने लाते। धीरे-धीरे लक्ष्मीनारायण लोगों के खेतों में मजदूरी करने लगा। फसल कटाई, बोवाई, निदाई में दिन भर काम कर शाम को रूपये

और सब्जी या भाजी कभी रूपये के बदले पसेरी गेहूँ मिल जाता। पर जब काम न मिलता तो कई-कई बार भूखे ही सोना पड़ता। मजाल कि कभी किसी को पता चल जाये। उसकी बेटियाँ भूखी हैं।

लक्ष्मीनारायण की तरह बेटियों में भी स्वाभिमान कूट-कूट कर भरा था। वो स्वयं मजदूरी करने जाता पर कभी बीबी और बच्चियों को कहीं नहीं भेजा। लोग कह देते कि खेती किसानी का काम तो मौसमी होता है। एक जन की मजदूरी से कितने दिन चलेगी। अपनी बीबी और बेटियों को भी खेतों में काम पर लगाओ। तो इतना कमा लोगे कि जब काम न लगेगा तब भी बैठकर कुछ दिनों खा सकते हो। अगले काम के आने तक।

लक्ष्मीनारायण एक कान से सुनता दूसरे से निकाल देता। गरीबी के मारे बच्चियाँ 10-12 साल की हो चली थी। पर स्कूल का मुँह न देखा था। लोग कहते घर में एक थाली नहीं, स्कूल का मुँह देखा नहीं फिर भला ये लक्ष्मीनारायण बेटियों से मजदूरी क्यों नहीं कराता? घर में क्यों बिठाया घरवाली और बेटियों को? अकड़ तो ऐसी है जैसे धन्ना सेठ हों। उसने लोगों की परवाह करना छोड़ दिया था। वह रात को बेटियों को पढ़ाता था।

सरस्वती सीधी सादी सुन्दर सुघड़ गृहिणी थी। कभी पति से किसी बात की जिद न करती। वह खाते पीते घर की थी। लक्ष्मीनारायण की उच्च शिक्षित होने के कारण ही सरस्वती के पिता ने रिश्ता किया था। किसको पता था कि नौकरी नहीं करेगा। सरस्वती की किस्मत में इतनी गरीबी लिखी होगी।

लक्ष्मीनारायण लोगों के ताने सुनकर दिन भर मजदूरी करके आया था। सिर भन्ना रहा था पत्नी ने रोज की तरह हाथ मुँह धोने कुएँ से पानी निकाल कर रख दिया। पत्नी थाली परोसकर लायी। थाली में नमक और चार रोटियाँ थी। उसने पूछा "सब्जी क्यों नहीं परोसी? कल ही तो आलू लाया था?"

सरस्वती ने कहा "कल बनाये थे। सबेरे भी रसीली सब्जी बना रही थी। जिससे शाम के लिए भी आलू बचें। आपने कहा रोज पनीली सब्जी बनाती हो; आलू उबालकर सूखी सब्जी बना लो। मैंने सबेरे सूखी सब्जी बनायी सारे आलू खत्म हो गये।"

यही सुनकर लक्ष्मीनारायण गुस्से में आपा खोकर पत्नी को गाली देते हुए मारने दौड़ा था। तभी बेटी बीच में आ गई।

लक्ष्मीनारायण को अपनी गलती का आभास हुआ कि नाहक ही सरस्वती के ऊपर हाथ उठ रहा था। इसकी क्या गलती; बिचारी को कभी कोई खुशी तो दे नहीं पाया ऊपर से जब तब हाथ उठाता हूँ। अच्छा है भगवान ने सुरभि को मेरी अकल ठिकाने लगाने भेज दिया।

लक्ष्मीनारायण ने सुरभि और संगीता को घर पर ही पाँचवी तक का कोर्स करा दिया था प्राइवेट परीक्षा दिलायी। दोनों लड़कियाँ पाँचवीं पास होकर छठवीं में आ गई।

इस साल से उन्हें स्कूल भेजना जरूरी था। दोनों को स्कूल की ड्रेस कापी किताबें तो चाहिए ही पड़ेगी। वह पत्नी से बोला "मैं आज की मजदूरी और दो दिन का

एडवान्स लेकर चार मीटर कपड़ा और कापी किताबें ले आऊँगा। तुम रात को दोनों की ड्रेस सिल देना।''

दूसरे दिन लक्ष्मीनारायण सब सामान ले आया रात को बैठकर सरस्वती ने दोनों बेटियों की स्कर्ट और ब्लाउज बिना मशीन के हाथ से टांके लगाकर सिल दिये।

वह अगले दिन बेटियों को लेकर स्कूल छोड़ने गया। उस दिन से दोनों बेटियाँ स्कूल जाने लगी शाम को दोनों बेटियों को पढ़ाने बैठता। स्कूल में हुई पढ़ाई की जानकारी लेता।

अब लोग ताना देते; कलेक्टर बनाने हैं क्या लड़कियों को जो अब स्कूल भेज रहे हो? पहली पढ़ी नहीं एकदम छठवीं में कैसे आ गई? जितने लोग उतनी बातें।

सुरभि संगीता से होशियार थी वह एक बार सुनकर याद कर लेती। विषम परिस्थितियों में भी लक्ष्मीनारायण ने बच्चियों की पढ़ाई नहीं रोकी।

कुशाग्र बुद्धि होने के कारण सुरभि ने विषम परिस्थिति में एम.एस-सी. प्रथम श्रेणी में पास कर ली। अब नौकरी की सख्त जरूरत थी। उसने सब जगह के फार्म भरने शुरू किए। यहाँ तक कि चपरासी के लिए भी फार्म भर दिया। उसकी चपरासी की नौकरी लग गई। बिना देर किए उसने ज्वाइन कर ली। पहली पगार मिलने पर उसने पिता से कहा अब आप मजदूरी नहीं करोगे। ये रूपये हैं इससे घर चल ही जायेगा।

मैं और फार्म भरूँगी। परीक्षा दूँगी अच्छी नौकरी मिल ही जायेगी। तब ये छोड़कर वो ज्वाइन करूँगी। संगीता की भी पढ़ाई हो गई वो भी कुछ करेगी।

अब परेशानी नहीं होगी। लक्ष्मीनारायण को मानना पड़ा। उन पैसों से सबसे पहले महिने भर का अनाज आया। फिर घर की अन्य जरूरी चीजें खरीदी छोटी बेटियों की पढ़ाई लिखाई का सामान बगैरह। एक साथ रूपये मिलने की बात ही अलग थी रोज-रोज इने गिने रूपयों से कहाँ महिने का सामान आता।

धीरे-धीरे घर की स्थिति सुधरने लगी। सुरभि ने अन्य परीक्षाओं की तैयारी के अलावा पी-एच.डी. करने का सोचा, चपरासी के पद पर विशेष कोई कार्य तो था नहीं। दिन भर बैठना था। उसने विभाग प्रमुख से अनुमति लेकर पी-एच.डी. करना प्रारम्भ की नियत समय में उसने पी-एच.डी. कर ली। उसकी पी-एच.डी. एवार्ड हो गई। प्रोफेसर की नौकरी तो नहीं मिली पद खाली पड़े थे। अब तो सरकारी नौकरियों का अकाल सा पड़ने लगा था। लाखों पद खाली पड़े हैं प्रोफेसर के; पी-एच.डी. वाले घूम रहे हैं। सभी विभागों में यही हाल था। शायद सरकार अपनी सुविधाओं में कमी नहीं कर, सरकारी नौकरियाँ खत्म करने का मन बना चुकी थी।

पी-एच.डी. होने पर भी चपरासी की नौकरी करना सुरभि जैसी लाखों लड़कियों और लड़कों की मजबूरी है। आगे शायद सरकारी नौकरी ही न रहे। सभी होनहार बच्चों के उज्ज्वल भविष्य पर हमारी ही चुनी हुई सरकार ने पानी फेर दिया।

कटे हुए पर

'आंटी बर्तनों में पानी काय नई डारत हो, सूख जाते हैं। और हां, हम काल परों दो दिना नई आ पेहें'। मेरी बरौनी की बेटी मीरा ने कहा। उसकी आवाज सुनकर मैं बाहर आई पूछा–क्यों, क्यों नहीं आएगी? 'वैसे भी तुम हर महीने नागे करती हो'। सो का करें, आपखों पता नईं हे का! बाई (मम्मी) ने नई बताओ? इठलाते हुए उसने कहा। मैंने पूछा तुम्हारी बाई ने तो कुछ नहीं बताया तुम ही बता दो'। वह थोड़ा शरमाते हुए हँसकर, मुस्कुराकर बोली 'हमारी सगाई हो रही है'।

मैं सोच में पड़ गई यह कैसी सगाई है? अभी तो इसकी उम्र लगभग तेरह से ज्यादा ना होगी। क्या इतनी जल्दी इसकी शादी हो जाएगी। ससुराल जाते ही इसके छोटे-छोटे कंधों पर घर गृहस्थी का बोझ डाल दिया जाएगा। मुझसे रहा न गया। मैंने पूछा–क्यों मीरा तुम्हारा मन पढ़ने को नहीं करता, तुम अपनी बराबरी की लड़कयों को स्कूल जाते देखती हो, तुम्हारा मन नहीं करता'। वह बोली–'आंटी हम जे काम तो करत हैं।' मैंने कहा तो क्या हो गया यह काम करके भी तुम पढ़ सकती हो मैं तुम्हारी बाई से बात करूंगी। तुम रोज शाम को केवल मेरे घर का काम करना, बाकी घरों में तुम्हारी बाई चली जाएगी। मुझे शाम को समय रहता है, मैं तुम्हें पढ़ा दिया करूंगी। कापी-किताबें सब मैं दिलवा दूँगी। स्कूल में नाम भी दर्ज करा दूँगी। तुम्हें स्कॉलरशिप मिलने लगेगी। आजकल सरकार लड़कियों को पढ़ाने के लिए बहुत मदद कर रही है। यदि तुम आठवीं पास कर लोगी तो तुम्हें नवमीं में जाते ही साइकिल भी मिलेगी और तीन हजार रूपए भी तुम्हारे नाम जमा करा दिए जाएँगे। तुम पढ़ने लगोगी तो तुम्हें बहुत फायदे मिलेंगे। कम से कम दसवीं तो पास कर ही लो।

मीरा बोली, 'आंटी हमें नईं पढ़नें है, हमाओ मन नईं लगत हे। हम सरकारी स्कूल में तीसरी में पड़वे जात ते, फेल हो गए सो अब नईं जानें'। 'मैंने समझाया तो क्या हो गया। अब मैं तुम्हारा पाँचवी में प्राइवेट फार्म भरवा दूँगी। तुम्हें बस परीक्षा देने जाना पड़ेगा। तुम्हें कोई परेशानी ना होगी। पर मीरा नहीं मानी, वह बोली–का करनें है पढ़-लिख कें जेई तो करनें हे! ऐंसई अच्छो जेई करत रहो, को पढ़े।' समझाने-बुझाने पर भी उसकी समझ में कुछ ना आया। मेरे ज्यादा जोर देने पर वह चिढ़कर बोली उते

पढ़ाई होत नईं है हमें नहीं पढ़नें। आप काय नईं पढ़त आपई चली जाव। मैं खीजकर बोली 'तुम लोग ऐसे ही सरकारी स्कूल को बदनाम करते हो। जब बच्चे नियमित शाला जाएँगे ही नहीं तो शिक्षक क्या करेगा? अब तुम दो-तीन साल से शाला नहीं गई तो इसमें शिक्षक की क्या गलती है'? मीरा सकपकाकर बोली-हओ आंटी मैडम जी नें बुलाव हतो, बाई सें भी कई ती मीरा को रोज पढ़वे भेजो मनों हमईं नईं गए। हम हओ केकें आ गए हते। उननें तो मुतकी दार बुलाव हतो मनों हमईं नईं गए।

सगाई के दूसरे दिन फिर मीरा काम पर आ गई। मैंने देखा आज वह सूट तो वही पुराना पहने थी पर माथे पर बड़ी सी बिंदी और हाथों में लाल सुर्ख चूड़ियाँ भरी थीं। पैरों में भी मोटी सी पायल पहनकर आई थी। वह बहुत खुश लग रही थी। मैंने पूछा 'मीरा हो गई सगाई?' वह चहक कर बोली 'हां आंटी आपखों समझ में नहीं आ रहो का!' तभी मेरी पड़ोसन बोली दीदी आप इन बाइयों को ज्यादा मुँह ना लगाया करो। अगले दिन मीरा की बाई काम पर आई। मैंने पूछा तो उसने बताया 'दीदी अब बा घरई को काम करहै। मैं बाहर के सब घर निपटा लेहूँ। अब पंद्रई दिनां में तो ब्याव है ओको।' मैंने कहा इतनी जल्दी! अभी तो वह बारह-तेरह साल की ही है! मीरा की बाई बोली-का करें दीदी मोंड़ी पाँचों में बड्डी है। मैं सोचत हों, जब तक हाथ-गोड़े चल रये हैं निपटा दें जल्दी-जल्दी पाँचोंई खों। मीरा के बाबू को तो कछु भरोसा नईं है। वे तो दारू पी कें पड़े रेहें, मोंड़ा-मोंड़िन खों तो मोईखों देखनें हे। हमाए समाज में जादां साल मोंड़ी खों कुंआरी नईं रखो जात। कऊं ऊंच-नींच हो गई तो समाज में नाक कट जैहे। महीना आवे के पेल भांवरें पड़ जाएँ तो अच्छी है। फिर कुछ रूक कर बोली-गरीबों की मोड़ियन को का बचपन और का जवानी? बा तो बिचारी पैदा होतई सें अपनी जिम्मेदारी समझन लगत है। उनकी मूड़ पै सब बोझा धर देत, और वे दब जात हैं। ११-१२ साल में ब्याव कर दव जात है। तबई सें कोलू के बैल बन जात हैं। अपने घर को काम, फिर बाहर के घरों को काम, मोंड़ी-मोंड़ों को काम, ओई में आदमी की धौंस-मनमानी। आए दिना मारबे दोरत। शरीर की हड्डिएँ टूट गई हैं मनों फिर भी काम करत जाओ! जेई है गरीब औरत ही जिंदगी! जाई हकीकत है हमाई.... दीदी! कहते-कहते मीरा की बाई उद्विग्न हो उठी।

मीरा की बाई की बातें सुनकर मैं सोच में पड़ गई। मुझे पहले की बाई की बातें याद आ गई। वह भी आए दिन रोती रहती थी। उसका नाम लक्ष्मी था। उसके चार बच्चे थे-एक बेटी 6 साल, दूसरा बेटा 5 साल, तीसरी बेटी 3 साल और चौथा एक साल का बेटा। तीसरी बेटी के बाद दो बार सफाई कराई, चौथे के समय नहीं करा पाई।

लक्ष्मी का पति कभी काम करता, कभी नहीं। वह घर पर रुपए पैसे भी ना देता था। उसे पीने की लत थी। जितना कमाता उसे दारू और गोश्त में उड़ा देता। नशे में चूर होकर घर वापस आता फिर अपनी मनमानी करता, उसे पीने के बाद औरत की जरूरत होती उस वक्त वह अंधा हो जाता। उसे चार बच्चों की कोई परवाह ही ना रहती। वह बस कामवासना में अंधा हो जाता था। दिनभर की थकी-मांदी दस घरों का झाड़ू-पोंछा

बर्तन साफ कर लक्ष्मी किसी तरह बच्चों को खाना पकाती थी परंतु पति के पीकर आ जाने से वह बच्चों को खाना न खिला पाती। वह वासना की अतृप्ति पर उसके मना करने पर लक्ष्मी और बच्चों को मारता-पीटता था जिससे घर में आये-दिन कलह होती थी। वह सामान फेकता अलग, खाना पकाने और रखने के बर्तन टूट-फूट जाते इसीलिए लक्ष्मी डरकर घरों में काम करके लौटने के बाद जल्दी-जल्दी खाना पकाकर बच्चों को खिलाकर सुला देती थी। वह पति की कामुक और हिंसक प्रवृत्ति से त्रस्त और भयभीत रहती। वह बच्चों की कोई जिम्मेदारी नहीं निभाता था। घर पर पड़ा रहता और लक्ष्मी छोटे बेटे की देखरेख को कहती तो वह कह देता "साथ में ले जा, मैं नहीं देखूँगा" उससे कुछ कहना बेकार ही रहता।

कभी-कभी वह घर पर लक्ष्मी से कहता 'गोश्त रोटी बनाओ लक्ष्मी कहती-ला दो तो मैं बना दूँगी। वह मारने दौड़ता और कहता दिन भर काम करने के लिए फिरती है मैंने कहा तो कहती है ला दो। तू क्या झक मारने जाती है। मुझे मॉस रोटी नहीं खिला सकती! तो कल से घर से एक टांग भी बाहर ना निकालेगी, नहीं मानी तो टाँग तोड़ कर रख दूँगा।

लक्ष्मी कुछ दिनों काम पर ना जा पाती। इससे उसके घरों के काम छूटने लगते और घर में बच्चे भूख से बिलखते रहते। पति कहीं किसी के घर पीकर पड़ा होता। आखिर लाचार होकर बच्चों का मुँह देख कर लक्ष्मी फिर से काम पर जाने लगती। हर घर में उसे बातें सुनना पड़तीं; ताने सुनने पड़ते और पैसे भी पूरे-अधूरे मिल पाते! कई घरों का तो काम ही छूट जाता।

लक्ष्मी ऐसे ही दस-पंद्रह दिन काम पर मेरे घर ना आई तो मुझे मीरा की बाई को रखना पड़ा था। आज मीरा की बाई की बातें सुनकर लक्ष्मी का चेहरा फिर से मेरे जेहन में आ गया था। शायद मीरा सगाई, शादी को केवल गुड्डे-गुड़िया का खेल समझ कर खुशी से फूली ना समा रही थी। उसे क्या खबर थी कि यह खेल नहीं असल जिंदगी है। वह मासूम दुनियादारी से अनजान कल्पना की ऊँची उड़ानें भर रही थी। उसे पता ही ना था कि उड़ान से पहले ही उसके पर कतर दिए गए हैं!

आधे घंटे की आजादी
(संस्मरणात्मक कथा)

शाम का समय था। मैं शांत आसमान को निहार रही थी। बादलों की दौड़ शांति को भंग कर रही थी। उनकी गरज और चमक शायद उनकी तीव्रता का एहसास करा रही थी। तभी सामने से जल्दी-जल्दी आती एक महिला से मैंने पूछा-सुमन इतनी जल्दी में कहाँ जा रही हो? वह बोलीं यहीं किराने की दुकान तक जा रही हूँ दीदी। मैं उसे जाते हुए देखती रही। कुछ ही देर में वह लौटी और मेरे पास आकर अपने साथ लाए बच्चे से बोली-गुड्डू तुम वो चॉकलेट खा लो और यहीं बाहर खेलो, मैं जरा दीदी के पास बैठती हूँ। गहरी सांस लेकर वह बोली-दीदी गुड्डू जिद कर रहा था कि दुकान चलो मैंने कहा-पापा से पूछ लो। वे बोले-मम्मी को ले जाओ मैं आराम कर रहा हूँ आधे घंटे में आ जाना। इसीलिए मैं आई हूँ।

मैंने पूछा-क्यों सुमन, तुम कहीं आती-जाती नहीं हो क्या? सुमन के चेहरे पर हवाइयाँ उड़ने लगीं, लाचारी बेचारगी के भाव स्पष्ट नजर आ रहे थे। वह बोली-दीदी आप समझदार हो किसी को नहीं बताओगी इसीलिए मैं आपको बता देती हूँ। पल भर के लिए मैं सोच में पड़ गई कि इसे क्या परेशानी हो सकती है? सुंदर है, पढ़ी-लिखी है, दो बच्चे हैं, पति का कारोबार भी अच्छा चलता है। घर में एक कार है एक जीप है, स्वयं का घर है, पति-पत्नि और बच्चे बस छोटा सा परिवार है। न संयुक्त परिवार न अन्य कोई बंधन, फिर इसे क्या परेशानी हो सकती है! मैं उसे गौर से प्रश्न-सूचक नजरों से देखने लगी। वह बोली-दीदी बाहर से देखने में मेरा घर परिवार अच्छा लगता है, पर अंदर इतनी घुटन है कि मैं बयाँ नहीं कर सकती। मेरा सांस लेना दूभर है, दिन भर में मेरी दो पल की खुशी मेरे पति के अच्छे मूड पर निर्भर करती है।

पूरे दिन भर में उनका मूड एक आध घंटे ही ठीक होता है। बाकी दिन भर खराब रहता है। वो बहुत ही गुस्सैल और चिड़चिड़े हैं। मैं दिन भर उनकी सेवा करती हूँ, उन्हें कई रोग हैं डायबिटीज, थायराइड और ना जाने क्या-क्या। समय-समय पर खाना, दवाई देना पड़ती है। उसी बीच बच्चों का काम भी करना पड़ता है। पर मजाल है कि मुझे पति के किसी काम में किसी समय पल भर की भी देरी हो जाए। अगर हुई तो सारा घर सिर पर उठा लेते हैं। आधे घंटे तक जली-कटी सुनाते हैं, ताने मारते हैं।

गाली-गलौज तो आम बात है। वह भी ऐसी, कि सुनने वाले को शर्म आ जाए। घर में कामवाली लगाने से भी डरती हूँ कि कहीं बाई के सामने मेरी ऐसी-तैसी करेंगे तो वह क्या सोचेगी? मेरी क्या इज्जत रह जाएगी। पूरी कॉलोनी में सब घरों में बात फैल जाएगी।

पिछले साल की ही बात है मेरे घर पर राम बाई काम करती थी। उसकी उम्र लगभग पचास रही होगी। झाड़ू-पोंछा और बर्तन साफ करती थी। मैं उसे हमेशा मेरे पति के घर पर ना रहने पर ही बुलाती थी। जिस वक्त मेरे पति आ जाते तो मैं उसे जाने को कह देती क्योंकि मुझे इनके गुस्से का पता था कि उनको गुस्सा कभी भी आ सकता था। क्या पता कब क्या बक दें?

एक दिन राम बाई को अपने मायके जाना था तो उसने सोचा आज का काम तो कर जाऊँ और इसीलिए वह मेरे घर काम करने को आ गई। वह जैसे ही दरवाजे पर पहुँची उसे अंदर से मेरे पति के चीखने, चिल्लाने और गाली-गलौज करने की आवाजें सुनाई दीं। वह दरवाजे पर ही ठिठक कर खड़ी हो गई। आवाजें कब बंद हों और तब वह घंटी बजाए यही सोचकर वह थोड़ी देर मेरे पति के चुप होने का इंतजार करती रही। उसी बीच मेरे पति ने गंदी से गंदी गालियाँ भी दे डालीं। मैं क्या चुप कराती! वह तो सुनने के बदले और भड़क उठते थे और वह तरह-तरह की गंदी गालियाँ देने लगे। मेरे मायके के किसी भी सदस्य को ना छोड़ा। मां, पापा, भाई, बहिन उनके एक-एक शब्द मेरे कलेजे में लग रहे थे।

रामबाई को जल्दी वापस जाना था अत: उसने घंटी बजा ही दी। मैं घबराकर दरवाजा खोलने दौड़ी कि शायद अब इनका मुँह बंद हो जाए। दरवाजा खोला तो सामने राम बाई को देखकर मैं मन ही मन घबरा गई कि हो न हो इसने गालियाँ सुन ली हैं! मैंने घबराकर पूछा क्यों, अभी क्यों आ गई? वह बोली मेरे मायके में दादा बीमार हैं इसीलिए मैं बच्चों को लेकर जा रही हूँ। मैंने सोचा कि आपको बता दूँ। तीन-चार दिन लग जाएँगे। मैं उससे नजरें नहीं मिला पा रही थी। अपने आप को अपमानित महसूस कर रही थी। साथ ही उस पर झुंझलाहट हो रही थी कि वह अभी क्यों आ गई? फिर हिम्मत करके उसकी तरफ देखकर उसके चेहरे पर यह पढ़ने की कोशिश करने लगी कि उसने गालियाँ सुनी तो नहीं होंगी। अब उसकी नजरों में मेरी क्या इज्जत रह जाएगी? वह भी घबराई हुई थी मैं समझ गई। उस दिन वह तो चली गई परंतु मेरी स्थिति वह भी समझ गई। धीरे-धीरे कॉलोनी में भी यह बातें किसी से छिपी ना रह सकीं।

सब काम करते-करते मैं चकर-घिन्नी बन जाती हूँ। मुझे अपना होश कहाँ से हो? काम करते-करते मैं बिंदी लगाना भूल जाऊँ तो ऐसे कटाक्ष करते हैं देखो कैसी विधवा सी घूम रही है जैसे मैं मर गया हूँ। यह शब्द मुझे तीर से चुभते हैं। मैं उनकी टीस दिन भर महसूस करती हूँ। ये खा-पीकर, मालिश कराकर, नहा-धोकर बढ़िया कपड़े पहनकर तैयार होकर गाड़ी में बैठकर साइट पर काम देखने के लिए चल देते हैं। मैं घर

में काम करते-करते कुढ़ती और घुटती रहती हूँ। तबियत इनकी खराब है, रोग उन्हें हैं, पीड़ा मैं झेल रही हूँ। मेरी हालत बिना किसी बीमारी के भी कई गुना ज्यादा ख़राब है। न ताकत बची है न दिमाग, न स्मरण-शक्ति। सबकी जरूरतें पूरी करते-करते ताने और गालियाँ सुनते-सुनते मेरा दिमाग पंगु हो गया है। मैं खुली हवा में सांस लेना चाहती हूँ। घर में मेरा दम घुटता है। ये कैसी जिंदगी है? उनकी इच्छा और इजाजत के बिना घर से बाहर एक कदम भी नहीं रख सकती। आजादी किसे कहते हैं? मैं नहीं जानती। क्या मैं कभी आजाद हो पाऊँगी? एक दिन मैंने सोचा कुछ दिनों के लिए मायके चली जाती हूँ। वहाँ जाकर ही चैन की सांस ले पाऊँगी। पतिदेव से पूछा तो वे चिढ़कर बोले- जाना है तो फिर वापस न आना यहाँ मुझे कोई कमी नहीं है, अभी दस मिल जायेंगी। उस दिन से वो अरमान भी छाती में दफना दिया।

अब उनके सामने मायके का नाम ही नहीं लेती हूँ। मन मारकर जी रही हूँ। हमारे बीच पति-पत्नि के कोई संबंध भी नहीं हैं क्योंकि वो तो बीमार हैं। मेरी इच्छाओं की क्या मजाल कि वो सिर उठा लें! उन्हें तो गला दबाकर मार दिया गया है!

अभी बेटे ने कहा था पापा, घुमा लाओ, कुछ खाने को दिला दो। आपने कितनी देर मालिश कराई है? तब वे बोले-सुमन इसे दुकान तक घुमा लाओ ये लो बीस रुपए, इसे इसकी पसंद की चीज दिला लाओ आधा घंटे में आ जाना।

दीदी, अब चलती हूँ, बीस मिनट हो गए हैं। केवल आधे घंटे की आजादी (छुट्टी) मिली है।

दूसरा मंगलसूत्र

गरिमा की शादी दो दिन पूर्व धूम-धाम से हुई थी। आज वह पति आचवल सहित सत्यनारायण कथा सुनने मायके आई थी। सखियाँ उसे घेर कर हँसी-मजाक करने लगीं, तरह-तरह के प्रश्न पूछने लगीं। गरिमा ने बताया अभी तो घर पर मेहमानों की भीड़ है, उनसे बात भी नहीं हो पाई है। रात दो बजे तक घर में कार्यक्रम चलते रहे। फिर मुझे ननद के साथ सुलाया गया। प्रातः नींद खुलने पर सासूजी ने कहा नहा-धोकर तैयार हो जाओ, तुम दोनों को दशमाननी पूजा में बैठना है। तीन घंटे पूजा में लग गए। फिर सासूजी ने कहा-मायके से लौटने के बाद आचवल तुम्हें अपने साथ नौकरी की जगह ले जाएगा वहाँ से दो-चार माह बाद ही आ पाओगी। मायके में सबसे मिल आओ। वहाँ की कथा-पूजा भी हो जाएगी।

पर सखियाँ कहाँ मानने वाली थीं? वे फिर चुहलबाजी करने लगीं। तभी गरिमा का भाई उसे पूजा में बैठने को बुलाने आया। गरिमा चली गई पर सखियों के प्रश्नों ने उसे ख्वाबों की दुनिया में पहुँचा दिया। मन हिचकोले भरने लगा। काश! पंख होते तो उड़ ही जाती, अपने नए आसरे में पहुँचती और देखती कि वो कैसा होगा? हम कैसे रहेंगे? जैसे-तैसे उसने अपने मन की लगाम खींची और पूजा में मन लगाया।

उत्साह और उमंगों से लबरेज गरिमा ने ज्यों ही नए घर में कदम रखा तो देखती ही रह गई। उसके मन में पंख उग आए थे। घर क्या, वह तो बंगला था। हरे-भरे जंगल के बीच में वन विभाग के क्वार्टर्स बने थे। आचवल वन विभाग में इंजीनियर था। वह साँवला दुबला-पतला, सामान्य कद-काठी का नवयुवक था। घर में बर्तनों से लगाकर खाने-पीने तक की हर चीज भरी पड़ी थी। कोई कमी ना थी। अब तो गरिमा अपनी किस्मत पर मन ही मन इठलाने लगी। दिन भर दोनों खूब घूमे फिरे। सिनेमा देखा, होटल में खाया पिया। इतने थक गए कि घर आते ही दोनों सो गए। सप्ताह बीत गया यही क्रम चलता रहा। गरिमा को एक बात खटक रही थी क्या शादी के बाद ऐसा ही होता है?

गरिमा हिंदी साहित्य में प्रथम श्रेणी में एम.ए. थी। गृह कार्य में दक्ष थी। वह सुंदर गोरी चिट्टी, सामान्य कद काठी के मांसल शरीर की स्वामिनी थी। आठवें दिन गरिमा ने कहीं घूमने फिरने के बजाय घर पर ही रहने की इच्छा जाहिर की। उसने आचवल की

पसंद का खाना बनाया। दोनों ने खाना खाया। वह आज ज्यादा नहीं थकी थी। आचवल भी नहीं थका था यह सोचकर वह उत्साहित थी। वह पति का प्यार पाना चाहती थी पर फिल्मों के दृश्य रह रह कर मन को आंदोलित कर रहे थे। वह सीधी-सादी घरेलू लड़की थी। शादी और संबंधों के बारे में फिल्मों, किताबों से जो देखा-पढ़ा था वही जानकारी थी। घर में या रिश्तेदारी में कभी किसी से ऐसी बातें नहीं हुईं, न ही कभी किसी लड़के से दोस्ती भी।

आचवल मन ही मन उसके सोने का इंतजार कर रहा था। उसे दिखाने को ऑफिस का काम कर रहा था। गरिमा बिस्तर पर उसका इंतजार करते-करते सो गई। अर्ध रात्रि का समय था गरिमा गहरी नींद में सो रही थी। अचानक गरिमा की नींद खुली तो वह भौंचक्की रह गई! आचवल कुछ अजीब मंत्र उच्चारण कर ऐसी ऊटपटांग हरकतें कर रहा था जैसे औघड़ बाबा करते हैं। उसका यह नया रूप देखकर गरिमा को सांप सूंघ गया डर के मारे वह कांपने लगी। आँखें पुनः बंद कर सीधे लेटी रही। लंबी काली रात गुजरने के बाद सबेरा तो हुआ पर गरिमा अभी भी अंधेरे में थी। उसके दिमाग में रात वाली घटना घूम रही थी। उसने आचवल से पूछा तो आचवल ने जवाब दिया यह मेरा शौक है। मैंने इसकी कई किताबें पढ़ी हैं अब प्रयोग करके देख रहा हूँ। तुम्हें इसके लिए परेशान होने की जरूरत नहीं। गरिमा सोच में पड़ गई। उसे चिंतित देखकर आचवल बोला गरिमा मैं तुम्हें बहुत चाहता हूँ शायद तुम नहीं जानती। तुम्हें किसी चीज की कोई परेशानी नहीं होने दूँगा। तुम कभी मेरे से दूर ना जाना। गरिमा घबरा कर बोली क्या मायके भी नहीं जाने दोगे? आचवल हंसकर बोला नहीं दिल तो नहीं करता, पर जब भी जाना होगा, मैं भी साथ चलूंगा। गरिमा कोई जवाब ना दे सकी।

गरिमा को कुछ अजीब लगता और उसे शर्म भी आती कि आखिर आचवल उसे प्यार क्यों नहीं करता? एक दिन हिम्मत करके उसने आचवल से पूछा तो वह बोला मैं यदि तुम्हें प्यार नहीं कर पाया कुछ कमजोरी के चलते तो क्या तुम मुझे छोड़ कर चली जाओगी? मैं कमजोरी का इलाज करा रहा हूँ। मैं तुम्हें बहुत चाहता हूँ, जल्दी ठीक हो जाऊँगा। गरिमा बोली मैं इतनी परेशान थी, आप पहले ही बता देते तो मैं ऐसा वैसा न सोचती। मैं आपको छोड़कर क्यों जाऊँगी! आप ठीक से इलाज करा लें, मैं अब आपसे नहीं कहूँगी। आचवल बोला कि यदि मैं ठीक न हुआ तो तुम मुझे छोड़ दोगी! गरिमा- नहीं! मैं आपको कभी नहीं छोड़ूंगी, हम कहीं से बच्चा गोद ले लेंगे। अब तो ठीक है? आचवल हंसने लगा खुश होकर।

इसी तरह दो माह गुजर गए। गरिमा थोड़ी डरी सहमी सी रहती। पड़ोसियों से उसका कोई संपर्क न था। आचवल ने उसे किसी से मिलवाया नहीं था। वह कहता तुम इतनी सुंदर हो। यहाँ जंगल में घर दूर-दूर हैं इसलिए तुम्हारी सुरक्षा के लिए यह जरूरी है। कार्यालय जाते वक्त वह प्रतिदिन बाहर से ताला लगा देता था। सुबह-शाम दूध वाला आता तो दूध भी वह स्वयं ही लेता था। एक रात गरिमा को लघु शंका जाना था। वह उठ कर चली गई। उस वक्त आचवल सो रहा था। जब वह लौटकर आई तो देखा

आचवल उठ कर बैठा हुआ कुछ कर रहा था। उसे देखते ही घूरकर बोला मिल आई अपने यार से? गरिमा घबरा कर बोली क्या कह रहे हैं आप? मैं बाथरूम गई थी। आचवल चीखा मैं जानता हूँ और जल्दी से एक अभिमंत्रित नींबू काट कर गरिमा पर झपटा। उसे जबरन लिटाकर, उसके अधोवस्त्र हटाकर यौनांगों पर डालने की कोशिश करने लगा। गरिमा के पैरों तले जमीन खिसक गई। उसने हाथ पैर चलाकर अपने को बचाने के लिए कोशिश की, छोड़ देने की मिन्नतें भी करती रही। वह गिड़गिड़ाकर बोली इतने दिनों से हम साथ हैं आपने मुझे छुआ भी नहीं! आज ये क्या अनर्थ कर रहे हैं? आचवल घूरता रहा।

उस रात गरिमा ने किसी तरह अपने को बचाया। वह समझ गई कि यह आदमी सामान्य नहीं है, उसके साथ धोखा हुआ है। आचवल के ऑफिस जाने के बाद गरिमा ने पूरे घर के दरवाजे-खिड़कियाँ खोल खोलकर देखे पर सब बाहर से बंद थे। उसने देखा एक रोशनदान थोड़ा-सा खुला रह गया था। वह कुर्सी पर चढ़कर बाहर की टोह लेने लगी। कुछ ही दूरी पर बने दूसरे घर के लॉन में एक सात-आठ वर्षीय बालिका खेलती नजर आई। गरिमा ने एक कागज को गोल मरोड़कर गोला बनाकर उसके सामने फेंका। बच्ची ने उस ओर देखा तो गरिमा ने उसे इशारा कर बुलाया। बच्ची रोशनदान की सीध में आई तो गरिमा ने कहा गुड़िया अपनी मम्मी को बुला दो।

सुनते ही बच्ची दौड़कर अपनी मम्मी को बुला लाई। गरिमा बोली दीदी आप मेरी मदद कर दो। मैं आपका एहसान कभी ना भूल पाऊँगी। मेरे मायके खबर कर दो मुझे लेने तुरंत भेज दें। यह बात आप किसी को न बताएँ और कागज में फोन नंबर लिखकर गोला बनाकर महिला के सामने फेंक दिया। पड़ोसी ने गंभीरता को समझा गरिमा के दिये टेलीफोन पर फोन कर दिया। गरिमा ने विचार किया आज आचवल से एक बार फिर बात कर लूं! शायद सुधर जाए, मेरी बात मान ले तो मैं मायके में कुछ न बताऊँगी। बेकार ही सब परेशान होंगे। अभी तीन माह पहले ही कितनी खुशी से मुझे विदा किया है। ऐसा सोचकर गरिमा ने आचवल को समझाते हुए कहा मैं भी आपसे प्यार करती हूँ। आपके साथ बिना शारीरिक संबंधों के पूरा जीवन बिता सकती हूँ। हम एक बच्चा गोद ले लेंगे, परंतु आप मुझ पर शक नहीं करोगे। तंत्र-मंत्र वाला काम भी बंद कर दोगे। उससे मुझे बहुत डर लगता है। सुनकर आचवल ने हाँ में सिर हिला दिया। गरिमा आचवल पर उसके समझाने का क्या असर हुआ, देखना चाहती थी। साथ ही वह मायके से किसी के आने का इंतजार भी कर रही थी। रात फिर आचवल बारह बजे उठा और एक-डेढ़ घंटे तक मंत्रों का जाप कर तरह-तरह के हाव भाव बनाता रहा। गरिमा दम साधे लेटी रही।

उधर गरिमा के पिता को खबर मिलते ही उसे लेने बेटे रोहन को भेज दिया। रोहन कॉलेज में पढ़ता था। वह बारह घंटे का सफर करके शाम को पहुँचा। आठ बजे दरवाजे पर दस्तक हुई तो आचवल ने दरवाजा खोला। अचानक चौकीदार के साथ साले को देखकर वह सकते में आ गया। बोला अरे अचानक कैसे? साले ने चरण स्पर्श कर

कहा–दादी की तबीयत बहुत खराब है, दीदी को याद कर रही है इसलिए पापा ने भेजा है। सुनकर आचवल गंभीर हो गया। वह दूसरे दिन ऑफिस जाते वक्त बोला मैं अभी छुट्टी की बात करके आता हूँ, एक दिन की भी छुट्टी मिलेगी तो मैं भी चलूंगा। गरिमा को दादी से मिला कर ले आऊँगा। आचवल के जाते ही गरिमा ने भाई से कहा मेरी पूरी तैयारी है। आज रात होने से पहले यहाँ से निकल जाना है। वह कितना भी कहें रुकना नहीं। अभी मुझसे कुछ मत पूछना घर पहुँचने पर ही बताऊँगी। भाई सकते में आ गया। वह कुछ अंदाज ही नहीं लगा पा रहा था। आचवल जल्दी ही वापस आ गया। उसे छुट्टी नहीं मिली थी। वह गरिमा से बोला जंगल का खतरनाक रास्ता है तुम अपने सब जेवर लाकर दे दो। मैं लॉकर में रख दूँगा। तुम जल्दी वापस आना। गरिमा ने जल्दी से अपने सारे जेवर उसे सौंप दिए। केवल गले में मंगलसूत्र बचा था। वह बोली हम लोग निकलें? वह एक पल भी वहाँ रुकना नहीं चाहती थी। आचवल बोला आज नहीं कल जाना। मैं छोड़ने चलूंगा। छुट्टी के लिए आज और कोशिश करता हूँ। साला आखिर जीजा की बात टाल न सका।

गरिमा मन ही मन डर रही थी, दहशत में थी। भैया आज रुकने के लिए क्यों मान गया! गरिमा का भाई तो खाना खाते ही सो गया पर गरिमा की नींद आँखों से कोसों दूर थी। वक्त थम सा गया था एक–एक पल युग सा प्रतीत होता था। वह इस घर से निकलने को पिंजरे की मैना जैसी व्याकुल हो रही थी। कब पहुँचे और वहाँ से कोसों दूर निकल जाए। ख्वाबों की दुनियाँ हकीकत की आंधी में उड़ चुकी थी। आँखों में केवल अब नीर रह गया था जो लगातार आंचल को भिंगो रहा था।

लगभग चार बजे उसे निस्तार जाने की इच्छा हुई। वह वेग को दबाए रही जब असहनीय हो गया तो उठी और आचवल से पूछा मुझे बाथरूम जाना है, चली जाऊँ? वह नहीं माना। बोला बहाने बनाती है यार से मिलने जाना है। मुझे जाने दो नहीं तो मैं भाई को आवाज दूँगी। उसने कहा तुम भी साथ में चलो बाथरूम तक। तुम पागल हो क्या। घर के अंदर कौन हो सकता है? आचवल पर उसकी बातों का कोई असर नहीं हुआ। तब गरिमा जोर से चिल्लाई भैया यह बाथरूम नहीं जाने दे रहे हैं। अचानक बहिन की चीख सुनकर भाई जाग गया और उठकर दरवाजे पीटने लगा। गरिमा में हिम्मत आ गई, वह दौड़ी और दरवाजा खोल दिया। भाई कमरे में अंदर आ गया बोला दीदी जाओ। गरिमा जाने लगी तो आचवल बोला कहीं नहीं जाएगी! भाई गुस्से में आ गया क्यों नहीं जाएगी! यह क्या नाटक है? जीजाजी क्यों नहीं जाने दे रहे हो? वह बोला दीदी जाओ।

दोनों में झड़प होने लगी। गरिमा वापस आई तो उसने अपना सामान उठा लिया बोली चलो रोहन हम अभी चलेंगे। भाई ने सामान उठा लिया। आचवल मना करता रहा। दोनों ने उसकी एक न सुनी और बाहर निकल गए। आचवल उन्हें डराने के लिए बोला अभी सुबह नहीं हुई है, जंगल का रास्ता है और लुटेरे इंसान भी कम नहीं मंगलसूत्र ही झपट लेंगे। गरिमा ने नफरत भरी नजरों से आचवल की ओर देखा और गुस्से में बोली लो

तुम्हारा मंगलसूत्र और उसे उतारकर आचवल के हाथ में राख और चल पड़ी।

गरिमा अब मायके में थी। उसे बुलाने आचवल कई बार आया परंतु जब वह न गई तो धमकी दे गया मैं तुम्हें लेकर ही जाऊँगा, छोड़ूंगा नहीं! तुम मेरी पत्नी हो। तब गरिमा के पिता ने कोर्ट का दरवाजा खटखटाया। तलाक का आवेदन दिया। कोर्ट में केस चलते चार वर्ष हो गए थे। अभी तक आचवल से छुटकारा न मिल सका था। आचवल के वकील ने गरिमा के शरीर में कमी बताई थी अत: कोर्ट ने दोनों की मेडीकल जांच कराने का आदेश दिया। मेडिकल रिपोर्ट के आधार पर न्यायालय ने निर्णय दिया कि कमी गरिमा में नहीं आचवल में है। वह पूर्ण नपुंसक है, अत: तलाक की अर्जी मंजूर की जाती है। आचवल अपना सा मुँह लेकर रह गया। उसकी कलई खुल गई थी।

गरिमा सदमे में चली गई। उसे लगा जीवन खत्म हो गया है! अब क्या रहा जीवन में! अब कौन मुझसे शादी करेगा? जीवन भर यह कलंक और अपमान लेकर जीना पड़ेगा कि मैं तलाकशुदा हूँ! परित्यक्ता हूँ! गरिमा को इस गहरे सदमें में देखकर उसके माता-पिता सोच में पड़ गए। पर दोनों ने हिम्मत न हारी। गरिमा की माँ कहतीं, ''बेटा तुम सदा प्रथम आती थी। तुम्हें किताबों से कितना लगाव था? कभी कोई किताब तुम्हें मिल जाती तो पूरी किए बिना सोती नहीं थी। तुम फिर पढ़ो, अपनी इच्छा पूरी करो-देखो! तुम्हारे पापा तुम्हारे लिए कितनी किताबें लाए हैं?''

गरिमा रोते-रोते कहती, ''नहीं माँ मेरा मन नहीं है कहते-कहते रोने लगती...मेरे साथ ऐसा क्यों हुआ? मेरी क्या गलती थी? भगवान ने मेरे साथ ही ऐसा क्यों किया?'' कहकर रह-रह कर रोने लगती।

माँ समझाती, ''बेटा हम इस जीवन में नाटक के पात्र की तरह हैं। जो रोल मिला है वही करना है। जो हमने ही अपने लिए चुना है। तुम बिल्कुल दुखी न हो। अपना काम करो तुम्हें पढ़ाई करनी थी सो अब पढ़ो। तुम्हारी शादी करके हमसे ही लगती हुई है। तुम्हारी कोई गलती नहीं है। तुम्हारे सभी प्रश्नों के उत्तर तुम्हें किताबों से मिलेंगे। तुम्हारे पापा चाहते हैं कि तुम फिर से पढ़ाई शुरू कर दो तुम्हें जो करना है वो करो।''

धीरे-धीरे गरिमा किताबें पढ़ने लगी। उसके माता-पिता ने उसे सहारा देकर उठाया।

इस सदमें से बाहर निकलने में पुस्तकें उसकी सहायक बनीं। गरिमा को उसके पिता प्रतिदिन किताबें लाकर देते और उसे पढ़ने को कहते। शुरू-शुरू में तो वह रोती रहती किताबों में हाथ भी न लगाती। परिजनों के लगातार प्रेरित करने से वह किताबें पढ़ने लगी। दो वर्ष होते-होते वह इस सदमें से बाहर निकल आई।

गरिमा के परिजनों ने उसे पुनर्विवाह की सलाह दी जिसे गरिमा ने सख्ती से नकार दिया। अब वह पहले वाली गरिमा न थी! वह पूर्ण रुप से बदल चुकी थी। उसने निर्णय लिया अब वह किसी की गुलाम नहीं बनेगी। अपने पैरों पर खड़ी होगी, अपनी जिंदगी अपने ढंग से जियेगी। किसी के मंगलसूत्र में उलझ कर अपना अमंगल न होने देगी। बल्कि अपना मंगलसूत्र (दूसरा) खुद ही बनेगी।

वह काली रात

हर तरफ चुनाव की गूँजती हुई रैलियाँ गाजे-बाजे के साथ निकली जैसे कई दूल्हों की एक साथ बारात हो। स्त्री-पुरुषों का झुंड, शोर-शराबा सब ओर मदहोशी, निरर्थक सी मस्ती का आलम। हर गली मुहल्ला, गाँव, शहर में बस एक ही बोल एक ही नारा। अपना अमूल्य वोट देकर भैया को विजयी बनायें। ये भैया हमेशा ही उद्योगपति एवं युवा हृदय सम्राट या इस जैसा कुछ होते हैं। अजीब घमासान यह राजनीति का खेल जिसमें नेता बिछाते शतरंज की अपनी-अपनी बिसात।

लोकतंत्र का पर्व 'मतदान' दिवस इस वर्ष 18 मई को मनाया जायेगा। चुनावी प्रचार अपने चरम पर है। गलियों, मुहल्लों में घूमते आटो रिक्शा माइक पर अपने प्रत्याशी को भारी मतों से जिताने की गुहार करते उद्घोषक, बीच-बीच में देश भक्ति के गीत की धुन मानो लोगों को समझा रहे हों कि यही प्रत्याशी देश प्रेमी है। आप देश प्रेमी हैं। तो इन्हें ही वोट दें। ऊँची आवाजों में नारे लगाते कार्यकर्ता की गूँज चहूँओर गुंजायमान हो रही है।

पार्टी कार्यकर्ता पदाधिकारी जो अपना जीवन नेताओं विधायकों, सांसदों और मंत्रियों के शरणागत होकर जीने के आदी हैं। इससे उन्हें पूरे लाभ बिना काम के ही मिल जाते हैं। इनका रूतवा ऐसा कि सीधे कलेक्टर से कुछ भी कह सकते हैं। यही कार्यकर्ता माइक लेकर प्रत्याशियों की प्रशंसा में कसीदे गढ़े जा रहे हैं। इन पदाधिकारी कार्यकर्ताओं का एक कार्य भीड़ इक्ट्ठी करना भी होता है। ये कार्यकर्ता गाँव देहात के गरीब स्त्री, पुरुषों, बच्चों को ज्यादा मजदूरी का लालच देकर चुनाव प्रचार कराने ले आते हैं। यही भीड़ गली मुहल्लों में दूर दराज दिन-दिन भर प्रत्याशियों के साथ, प्रत्याशी के पक्ष में प्रचार करती है रट्टू तोता की तरह इन्हें जो रटा दिया जाता है वही ये बोल देते हैं। उन्हें केवल अपनी मजदूरी से मतलब होता है जो प्रतिदिन शाम को या 7 दिन में इकट्ठी मिलने वाली है।

शाम को प्रचार खत्म होने पर स्थानीय कार्यकर्ता अपने घर चले जाते हैं। बाहरी कार्यकर्ताओं को वहीं रहना होता है, उनके खाने-रहने की व्यवस्था प्रत्याशी द्वारा वहीं की जाती है। जिससे दूसरे दिन तड़के चुनाव प्रचार हेतु निकल सकें। पूँजी का अजब

गजब खेल कार्यकर्ता से लेकर मतदाता सब इसी के शरणागत है। फिर निष्पक्ष चुनाव की उम्मीद भी कैसे हो? चुनाव के दौरान अशिक्षित और शिक्षित बेरोजगारों को रोजगार मिलता है एक माह के लिए ही सही। प्रत्याशी जनमत को अपनी ओर करने एड़ीचोटी का जोर लगाता है। सभी वर्गों, जातियों के प्रमुखों को बुलाकर उसे भी साधने का प्रयास किया जाता है। प्रचार माध्यमों को शक्तिशाली प्रत्याशी खरीद लेते हैं। लोगों तक केवल प्रत्याशी के पक्ष के समाचार ही पहुँचाये जाते हैं। विपक्ष को हटा दिया जाता है।

रामरती दरवाजे पर उदास खड़ी शोर गुल सुन रही थी। जाती हुई भीड़ को देख, उसे याद आया यही चुनाव की बारात तो मेरी दुश्मन है। पिछले साल यही तो उन्हें ले गई थी जो आज तक नहीं लौटे।

वह यादों में डूब जाती है। पता नहीं कहाँ होंगे? कैसे हाल में होंगे न बच्चों की सुध ली न मेरे बारे में सोचा कि मैं अकेली इस दुनियाँ में चार बच्चों की परवरिश कैसे करूँगी? पग-पग पर भेड़िये खड़े हैं। अपने को कैसे बचाऊँगी? सोचते-सोचते आँखों से अश्रु धारा बह चली। वह आँचल से आँसू पोंछने लगी। उसे अपने सुनहरे दिनों की याद आ गई! कितने अच्छे खुश गवार थे, वे दिन जब रोज शाम को वो मजदूरी करके सीधे घर लौटते थे। मैं खाना बनाकर उनकी राह देखती थी। वे शाम को रोज मजदूरी लेकर मुझे देते "ले तेरे पति की आज की कमाई" मैं कितनी खुश हो जाती। फिर सब खाना खाते। हँसी खुशी जिन्दगी कट रही थी। चारों बच्चे स्कूल जाते। मैं बच्चों की जरूरत की पढ़ाई के लिए कापी किताबें पेन सब खरीद लाती। बच्चों को कोई चीज की कमी न होने देती इनकी कमाई से सब खर्चे पूरे हो जाते थे। एक दिन एक पड़ोसन ने कहा "रामरती तुम्हारे पति और बच्चों के जाने के बाद तुम घर पर ही रहती हो। एक दो घरों का काम कर लो कुछ कमाई हो जायेगी तो क्या बुरा है।" मैंने भी सोचा हाँ ठीक है। मैंने इनसे पूछा "क्या मैं एक दो घरों का काम पकड़ लूँ ?"

ये बोले-"तुम्हें कुछ कमी है क्या? मैं जो कमाता हूँ उससे घर अच्छे से चल रहा है। मैं नहीं चाहता कि तुम बाहर काम करने जाओ, तुम मेरी रानी हो मैं तुम्हें काम पर भेजूँ ये हो नहीं सकता।"

रामरती गदगद हो गई। मन ही मन खुश थी। उसने पड़ोसन से पति द्वारा कही बात कह दी। पड़ोसन बोली-मेरा आदमी तो मुझे और घरों में काम करने को कहता है तेरा आदमी तो तुझे कितना प्यार करता है! काश मुझे भी ऐसा आदमी मिलता। उसे तेरी कितनी फिकर है! शायद अब मेरे घर को किसी की नजर लग गई है।

वह घरों में झाड़ू-पोंछा और बर्तन साफ कर अपने चारों बच्चों को पाल रही थी। अब एक साल से पति को जैसे घर से कोई लेना देना ही नहीं। हाँ जब वह भूखा होता घर आकर खाना माँगता। न मिलने पर मारपीट, गाली गलौज कर चला जाता। चुनाव के वक्त वह महीनों घर की चौखट पर पाँव न रखता। चुनाव खत्म होने पर ही घर लौटता। अभी तो वह शराब के नशे में धुत नेताजी का काम दिन-रात कर रहा होगा।

पिछले साल इन्हीं दिनों चुनाव के काम को बुलाने नेताजी की गाड़ी में दो आदमी आये थे। बाहर से ही आवाज दी-''लखन! चलो, चुनाव का काम है अच्छे पैसे और खूब खाने-पीने को मिलेगा'' कहकर गाड़ी में बिठाकर ले गये थे। तब से लखन को चुनाव का ऐसा चस्का लगा कि उसे घर का होश ही न रहा। वह वहीं खा पी कर दिन रात काम में लगा रहता। सुबह से ही उसे खाने के साथ पीने को शराब दी जाती। जो काम कराना कराओ, काम कराने वालों का बस यही सिद्धान्त था।

सीधी सादी घरेलू रामरती बाहरी दुनियाँ से अन्जान थी। उस चुनाव ने उस पर कहर ही बरपा दिया। भरा-पूरा हँसता-खेलता घर बिखर गया। पति सब जिम्मेदारी से भागकर चुनाव की जिम्मेदारी निभाने लगा। उसने घर गृहस्थी की सारी जिम्मेदारी रामरती के कमजोर कन्धों पर डाल दी। अभी वह अट्ठाईसवां बसंत भी पार न कर पाई थी। पति की बेवफाई और चारों बच्चों की जिम्मेदारी आन पड़ी। ये चुनाव के बाजे-गाजे रामरती को अर्थी के बाजे से लगते थे। उसके सीने में नश्तर से चुभते थे। वो सोचने लगी ये चुनाव दुबारा आ गया। यह न जाने कितने गरीबों के घर उजाड़ेगा और अमीरों को आबाद करेगा। बत्तीस साल के होने तक इन्होंने कभी दारू चखी तक न थी। चुनावों ने दारू की ऐसी लत लगाई कि अब उसके बिना रहना मुश्किल है।

तभी ख्याल आया अरे! काम पर जाना है आज घर में खाने के लिए कुछ नहीं है। वह झटपट काम पर निकल गई। चार घरों का काम निपटा कर पाँचवें घर में काम करके पैसे माँगने लगी। घर मालकिन बोली ''अभी महीना पूरा कहाँ हुआ है?'' रामरती घिघियाकर बोली ''दीदी आज घर में कुछ नहीं है जितने देना हो दे दो; पिसी (गेहूँ) लेकर पिसवाना है। घर मालकिन को दया आ गई बोली ''कब गेहूँ खरीदेगी फिर कब पिसवायेगी? अभी आटा ले जा; कल कुछ रूपये दे दूँगी।''

काम पूरा होते-होते आठ बज गये। आटा लेकर वह तेज कदमों से घर की ओर चल दी। रास्ते में शराब की दुकान पड़ती थी। उसके सामने से निकलने में उसे हमेशा ही डर लगता था। शराबियों की अश्लील हरकतों का सामना उसे रोज करना पड़ता था। दुकान समीप आते ही वह बड़ा सा घूँघट डालकर सपाटे से भागती हुई निकलती थी। इधर की बेशर्म हवायें उसका दूर तक पीछा करती, जो घर पहुँचकर ही थमती थी।

घर पहुँची तो बच्चे भूखे बाट जोह रहे थे। बबलू बोला ''बाई आ गई खाने को का लायी?'' रामरती बोली ''आटा लाई हूँ रे रोटी बनाती हूँ थोड़ा रुक जा'' तभी लड़की ''बाई मुझे भी भूख लगी है तुम पानी पी लो फिर आटा गूंथ देना। मैं चूल्हा जलाती हूँ।'' रामरती को पानी देती है। रामरती पानी पीकर आटा गूँथ लेती है। तब तक लड़की चूल्हा जला देती है। रामरती रोटी पकाना शुरू करती है। पतली-पतली लकड़ियों और कण्डे की आग कभी तेज कभी धीमी होकर बुझ जाती, धुएँ से कमरा भर गया था। जैसे-तैसे रामरती रोटी पकाती है सबेरे की थोड़ी भाजी बची है। उसे थोड़ा-थोड़ा चारों में बाँट देती है। रोटी बनाती जाती है, चारों बच्चे पेट भर खाकर सो जाते हैं। सबके खाने के बाद दो रोटियाँ ही बचती हैं। उसमें अब दुबारा आटा गूँथकर

फिर चूल्हा सुलगा कर बनाने की सामर्थ्य न बची थी। उसने अचार के साथ वे दो रोटियाँ खाकर पानी पीकर पेट भर लिया। चूल्हा चौका करते करते साढ़े ग्यारह बज गये। बिस्तर पर पड़ते ही गहरी नींद में सो गई।

एक वर्ष पहले तक चारों बच्चे स्कूल जाते। रामरती सबके लिए खाने का डिब्बा बनाती। बच्चे स्कूल जाते लखन काम पर निकल जाता। बच्चे जब स्कूल से लौटते तो वह गरम खाना परोसकर खिलाती। अब रामरती भोर होने के पहले ही उठकर खाना बनाती। प्रातः काम पर निकल जाती। बच्चों को स्कूल जाने का कह जाती। दोनों लड़कियाँ घर का शेष काम करके पढ़ने चलीं जातीं। लड़के खाना खाकर मुहल्ले में आवारा लड़कों के संग घूमते फिरते रहते। बहिनों के समझाने पर उनसे लड़ते और मारपीट करते। रामरती दिन भर काम करके लौटती तो थककर चूर हो जाती। लड़कियाँ ही उसका एक मात्र सहारा थी। घर के काम में वे ही हाथ बंटाती थी।

आज सब घरों का काम निपटाकर लौटी रामरती ने जब घर में पति को बैठे देखा तो हर्ष मिश्रित आश्चर्य से पूछा "अरे आप आ गये काम खतम हो गया क्या? अब तो नहीं जाना है?" लखन बोला "नहीं काम तो बहुत है साब ने कहा है बीबी बच्चों को भी ले आ। थोड़े दिनों की बात है फिर पैसे भी तो अच्छे मिलेंगे। खाना तो मिलता ही है। रामरती बिफरकर बोली " हमें नहीं चाहिए उनका खाना और पैसा। हम यहीं भले हैं। उनके पैसे से तो हम बर्बाद हो गये। उनके यहाँ का पैसा तुम्हें पहले ही घर छुड़वा चुका है। सोचो, हम पहले कितने खुश थे। हम पहले जैसे थे भले थे। तुम अब कहीं मत जाओ। अपना पहले वाला काम शुरू करो। लड़कों को देखो ये स्कूल नहीं जा रहे हैं। इन नेताओं के चक्कर में न पड़ो। देखो इन मासूम बच्चों को; कुछ तो सोचो; तुम पहले तो ऐसे निर्मोही गैर जिम्मेदार न थे। गनेश बारह, गुड़िया दस, रानी आठ, और बबलू सात साल का हो गया है।"

लखन पर रामरती की बातों का कोई असर न हुआ वह अपनी धुन में बोला "तुम फालतू बात न करो, चलो जल्दी सामान बाँधो मैं कह रहा हूँ।"

रामरती घबराकर बोली "क्या बच्चों को भी ये काम सिखाओगे? अरे! ये तो इनके पढ़ने-लिखने के दिन है। पहले तो कहते थे कुछ भी हो जाए बच्चों को पढ़ाऊँगा। अब तुम्हें क्या हो गया है।"

लखन पर कोई असर न हुआ उल्टा वह पत्नी पर चिल्लाने लगा तो वह भी खीझकर बोली-"तुम्हारे नेताजी तुम्हें मुबारक! हमें कहीं नहीं जाना तुम ही करो उनकी चाकरी" सुनते ही लखन भड़क गया आव देखा न ताव रामरती के बाल पकड़कर चीखा "क्यों नहीं चलेगी, कोई को रख लिया है का" कहते हुए हाथ-पैर चलाने लगा। बच्चे बीच बचाव करने लगे। बड़ा बेटा बीच में आकर माँ के बाल छुड़ाकर पिता को अलग करने लगा, पर लखन के हाथ न रूके । रामरती मार से ज्यादा चरित्र में लगाये गये कलंक से आहत थी। बच्चों का मुँह देखकर उसने अपने आप को समझाया। हो न हो इनके मन में शक घर गया है शायद मेरे जाने से ये सुधर जायें और

हमेशा के लिए घर वापस लौट आयें। छोटी सी बुद्धि की अनपढ़ रामरती पति को वापस अपनी ओर खींचने के लिए बेमन से लखन के साथ जाने को तैयार हो गई।

दोनों बेटियों के साथ बड़े लड़के को घर पर छोड़कर छोटे को साथ ले गई। पड़ोसन को बेटियों की देखभाल की जिम्मेदारी सौंप दो चार दिनों में वापस आने को कह गई। रास्ते भर उसे बेटियों की चिन्ता होती रही। मन ही मन पति की सदबुद्धि के लिए प्रार्थना कर रही थी। जिससे बच्चों के पास जल्दी लौट आये।

लखन ने नेताजी को सूचित कर दिया ''परिवार ले आया हूँ। नेताजी ने कहा ''तुम्हें अब खाने-पीने और सुख सुविधा का ध्यान रखना है। चुनाव का समय है शिकायत का मौका न देना खूब पैसा मिलेगा।'' लखन काम में जुट गया। रामरती और लड़के को रसोई के काम में लगा दिया।

रामरती को खाने-पीने की इतनी चीजें देखकर घर में छूटे बच्चों की याद आ गई। ये सारी चीजें उनको कितनी भाती हैं? आधी रात को काम खत्म हुआ। तब लखन खाने बैठा उसने पत्नी से अपनी थाली भी लगाने को कहा, बेटा थोड़ी देर पहले ही सोया था। खाना शुरू करने से पहले लखन ने बोतल खोल ली और पीने लगा। अरसे बाद पति के साथ खाने की खुशी आते-आते जाती रही। उसने लखन को पीने को मना किया तो वह बोला ''ले आज तू भी चख ले, बहुत थक गई होगी, ले अभी सारी थकान मिट जायेगी!'' वह नाक-भौंह सिकोड़कर एक तरफ मुँह करके बोली'' बस अब यही बाकी बचा था छि: ! बस करो अब खुद भी खाओ और मुझे भी खाकर सोने दो बहुत थक गई हूँ। तुम्हारी मार से शरीर नीला पड़ा है। पोर-पोर दर्द कर रहा है। लखन ढिठाई से बोला ''जल्दी मेरी बात मान लेती तो क्यों मारता? तू नखरे बहुत करती है। एक बात कहूँ आज तो तू पहले से ज्यादा जवान और सुन्दर दिख रही है।''

रामरती खाना खाते-खाते उसे घूरने लगी। उसे लखन का बर्ताव आज अजीब सा लग रहा था। वह नशे में धुत हो चुका था। तभी बाहर से कोई आवाज लगाता हुआ घुसा ''लखन! क्यों भई कोई व्यवस्था है कि आज भी ऐसे ही?'' आवाज देने वाला नेताजी का मित्र था। उसकी नजर रामरती पर पड़ी वह पल भर उसे देखता ही रह गया। तीखे नयन नक्श साँवली रंगत लिए रामरती के सौन्दर्य में एक कशिश थी। वह उम्र से चार बच्चों की माँ न लगती थी। वह जल्दी सिर पर पल्लू डालकर घूम गई। नेताजी के मित्र ने लखन को कुछ इशारा किया और कहा-''जल्दी आ जाओ हम जाते हैं।'' रामरती की पीठ उसकी तरफ होने से उनकी बातें और इशारे वह समझ न सकी।

वह पति से बोली ''ये कैसे बेशर्म लोग हैं? आँखे फाड़-फाड़ कर देख रहे थे''। लखन लापरवाही से बोला ''तो क्या हुआ, चल जल्दी खा ले फिर चलना है''।

रामरती अचंभित हो बोली क्या कहा! कहाँ जाना है? क्यों... ?

''चल साहब ने बुलाया है मुँह माँगा इनाम देंगे''। रामरती खाना छोड़कर सिंहनी सी बिफर कर बोली ''समझ नहीं आता तुम कैसे मर्द हो? तुम तो चुल्लू भर पानी में डूब मरो, शर्म करो, अपनी ही बीबी से...धिक्कार है।'' लखन बात काटते हुए बेशर्मी से

उठकर बोला "चल सीधे से, अब नखरा मत कर, मुझे क्या पता नहीं, मैं इतने दिन से घर में न था तो तू..." और उसका हाथ घसीटते हुए पूरी ताकत से उसे खींचकर ले जाने लगा।

वह चिल्लाई; मैं नहीं जाऊँगी, मुझे छोड़ो और लखन का हाथ दाँत से काटकर अपने को छुड़ाकर भागी। लखन ने झपटकर फिर दबोचा और गाली देते हुए हाथ-पैर चलाकर बाल पकड़कर दुःशासन सा घसीटता हुआ नेताजी के कमरे में छोड़ दिया।

वह रात रामरती के जीवन की सबसे काली रात थी।

मौनी बाबा

(संस्मरण कहानी)

बात उन दिनों की है जब हमारे शहर में एक जगह से दूसरी जगह जाने के लिए तांगे, घोड़ा गाड़ी, बैलगाड़ियाँ चलती थीं। मेरे घर में लक्ष्मी जी विराजमान थीं पर अब तक बाल गोपाल की किलकारीयों से घर-आंगन मेहरूम था। शादी को 7 वर्ष हो चुके थे।

ईश्वर की असीम कृपा से आठ बरस में अब मेरी पत्नी उम्मीद से थी। मैं नए मेहमान के आने की पूरी तैयारी सभी सावधानियाँ रखते हुए कर रहा था। शहर का एकमात्र नर्सिंग होम मेरे घर से डेढ़ किलोमीटर की दूरी पर था। मैंने तांगे वाले हरिया (हरीराम) को बुलाकर बात की तो वह बोला-बाबूजी आप आधी रात को भी बुलाओगे, तो मैं तांगा हांककर तुरंत आ जाऊँगा। आप बता देना मैं महाराजन की जचकी के एक महीने पहले से ही आपके घर के पास वाले मंदिर के बाहर सोया करूंगा। जैसे ही आप बुलाओगे मैं तुरंत हाजिर हो जाऊँगा, देर ना लगेगी।

मेरी हरीराम से केवल इतनी पहचान थी कि वह हमारे इलाके का एक सीधा साधा तांगेवाला था। जब भी दिख जाता "जैरामजी बाबूजी" जरूर ही कहता। जब कभी घर परिवार में जनानियों को बाहर जाना होता मैं उसे कह देता वह घर आकर सवारी ले जाता और वापस छोड़ जाता। जितने भी रुपए दो संतोष से रख लेता। मुझे वह आदमी सही लगता था। वह सदा खुश रहता था।

रात्रि 2:00 बजे मेरी पत्नी का स्वास्थ्य बिगड़ गया। मुझे समझ ना आया की तबीयत खराब हो गई या जच्चा का दर्द है। पर डॉक्टर के पास तो जाना ही पड़ेगा जो भी हो। मैंने तुरंत हरिया (हरीराम) को बुलाया। वह जैसा था वैसा ही उठकर तांगा हांककर दरवाजे पर पहुँच गया। मैंने झटपट पत्नी को बिठाया और अस्पताल ले गया। डॉक्टर ने जांच करके पत्नी को भर्ती कर लिया। इलाज शुरू हो गया।

मैंने सोचा अब हरिया को जाने को बोल दूँ वो यहाँ आधी रात से बैठकर भी क्या करेगा? मैंने उससे कहा "तुम चले जाओ, अभी यहाँ पता नहीं कितना समय, कितने दिन लगेंगे?" मेरे घर पर खबर दे देना दोपहर तक कोई मेरा खाना लेकर आ जाएगा। वह बोला "बाबूजी मैं रुकता हूँ। अभी महाराजन को घर ले जाना पड़ेगा,

सब ठीक होगा आप फिकर ना करो मैं रुका हूँ।''

वह रुका रहा। लगभग डेढ़ घंटे बाद भीतर से बच्चे की रोने की आवाज आई। मेरी पत्नी ने प्यारी सी बेटी को जन्म दिया था। डॉक्टर ने कहा सोनी जी बधाई हो आपके घर साक्षात लक्ष्मी विराजी हैं। मैं खुशी से फूला नहीं समा रहा था पहली बार पिता बनने की खुशी की बात ही अलग है वो भी सात साल तक तरसने के बाद। खुशी के मारे सभी को इनाम(रुपए) बांटने लगा।

फिर हरीराम से बोला हरीराम तुम ठीक कहते थे बिटिया हुई है जाओ मिठाई ले आओ जो भी दुकान खुली हो। हरीराम तांगे से उतरकर मेरे पैर छूकर बोला बधाई हो बाबूजी। मैंने उसे मिठाई लाने रुपये दिए। वह तांगे पर बैठकर घोड़े को पुचकारता हुआ बोला चल जल्दी मिठाई लेने, बिटिया देवी मां आई हैं। कुछ ही देर में खूब सारी मिठाइयाँ लेकर लौटा। मैंने और उसने सबको मिठाई बांटी। दो-ढाई घंटे में प्रसूति गृह से छुट्टी मिल गई। हरीराम मिठाई लाते समय मेरे घर भी खबर दे आया था बिटिया के जन्म होने की, सो घर में भी सब प्रसूति (जचकी वाली) को रखने की तैयारी कर ली गई थी। नीम के पत्ते मंगाकर उन्हें पानी में उबाला गया था। एक नारियल की रस्सी की बुनी खटिया में हरे नीम के पत्ते बिछाकर उसके ऊपर बिस्तर डाला गया था। बिस्तर में भी चद्दर के नीचे राई के दाने डाले गए थे। सिरहाने तकिए के नीचे सरौता रखा गया था। भीतर वाले कमरे को साफ करके उसमें पलंग लगाया गया था।

हरीराम खुशी-खुशी मुझे, पत्नी वसुंधरा और नवजात शिशु बिटिया को लेकर वापस घर के दरवाजे पर पहुँचा। दरवाजे पर मेरी दादी ने मेरी पत्नी और बेटी की नजर उतारी। घर की अन्य औरतों ने मंगल गीत गाए फिर पत्नी और बेटी को मेरे हाथ से ले गए। मैंने चैन की सांस ली। अब घर में दोनों की तामीरदारी नहलाना, धुलाना, मालिश बगैरा शुरू होगी और उसके लिए तैयार बिछौने पर सुलाया जाएगा। परिवार में खुशी की लहर दौड़ आई थी। हम तीन भाइयों की परिवार साथ ही रहते थे।

मैं आज बिटिया के जन्म और हरीराम के सेवा कार्य से बहुत प्रसन्न था। उसे ज्यादा रुपए देने का विचार कर रहा था। मैं रुपए निकालकर हरीराम को देने लगा तो वह बोला- ''बाबूजी मैं आज रुपए किसी भी हालत में ना लूँगा। यह मेरी तरफ से गुड़िया की मुँह दिखाई है।'' वह तांगा हांककर चला गया मेरी एक ना सुनी। आधी रात से तांगा लेकर आया आदमी सुबह बारह बजे घर जा रहा था। गरीब ऐसा की रोज का खाना रोज की मजूरी पर होता पर दिल इतना बड़ा...! मैंने रुपए वापस जेब में रखे और सोचने लगा यह कोई साधारण आदमी नहीं है। पूरे एक दिन की मजूरी मेरी बिटिया की मुँह दिखाई में दे दी! ईश्वर इसे बरकत दे। उस दिन से वो मेरी नजर में आम से खास हो गया। समय का चक्र चला बिटिया धीरे-धीरे बड़ी होने लगी।

दस-पंद्रह दिन में हरी राम कहीं टकरा जाता, जैराम जी बाबू जी कहकर पास

आकर पैर पड़ता, मैं हालचाल पूछता- कैसे हो हरीराम घर पर बाल बच्चे कुशल से हैं? कुछ जरूरत हो तो बताना शर्माना नहीं। मैं अब हमेशा ही मिलने पर उससे कहता था। वह कहता जी बाबू जी अभी तो ईश्वर की कृपा से सब ठीक चल रहा है।

एक दिन मैं कहीं जा रहा था। अचानक रास्ते में हरीराम टकरा गया। वह बहुत परेशान लग रहा था। जैराम बाबू जी कहकर पैर पड़ने लगा।

मैंने पूछा क्या हुआ हरीराम परेशान लग रहे हो? बहुत दिनों से दिखे भी नहीं कुछ परेशानी हो तो बताओ। घबराते हुए वह बोला- बाबूजी आपकी बहू अस्पताल में है डॉक्टर ने ऑपरेशन कराने को कहा है पर मेरे पास पैसे नहीं हैं। उसकी और बच्चे की जान को खतरा है।

अरे! बताओ कितने रुपए चाहिए, कहाँ एडमिट है? कहते हुए मैंने जेब में हाथ डाला उसने जितने बताए मैंने उतने रुपए दे दिए और कहा अच्छे से इलाज कराना, कुछ और जरूरत हो तो बताना। कहकर मैं आगे बढ़ गया। मैंने कभी भी इतना बड़प्पन न दिखाया कि उसके द्वारा बताए अस्पताल में उसकी बीवी का हाल-चाल, कुशलता जान लूँ।

बात आई- गई हो गई। मैं रुपए देकर भूल गया।

15 दिनों बाद एक दिन फिर हरीराम टकराया तब वह और ज्यादा अस्त-व्यस्त परेशान लग रहा था। मैंने स्कूटर रोककर उसकी पत्नी और बच्चे के बारे में पूछा तो उसने बताया- बाबूजी बेटा पैदा हुआ पर आपकी बहू को न बचा पाया। घर में कोई नहीं है, मैं और मेरा बच्चा है। सुनकर मैं सकते में आ गया। वह अपने आँसू छुपाता हुआ चला गया। मैं वहीं अवाक खड़ा रह गया, सोचने लगा यह दुधमुँहे नवजात को कैसे पाल रहा होगा! कैसे तांगा चलाएगा, कैसे काम करेगा? मैं दु:खी मन से थोड़ी देर बाद वहाँ से निकला और अपने नित्य के कामों में लग गया।

लगभग एक माह बाद पुनः एक दिन हरीराम मिला। उसने हमेशा की तरह जैराम जी बाबू कहा तो मैंने उसके बच्चे के हाल-चाल पूछे। वह बोला- बाबूजी बच्चे की परवरिश करने में हाथ का काम चला जा रहा है था, तांगा नहीं चला पा रहा था सो पहले तांगा फिर घोड़ा बेचकर इतने दिनों का काम चला लिया लेकिन अब तो कुछ और ही करना पड़ेगा।

दयनीय दृष्टि से उसे देखते हुए मैंने पूछा रुपया चाहिए? उसने सिर झुका दिया मैंने कुछ रुपए उसके हाथ में रख दिए और बच्चे का ख्याल रखने को कहा। हम दोनों अपने-अपने रास्ते निकल गए।

कुछ दिनों बाद हम फिर मिले तब उसने कहा बच्चे की तबीयत ठीक नहीं उसका इलाज कराना है, मैंने पुनः उसे कुछ रुपए दे दिए, वह चला गया।

कई दिनों बाद एक दिन वह अचानक मेरे घर आ गया। कातर स्वर में बोला- बाबूजी कुछ रुपए दे दो आखिरी बार मांग रहा हूँ। बच्चे की तबीयत बहुत ही खराब

है। उसकी हालत देखते हुए मैंने तुरंत रुपए दे दिए। फिर कई दिनों तक मुझे हरीराम कहीं नहीं दिखा। मेरा मन बार-बार उसे याद करता, पता नहीं बच्चा कैसा होगा? कई बार उसका ध्यान भी आया पर बड़े लोग कहाँ छोटे लोगों के घर हालचाल पूछने जाते हैं। बड़ों का बड़प्पन...!

एक दिन शहर के दूसरे छोर पर जहाँ वह शायद ही कभी गया हो, वहाँ दिखा। हाल -बेहाल, फटे कपड़े। वह भिखारी लग रहा था। यह कैसी हालत बना रखी है हरीराम? उसकी हालत देखकर उसे रुक कर मैंने पूछा। और बच्चा कहाँ है? वह भी मुझे छोड़ कर चला गया मेरे पास अब कुछ नहीं बचा है न बीवी, न बच्चा, न घोड़ा, न तांगा...कुछ नहीं। अब मुझे और जीने का मन नहीं करता...! ये उसके अंतिम शब्द थे।

आज दस वर्ष हो गए। मंदिर से घर लौटते समय मुझे हरीराम का ख्याल आया पता नहीं जिंदा है कि मर गया? बहुत बुरा हुआ उसके साथ, पूरा परिवार खत्म हो गया। भगवान ऐसा कभी किसी के साथ न हो। जबसे बेटा भी चला गया वह पागल सा हो गया था। वही तो उसके जीने का सहारा था अब वह भी ना रहा तो किसके सहारे जिए?

मैं प्रतिदिन मंदिर जाता हूँ। मेरे घर के पास ही मंदिर है। लोगों की अपार श्रद्धा के चलते यह मंदिर इलाके का सबसे धनवान मंदिर है, सुनारों के मोहल्ले में होने के कारण यहाँ खूब चढ़ावा आता है। बाहर से भी पहुँचे हुए संत महात्मा, ज्योतिषी, कथावाचक, उपदेशक इस मंदिर में आते रहते हैं।

कुछ दिनों से किसी संत महात्मा मौनी बाबा के आने की तैयारी हो रही थी। सुना है यह संत बोलते नहीं हैं केवल आशीर्वाद देते हैं। वह किसी चीज में हाथ रख दे तो वह कार्य हो जाता है। मुझसे भी लोगों ने कहा सोनी जी ईश्वर की कृपा से आप की तीन बेटियाँ हैं आप मौनी बाबा से आशीर्वाद ले लें, पुत्र की कमी पूरी हो जाएगी। मैंने कहा-भैया मेरी तीन बेटियाँ तीन देवियाँ स्वरूपा हैं। मुझे बहुत हैं। अब इस उम्र में मैं अपनी पत्नी की जान जोखिम में नहीं डालूँगा और फिर हमारी उम्र तो देखो मैं बूढ़ा हो गया हूँ। मैं बहुत खुश हूँ। ईश्वर ने मेरी पत्नी की तीन बार गोद भरी।

अरे... नहीं सोनी जी कैसी बात करते हो। संत जी के रहते उन्हें कुछ न होगा बालक स्वस्थ होगा। बात सुनकर मैं हंसते हुए घर की ओर चल पड़ा।

मौनी बाबा आ चुके थे। लोगों की भीड़ उमड़ी थी। मुझे उत्सुकता थी पर भीड़ देखकर वहाँ जाने की हिम्मत न हुई। दूसरे दिन प्रातः भीड़ होने से पहले जाने का निश्चय किया। मैं जानना चाहता था यह कैसे मौनी बाबा हैं जो कई वर्षों से बोले ही नहीं! मौन व्रत लिया है, केवल इशारे से हाँ -ना करते हैं!

दूसरे दिन अलसुबह मैं वहाँ पहुँचा। मैंने देखा सफेद कुर्ता पाजामा पहने एक अधेड़ आदमी दाढ़ी बढ़ी हुई, ऊँचे आसन में शांत, आँखें बंद किए बैठा था। दूर से ही उनका आभामंडल प्रभावशाली लग रहा था।

मैंने पास जाकर प्रणाम किया। उनकी आँखें बंद थीं। मुझे ऐसा लगा जैसे इन्हें कहीं देखा है। दिमाग में जोर डालने पर मुझे स्मरण आया अरे! यह तो हरीराम है। अरे! मैं आश्चर्यचकित खड़ा देखता रह गया। मुझे शायद भ्रम हो रहा था। अब तो उनकी आँखें खुलें तभी सच मालूम हो। तभी और लोगों की भीड़ बढ़ने लगी। मैं एक ओर खड़ा हो गया। मौनी बाबा ने आँखें खोलीं, आशीर्वाद की मुद्रा में हाथ उठाया।

तभी उनकी नजर मेरी ओर उठी उत्सुकतावश मेरे मुँह से निकला मुझे पहचाना? मौनी बाबा ने इशारा किया कि आपको कैसे भूल सकता हूँ? मुझे सब याद है... और वहीं से आशीर्वाद की मुद्रा में हाथ उठाया। मेरे लिए यह एक अविश्वसनीय घटना थी।

ऐसे चमत्कृत वाकये पुस्तकों में या नाटकों- फिल्मों में भी देखे थे पर यह तो मेरी जिंदगी में मेरे सामने घटा था! मैं सोचते-सोचते घर की ओर भीड़ से बाहर निकल आया।

अब मुझे मौनी बाबा का इतिहास जानने की उत्सुकता जागी कि आखिर हरीराम से मौनी बाबा कैसे बन गए! मंदिर ट्रस्टी से जानकारी ली। उसने बताया कुछ वर्षों पूर्व मध्य भारत में एक भीषण दुर्घटना घटी। भूकंप आया था। जिस इलाके में भूकंप आया था उसमें भूकंप के पूर्व एक फटे-हाल आदमी इधर-उधर दौड़-दौड़ कर लोगों को वहाँ आने को मना कर रहा था। कह रहा था- यहाँ मौत आने वाली है, भूकंप आने वाला है। आप लोग इधर मत आओ, पीछे बाईं तरफ जाओ। यहाँ कोई नहीं बच पाएगा। कुछ लोगों ने सोचा यह पागल है, कुछ भी आंय-बांय बक रहा है। उसे धक्का देकर उसी और गए। बाकी कुछ लोगों ने बेमन से उस फटे हाल आदमी की बात मान ली।

कुछ समय बाद वहाँ भयंकर भूकंप आया। देखते-देखते लाशों के ढेर लग जाए। तब जिंदा बचे लोगों ने बताया- इस आदमी ने सबको चेताया था। यह पागल नहीं संत है। इसकी बात सब ने मान ली होती तो ये जानें ना जातीं। ये ना होता तो लाखों की जानें जातीं, हम भी जिंदा ना बचते। लोगों की मौत देखकर बाबा जोर जोर से रोने लगे और बेहोश हो गए। होश आने पर बाबा ने व्यथित होकर कहा कि वह सब की जान नहीं बचा पाए और मौन धारण कर लिया।

तभी से लोग उन्हें मौनी बाबा कहते हैं। वे किसी भी मंदिर में रहें लोगों की भीड़ लग जाती है। कभी किसी से कुछ नहीं लेते केवल एक समय मंदिर में जो भी खाना मिल जाता है वही खाते हैं, दूसरी बार का खाना भी नहीं खाते। वे इशारे में जो भी आशीर्वाद देते हैं वह पूरा होता है। वे अधिकांश समय आँखें बंद किए ध्यान में रहते हैं।

उन्हें नाम,धन, यश, ऐश्वर्य दुनियाँ की कोई भी अनमोल से अनमोल वस्तु का रत्ती भर भी मोह नहीं था। व सही अर्थों में संत मोनी बाबा थे।

अंग्रेजी और नौकरी

रूपाली ने हाई स्कूल परीक्षा प्रथम श्रेणी में उत्तीर्ण की पर कालेज में दाखिला न ले सकी। घर के आर्थिक हालात ठीक न थे। उसने नौकरी के लिए खून-पसीना एक कर दिया पर सफलता उससे कोसों दूर भागती रही। आखिर मन मारकर उसने पाँच सौ रुपए की नौकरी कर ली। समय गुजरता गया पर वह लाख कोशिश करने पर भी अपनी मंजिल न पा सकी। वह सोचती क्यों इतनी मेहनत की प्रथम श्रेणी पाने को जब नौकरी ही नहीं लगनी थी? फिर मन में विचार आया क्यों न ग्रेजुएशन कर लूं? शायद कोई नौकरी मिल जाए! ग्रेजुएट भी प्रथम श्रेणी में ही उत्तीर्ण कर नौकरी के लिए हाथ-पैर मारना शुरू कर दिया। अनेक जगहों के लिए फार्म भरे, प्रतियोगी परीक्षाएँ दीं; पर कोई नतीजा नहीं निकला।

मरता क्या न करता! इस युक्ति पर चलकर वह एम.ए.करने के लिए पढ़ाई में जुट गई। उसकी सोच थी कि एक बार भी श्रेणी (डिवीजन) नहीं गिरना चाहिए। इस बार भी वह प्रथम श्रेणी में ही आना चाहती थी। जब ओखली में सिर दिया है तो मूसलों से क्या डरना! दिन-रात की मेहनत और लगन के फलस्वरुप वह एम.ए.में भी प्रथम श्रेणी हासिल करने में सफल रही।

रूपाली अभी भी उसी जगह काम कर रही थी फर्क बस इतना ही था कि अब वेतन पाँच सौ से बढ़कर छःसौ हो गया था। अखबारों में रिक्त पदों पर भर्ती के जितने भी विज्ञापन आते, रूपाली आवेदन करती, वाबजूद इसके नौकरी का कोई पता ठिकाना नहीं था।

रूपाली के मन में नैराश्य भाव आने लगा, उसका उत्साह धीरे-धीरे कम होने लगा। सोचा करती कि आखिर वह कहाँ कमजोर थी! उसके सभी विषय तो अच्छे थे! इंटरव्यू खूब दिए पर चयन कहीं न हुआ, आखिर क्यों? अब क्या करूँ! यह छः सौ रूपए की नौकरी में ही गुजारा!!

एक दिन उसकी सहेली ने उसे सलाह दी कि तुम बी.एड. कर डालो। शिक्षक की नौकरी निश्चित ही मिल जाएगी; कोई मलाल भी न रहेगा। सहेली की सलाह ने रूपाली को फिर उत्साह से भर दिया और उसने बी.एड. भी प्रथम श्रेणी में ही

उत्तीर्ण कर लिया। इसके बाद वह नौकरी की तलाश में लग गई लेकिन कोई सफलता नहीं मिली। फिर वहीं आकर उसकी गाड़ी अटक गई। रूपाली अपने आप को विकलांग महसूस करने लगी। अब उसमें उत्साह उमंग शेष न बचा था। वह खुद को अपमानित महसूस कर रही थी।

रूपाली को अंग्रेजी का ज्ञान न होना ही उसकी नौकरी न लगने का मुख्य कारण था। सरकार की करनी और कथनी अलग थी। कहाँ हिंदी को राष्ट्रभाषा का दर्जा दिया अंग्रेजी की ज्ञान से ही योग्यता का माप होता है। हिंदी काम चलाऊ निम्न वर्ग की भाषा बनकर रह गई। देश आज भी अंग्रेजी का गुलाम है। हिंदी (हिंदुस्तानी) की पढ़ाई का नतीजा रूपाली के जीवन का अंधकार बन गया। काश! हमारा प्रशासन, सरकार इतनी अकर्मण्य और भ्रष्ट न होती। काश! कभी हमारी राष्ट्रभाषा के विषय में गंभीरता से सोचा गया होता।

रूपाली ने अब अंग्रेजी पढ़ने का मन बनाया। अंग्रेजी न जानने के कारण वह बहुत अपमानित हो चुकी थी। वह अंग्रेजी की ट्यूशन पढ़ने जाने लगी पर वहाँ वह हिंदी की तरह खुलकर बात न कर पाती, एक घुटन सी होती। जो अंग्रेजी में बात करता उसे सब इज्जत की नजर से देखते, जो विद्यार्थी अंग्रेजी न बोल पाता उसे उपेक्षित नजरों से देखा जाता। हालांकि सभी विद्यार्थी सीखने वाले ही थे फिर भी उन में अंतर था। कोई कुछ कम बोल पाता कोई ज्यादा। रुपाली तो बिल्कुल न बोल पाती! वह बिल्कुल अनजान थी, अत: उसे लगता कि वह सबसे कमजोर छात्रा है। कक्षा में सबसे पिछड़ी है जबकि आज तक वह हमेशा प्रथम आती रही है। उसका आत्मविश्वास इतना कम कभी नहीं हुआ था पर इस कक्षा में वह कमजोर छात्रों जैसी ही रहती। अंग्रेजी बोलने में बहुत हिचकती थी। कभी सोचती क्या इस अंग्रेजी के बिना हमारे देश में कुछ नहीं है? न इज्जत, न मान, न सम्मान! कॉन्वेंट स्कूल का पड़ा हुआ कोई विद्यार्थी आता तो शिक्षक से अंग्रेजी में बात करता सब विद्यार्थियों पर उसकी धाक जम जाती। अंग्रेजी के बिना न अच्छी नौकरी न मान सम्मान! बहुत कोशिश करने पर रूपाली थोड़ी अंग्रेजी सीख गई।

अंग्रेजी का ज्ञान एकदम तो हो नहीं जाता क्योंकि अंग्रेजी विचित्र भाषा है। इसका व्याकरण भी लचीला है, संस्कृत की तरह ठोस और शब्द संपन्न भी नहीं है। अत: रूपाली को अंग्रेजी सीखने में परेशानी हो रही थी। उसे अंग्रेजी पढ़ना और थोड़ा बहुत लिखना तो आ गया पर बोलने में बहुत हिचक होती। वह हमेशा यही सोचती रहती कि सामने वाला मेरी टूटी-फूटी अंग्रेजी सुनकर हंसेगा। इसी हिचक के कारण उसके मुँह से अंग्रेजी के शब्द न निकलते, बोल न फूटते और फिर बचपन से ही अंग्रेजों और उनकी भाषा अंग्रेजी से नफरत जो करती आई थी वह इतनी जल्दी कैसे जाती! वह तो उसके दिलो-दिमाग में घर बन कर रह गई थी। उसे क्या पता था कि हमारी भाषा जानने वाले नौकर और अंग्रेजी जानने वाले साहब मालिक बन बैठेंगे? अंग्रेज भले ही चले गए पर अंग्रेजी तो राज कर रही है! रूपाली जैसे

हजारों लाखों बच्चों ने अंग्रेजी की पढ़ाई में जितनी अधिक कठिनाई और अधिक खर्च होना बताया उतना कमाने वाले नहीं हैं।

उसने महसूस किया कि हमारी मातृभाषा हिंदी जिसे 75 वर्षों में राष्ट्रभाषा का दर्जा नहीं मिल पाया उसकी कहीं कोई इज्जत भी नहीं है। यदि आप किसी ऑफिस में जाकर फर्राटेदार अंग्रेजी बोलते हों तो सब आपकी इज्जत करेंगे, आपको पढ़ा-लिखा, अच्छे घर का या अधिकारी समझेंगे। यदि यही बात आप शिष्टाचार से हिंदी में पूछते हैं तो सामने वाले आपको मूर्ख समझते हैं।

अब उसका उत्साह रफूचक्कर हो गया है। अब कोई उम्मीद नहीं है। वह अब कोई और डिग्री और प्रथम श्रेणी या मेरिट नहीं पाना चाहती। उसकी डिग्री का हस्र वह देख चुकी है, पोल खुल चुकी है झूठे आदर्शों की। अगर रूपाली पहले ही यह जानती होती तो उसका भविष्य भी आज यूं अंधकार में न होता!

रुपाली सोचती-काश! हमारे देशवासियों, प्रशासन में कुछ तो ईमानदारी, देश -प्रेम शेष होता? केवल बाहर से नारे लगाने मात्र से देश-प्रेम नहीं होता। देश की हर चीज से प्यार करने को देश प्रेम कहते हैं। यह सब झूठे राष्ट्र प्रेमी हैं। हिंदी अच्छी तरह से जानने समझने वाले अंग्रेजी भाषा के बिना अपने आप को विकलांग महसूस क्यों करते हैं? जबकि अंग्रेजी भाषा जानने वाले हिंदुस्तानी हिंदी भाषा का एक अक्षर न आने पर भी शर्म नहीं गर्व महसूस कर कहते हैं कि माफ कीजिए मुझे हिंदी नहीं आती! आखिर क्या कमी थी रूपाली में जिसके कारण आज तक उसकी नौकरी नहीं लग पाई? यही न कि वह हिंदी जानती है!

भारत अभी भी अंग्रेजी का गुलाम है। रुपाली को इस अंग्रेजी भाषा की अज्ञानता ले डूबी। वह सभी विषयों में श्रेष्ठ थी, बुद्धिमान थी। वह नहीं जानती थी कि इस हिंदी की पढ़ाई से उसे न तो रोजगार मिलेगा न ही सम्मान। कुछ भी नहीं! भारतेंदु हरिश्चंद्र का एक दोहा "अंग्रेजी पढ़ कर जदपि, सब गुन होत प्रवीन। पै निज भाषा ज्ञान बिन, रहत हीन के हीन।" काफी हद तक हमारी आँखें खोल देता है।

रूपाली आजाद भारत में रह रही थी। वह अनजान थी भारत की, हिंदुस्तान की आज की गुलामी से? वह कैसे रह पाएगी उन बेड़ियों के बिना जो पूरे देश में लिपटी हैं! शायद वह आजाद भारत में अंग्रेजी के बिना अच्छी नौकरी और सम्मान पाने के काबिल नहीं है?

टिंकू की बस्ती

प्रातः काल का समय था। फरवरी का महीना, बासंती पवन के मंद- मंद झोंकों ने जैसे निद्रा को कसकर अपने आगोश में ले लिया हो। हवा के झोंकों से आंगन में लगे पीपल के पत्तों के सरसराने से ऐसा प्रतीत होता मानो वे निद्रा की आगोश से हिला-हिला कर जगा रहे हों। घर के पिछवाड़े लगे नीम और आम भी जैसे मदमस्त हो झूम रहे हों। स्वच्छ सुंदर लालिमायुक्त आसमान, पक्षियों के कलरव करते झुंड ऐसे प्रतीत होते मानो इनका कार्यालय का समय शुरू हो गया हो। ये अपने कार्य पर प्रतिदिन प्रातः होते ही निकल पड़ते हैं। कार्यालय जाते वक्त कतारद्ध लोग तेज रफ्तार जिंदगी के आदी हो जाते हैं। वे अपने कार्य पर निकल रहे हैं पूर्ण निष्ठा और ईमानदारी से, संध्या को नियत समय पर अपना कर्तव्य पूर्ण कर वापस अपने ठिकाने पर लौटेंगे। इसी ऊर्जा और कोलाहल के साथ इनके परों में न थकान होगी न ही उत्साह में कोई कमी होगी। ऐसे ही मस्त चले आएँगे।

खुशी और आर्य इसी सुंदर कॉलोनी में अपने माता-पिता के साथ रहते थे। खुशी कक्षा आठवीं में और आर्य दूसरी कक्षा में टाइनी टॉटस पब्लिक स्कूल में पढ़ते हैं।

आर्य को उठाने में उसकी माँ को बहुत मशक्कत करनी पड़ती है। वह बार-बार उठाने पर फिर से सो जाता है।

सबेरा हो गया है, खुशी की माँ की पुकार से पुचकारते हुए आवाज आयी "खुशी बेटू उठो टाइम हो गया है। जल्दी करो फ्रेश होकर ब्रश कर लो। मैंने पानी गरम होने लगा दिया है। मैं आर्य को उठाने जा रही हूँ।"

खुशी मुलायम और गरम कंबल धीरे से छोड़ कर उठी। दोनों हथेलियों को आपस में रगड़कर उसने दोनों हाथों के दर्शन कर चूम लिया। खुशी की हिंदी की शिक्षिका ने कक्षा में समझाया था, प्रातःकाल हाथों के दर्शन करके चूमने से हमें सरस्वती, लक्ष्मी और ईश्वर सब की प्राप्ति होती है। तभी से खुशी प्रतिदिन ऐसा करती है। खुशी ने खिड़की से बाहर उगते हुए लालिमा बिखेरे सूरज का अभिवादन हाथ जोड़कर किया और बिस्तर छोड़ कर सीधे माँ के पास पहुँचकर माँ से चिपककर

बोली देखो मम्मा–मैं एक बार में उठ गई।.....पर ये सुबह कितनी जल्दी होती है ना। अभी थोड़ी देर पहले ही तो सोए थे; खुशी लड़ियाते हुए बोली।

माँ प्यार से समझाते हुए बोली- बेटू रात नौ बजे सो गई थी कल। अभी छः बज गए हैं पूरे नौ घंटे सोयी हो.....आर्य को हिलाकर गोद में उठाकर बोली..... उठो बेटा आँखें खोलो, देखो–दीदी उठ गई। देखो दीदी दूध पी रही है उसने आर्य को पुचकारते हुए उठाया। दोनों को गरम दूध और बिस्कुट देकर जल्दी दोनों का नाश्ता बनाने लगी। पति अजय को आवाज देकर कहा–आप जरा आर्य को देखो मैं खुशी को गरम पानी दे दूँ, वह नहा लेगी। आप आर्य को नहला दें। पति–पत्नि दोनों ने मिलकर बच्चों के सब काम किए। अजय बच्चों को बस स्टॉप तक छोड़ कर आया। यही प्रतिदिन की दिनचर्या है। खुशी अपनी कक्षा की मानीटर है। अपना गृह कार्य प्रतिदिन करती है। शिक्षिका खुशी से कमजोर छात्रों की मदद करने को कहती है। किसी का गृह कार्य पूर्ण नहीं है तो उसकी मदद भी खुशी करती है।

खुशी शिक्षिका से एक छात्र की शिकायत करती है–मेम टिंकू कभी गृह कार्य करके नहीं लाता और स्कूल भी रोज नहीं आता है। वह आज भी स्कूल नहीं आया है।

शिक्षिका बोली–"मैं परेशान हूँ , यह लड़का एक दिन आता है , दस दिन नहीं आता। आज तो इसको स्कूल बुलाना ही पड़ेगा। आज स्कूल की छुट्टी से पहले कोई भी चेक करने आ सकता है।" कुछ सोचते हुए बोली–खुशी–निखिल को बुलाओ, निखिल के आने पर–शिक्षिका ने पूछा–"आपको पता है क्या टिंकू का घर? निखिल–यस मेम पता है। एक दिन उसने बताया था उसके घर की गली के बाहर से।"

निखिल प्यून को बुलाओ उसके साथ चले जाओ टिंकू के घर से उसके पापा या मम्मी को बुला लाना। उनसे कहना मैडम ने बुलाया है ....रुको मैं नोटिस भी देती हूँ, उसमें साइन भी करवाकर लाना है। शिक्षिका ने चपरासी रामस्वरूप को बुलाकर उसके साथ निखिल को टिंकू के घर भेज दिया। टिंकू का घर एक गली के अंदर था। गली में घुसते ही एक दुर्गंध का झोंका दोनों के नथुनों में घुसा। नाक पर रुमाल रखकर निखिल ....छिः कितनी बदबू ....वो देखो खुली नाली और कचरे का ढेर,... छिः कितनी गंदगी है। अरे! देखो वह सूअर घूम रहे हैं छिः कहकर नाक भोंह सिकोड़ते हुए निखिल जल्दी–जल्दी आगे बढ़ता गया। इधर पाईप लाइन टूटी पड़ी थी शायद इसीलिए यहाँ कीचड़ और गंदगी ज्यादा है। रामस्वरूप ने एक व्यक्ति से टिंकू के घर का पता पूछा– "सामने की गली का तीसरा घर है, उसने जवाब दिया।" निखिल नाक पर हाथ रखे–रखे ही टिंकू के घर तक पहुँचा।

चपरासी ने टिंकू के पिता को नोटिस देकर उसी समय शाला आकर शिक्षिका से मिलने को कहा और तुरंत वापस मुड़ गया। दोनों ही जल्दी से जल्दी वहाँ से

निकलना चाहते थे। गंदगी से दम घुटा जा रहा था। निखिल सोच रहा था यह टिंकू यहाँ कैसे रहता होगा?

वापसी में जल्दी-जल्दी डग भरते हुए निखिल आगे-आगे और रामस्वरूप पीछे-पीछे चल रहे थे। तभी नाली किनारे बच्चों को शौच के लिए बैठा देखा। घिन और शर्म से निखिल की गति और तेज हो गई।

गली से निकल कर सड़क पर पहुँच कर उसकी जान में जान आई। ''छिः शिट ..... करते हुए निखिल बोला-अंकल? ये कितने गंदे लोग हैं।'' शाला पहुँचकर रामस्वरूप शिक्षिका को सारी जानकारी देकर शाला के अन्य कार्य करने चला गया। परंतु निखिल ने टिंकू के घर, मुहल्ले का पूरा हाल विस्तार से कक्षा में अपनी शिक्षिका को बताया। बीच-बीच में ''एक्सक्यूज मी मैडम कहकर थूकता जाता था। सभी छात्र-छात्रायें सुन रहे थे।'' तभी एक छात्र ने पूछा ''मेम टिंकू के पापा क्या करते हैं? ''शिक्षिका ने जवाब दिया।'' टिंकू के पापा रेलवे स्टेशन पर सामान की पेकिंग का काम (मजदूरी) करते हैं।''

सरकार की एक योजना है कि आर.टी.ई.के अंतर्गत सरकार 25 प्रतिशत गरीब बच्चों को निःशुल्क एडमिशन देती है। इन बच्चों की फीस सरकार भरती है। इनको स्कूल की फीस भी नहीं भरनी पड़ती है।

खुशी-''अच्छा'' सब बच्चे आश्चर्य से शिक्षिका को देखते हैं। आज तक उन्हें टिंकू के बारे में ये जानकारी नहीं थी।

छात्रों की उत्सुकता और बढ़ गई तभी एक अन्य छात्र ने पूछा- ''मेम फिर टिंकू रोज स्कूल क्यों नहीं आता? वो इतनी गंदी बस्ती में क्यों रहता है?''

शिक्षिका ने समझाते हुए कहा-''अभी निखिल ने उसके घर और मुहल्ले के विषय में बताया। तुम सब ने सुना है जो बच्चा इतनी गंदगी में रहेगा उसकी तबीयत कैसी होगी; बताओ?'' सब छात्र-छात्रायें चिल्लाकर बोले-''खराब होगी।''

शिक्षिका-ऐसी गंदी जगह में रहने से अतिसार, हैजा, उल्टी दस्त, त्वचा संबंधी बीमारियाँ, दमा एवं अन्य कई रोग होते हैं साथ ही इससे बच्चों की लम्बाई बढ़ना रुक जाती है और सीखने की क्षमता भी कम हो जाती है। जब बच्चे हमेशा शरीर से अस्वस्थ बीमार बने रहेंगे तो क्या होगा?

जब आप बीमार होंगे तो आपको कुछ भी अच्छा नहीं लगेगा। पढ़ना-लिखना तो ठीक स्कूल जाने का मन भी नहीं होगा। इसीलिए टिंकू स्कूल नहीं आता है।

अब दूसरा प्रश्न कि वह इतनी गंदी बस्ती में क्यों रहता है?

शिक्षिका बोली-''कोई भी बस्ती पहले से साफ है या गंदी नहीं होती। हम ही उसे गंदा करते हैं। हम ही साफ करते हैं। यदि आप अपने घर की रोज सफाई नहीं करोगे तो क्या वह गंदा नहीं होगा? हम रोज घर में झाड़ू पौंछा करते हैं तब घर साफरहता है। ऐसे ही हमें अपने मुहल्ले, बस्तियाँ, कॉलोनी की प्रतिदिन सफाई की

एक व्यवस्था करनी चाहिए। इससे हमारी कॉलोनी, मुहल्ला, गली सब साफरहेंगे। हम उल्टा करते हैं अपना घर साफ करते हैं। दूसरे के घर के सामने कूड़ा करकट डाल देते हैं। यदि हम अपना घर और अपने आसपास की रोज सफाई करें। कचरा कचरे दान डस्टबिन में ही डालें। सफाई कर्मचारी अपना कार्य ईमानदारी से करें और प्रतिदिन समय से करें। तो हमारा मोहल्ला साफ सुथरा रहेगा। अब रही अज्ञानता, अशिक्षा के कारण लोग खुले में शौच जाते हैं। वे नहीं जानते कि इससे क्या होगा। हवा से सब तरफ उसकी बदबू फैलेगी, मक्खियाँ गंदगी में बैठकर फिर बिना ढंके खाद्य सामग्री पर बैठकर अपने पंखों से गंदगी फैलाती हैं जिससे भोजन दूषित हो जाता है। वही भोजन करके लोग बीमार पड़ते हैं।''

अपनी गली मुहल्ले की गंदगी के लिए हम भी जिम्मेदार हैं और सरकार भी क्योंकि दोनों ही अपनी जिम्मेदारी का पालन नहीं करते इसीलिए कचरे के ढेरों में लोगों का जीवन गुजरता है। उनकी जिंदगी स्वर्ग के बदले नरक बन जाती है । एक बात और टिंकू के पिता जैसे मजदूरों की आय इतनी कम होती है कि वह कम लागत के घरों में ही रह सकते हैं। यहाँ नाली की या अन्य स्वच्छता और जल की व्यवस्था सरकार ठीक से करे तो ये कॉलोनी भी स्वस्थ होगी खुशी की कॉलोनी जैसे ही।

खुशी बोली-मेम मुझे बहुत बुरा लग रहा है बेचारे टिंकू के विषय में सोच कर कि वह ऐसे कैसे रहता है।

शिक्षिका बोली-हाँ खुशी बुरा तो वहाँ के रहने वालों को भी लगता होगा। फिर भी सब मिलकर प्रयास नहीं करते। सारी बीमारियों की जड़ गंदगी ही तो है।

खुशी बोली-मेम मेरी कॉलोनी में पीपल, आम, नीम के पेड़ भी लगे हैं और नालियाँ भी बंद ढकी हुई हैं इसीलिए हमारी कॉलोनी साफ-सुथरी रहती है।

शिक्षिका बोली-आपने बिल्कुल सही कहा। आपकी कॉलोनी सबसे स्वच्छ कॉलोनी है। सब जगह ऐसे ही होना चाहिए सरकार को हर गली मोहल्ले में डस्टबिन रखना चाहिए। सभी जगहों पर सफाई और जल प्रदाय, संरक्षण की भी उचित व्यवस्था होनी चाहिए। मुहल्ले स्तर पर समिति बनाकर जल प्रदाय, संरक्षण, विद्युत व्यवस्था एवं अन्य कार्य हेतु पार्षद, मेम्बर पंच, विधायक, जनप्रतिनिधियों को सूचित और शामिल कर सरकार को जागृत करना चाहिए। तभी हमारा वातावरण स्वच्छ और सुंदर होगा।

खुशी, निखिल एवं अन्य छात्र-छात्रायें बोले-मेम हमें भी कुछ करना है स्वच्छता के लिए! आप बताएँ क्या करें?

शिक्षिका ने कहा-आप सभी इस काम में सहयोग दे सकते हैं जैसे लोगों को स्वच्छता के लिए जागरूक करके, स्वच्छता रैली निकालकर और क्रमवार एक-एक जगह जाकर स्वयं जनप्रतिनिधियों को लेकर सफाई करना।

इस स्वच्छता अभियान की शुरुआत टिंकू के मुहल्ले से करना चाहिए क्या आप सब तैयार हैं? शिक्षिका ने पूछा।

यस मेम कहते हुए पूरी कक्षा एक साथ जोर से उत्साहित होकर ताली बजाकर चिल्लाने लगी।

शिक्षिका ने जनप्रतिनिधियों से मिलकर कक्षा के बच्चों की रैली निकालकर टिंकू के मुहल्ले के निवासियों को स्वच्छता के बारे में जागरूक करते हुए कचरा न फैलाने एवं साफ सफाई के बारे में बताया।

अगले ही दिन सभी ने मिलजुल कर मुहल्ले की साफ सफाई की और जनप्रतिनिधियों ने भी सफाई कर्मचारियों का सहयोग लिया। रोज साफ सफाई होने लगी कोई अपने घर के बाहर कचरा नहीं फैंकता। गली मुहल्ला स्वच्छ होने से टिंकू का स्वास्थ्य भी अच्छा रहने लगा और वह रोज स्कूल आता। टिंकू खुश उसके साथ पूरी कक्षा भी प्रसन्न। आखिर स्वच्छता की आदत जो पड़ गई थी।

मिर्गी मास्टर

पड़ोसी के घर से अचानक अफरा-तफरी की आवाजें आ रही थीं। मुझे कुछ स्पष्ट सुनाई नहीं दे रहा था। मन में आया कि जाकर पता करूँ क्या हो गया है? पर फिर सोचा; क्यों? हो सकता है व्यक्तिगत, गोपनीय हो इसीलिए कुछ धीरे-धीरे खुसर-फुसर की आवाजें आ रही हैं। मुझे जबरन कुछ नहीं पूछना चाहिए। चुपचाप अपने घर में अपना काम करना चाहिए। मेरी जरूरत होगी तो मुझे आवाज देंगे तो चली जाऊँगी। ऐसे ही बिना बुलाए जाकर पूछूँगी; क्या हुआ? तो वह कुछ गलत ना समझें या ये ना कह दें, क्यों? फिर; क्या हुआ, कुछ तो नहीं। फिर मैं क्या कहूँगी?

तभी बाहर गाड़ी रुकने की आवाज आई तो मैंने खिड़की से झाँक कर देखा-बाहर एक एँबुलेंस आकर खड़ी हुई थी। मन में विचार आया कि लगता है पड़ोसी के घर किसी की तबीयत ज्यादा ही खराब हो गई है। गाड़ी में से स्ट्रेचर लेकर तीन-चार आदमी उतरे और तेजी से पड़ोसी के घर में घुसे। पड़ोसी को स्ट्रेचर पर लिटा कर ले गए। जब तक मैं कुछ समझकर उनके घर तक पहुँची, गाड़ी निकल चुकी थी। मुझे घबराहट होने लगी। अरे! अचानक इन्हें क्या हो गया मैंने उनके घर के सामने खड़े उनके बेटे से पूछा तो वह उदास होकर बोला आंटी; पापा की तबीयत अचानक खराब हो गई इसीलिए मम्मी हॉस्पिटल लेकर गई हैं। मैं सकते में थी। बेटा-"अभी थोड़ी देर पहले तो अच्छे भले थे। पता नहीं अन्टी अचानक क्या हो गया" कह कर वह अपने घर के भीतर चला गया। मैं सोच में पड़ गई क्या हुआ होगा? अभी एक घंटे पहले तो इनके घर से हंसने-बोलने की आवाजें आ रही थीं। दोनों का व्यवहार भी अच्छा है। दोनों खुशमिजाज हैं हमेशा खुश रहते हैं। नौकरी भी अच्छी है। मुझे इस कॉलोनी में आए अभी एक माह ही हुआ है। जब समय मिलता है हम दोनों पड़ोसिनें दरवाजे पर खड़े होकर आपस में बात कर लेते हैं। अभी तक वो मेरे घर के अंदर नहीं आई और न ही मैं भी गई थी।

मैं दिन भर रह-रह कर पड़ोसिन की हालत के विषय में सोचती रही पता नहीं उसके पति की तबीयत अब कैसी होगी? वो कितना परेशान हो रही होगी। दूसरे दिन दरवाजे से ही पड़ोसिन पर नजर पड़ते ही मैंने आवाज देकर पूछा "अब कैसी है

भाई साहब की तबीयत? आप कब घर आ गई? पड़ोसिन ने गंभीर होकर जवाब दिया ''पहले से थोड़ा ठीक है।'' मैंने फिर पूछा ''क्या हो गया है उनको।'' वो अपने घर के अंदर जाते-जाते बोली अभी डॉक्टर ने कुछ नहीं बताया मैं अभी अस्पताल जा रही हूँ। आप थोड़ा बच्चों का ध्यान रखिएगा। मैंने उनके जाने के बाद बच्चों को खाना खाने के लिए बुलाया तो दोनों बोले-अन्टी बना लिया है खाना अभी का। मैं समझ गई कि यह शर्मा रहे हैं इसीलिए ऐसा कह रहे हैं। इतनी जल्दी में इनकी मम्मी कहाँ ठीक से खाना बना पाई होगी। अत: मैंने डिब्बा लगाकर उनके घर पर ही दे दिया। बच्चों ने बिना ना-नुकुर के खाना खा लिया। ये दोनों बच्चे हाई स्कूल में पढ़ते थे। लड़का दसवीं में और लड़की नवमी कक्षा में। दोपहर में अन्य पड़ोसिनें भी आ गईं और उनकी जानकारी लेने लगीं तो मैंने बताया कि घर पर बच्चे हैं। वो तो अभी सबेरे से ही फिर अस्पताल चली गई हैं। बच्चों के पेपर चल रहे हैं तो वो घर पर ही हैं। तभी एक पड़ोसिन बोली-अरे बेचारी क्या करे? परेशान है, हर एक दो महीने में ऐसा हो जाता है। इस महीने तो बाहर बड़े शहर में दिखाने का कह रही थी। आजकल तो इसका इलाज है। बिल्कुल ठीक हो जाएँगे। बस एक दो बार बाहर जाना पड़ेगा या हो सकता है यहीं पर वो पूरा इलाज शुरू करा दिया हो। पूर्वा और राहुल के पेपर नहीं होते तो शायद बाहर दिखाने चली जाती बेचारी। बहुत परेशान रहती है। जानने की उत्सुकता में मैंने बीच में ही बात काटते हुए पूछा-''ऐसी क्या बीमारी है उनको; जो हर हफ्ते प्रकट होती है''? तो पड़ोसन बोली-आपको नहीं पता उनको मिर्गी आती है। सुनकर मेरा माथा ठनका-अरे मिर्गी! अचानक मेरे जीवन में पाँच दशक पहले मेरे बचपन की घटनाएँ याद आ गईं। जेहन में चलचित्र जैसे चलने लगे।

मैं पहले आपको यहाँ से बहुत दूर उस स्थान और समय में लिए चलती हूँ...।

उत्तराखंड का वो छोटा सा भट्ट बामनों (ब्राह्मणों) का गाँव बडोली, जो जिला पिथौरागढ़ से लगभग ढाई किलोमीटर की दूरी पर सुदूर पहाड़ी पर बसा है। पिथौरागढ़ डिग्री कॉलेज का लाल मैदान पार करते हुए नीचे ढलान में एक नदी की ओर बढ़ते, फिर पगडंडी पर चलते हुए नदी पार करते हम सर्पाकार रास्ते पर आगे चलते हुए सीढ़ीनुमा खेतों की ऊँचाई पर चढ़ते हैं। फिर वही सीढ़ियाँ उतरते हुए दूसरी नदी पार करते हैं। ऐसे ही हर मोड़ पर जब नदी आती तो उतार और चढ़ाव का क्रम सर्पाकार खेत की मेड़ों से जाते हुए रास्ते से निकलते। यहीं रास्तों पर कहीं पेड़ पर लाल, पीली, नीली चिंदियाँ और घंटी बंधी दिखाई देती है जो मंदिर के देवी-देवताओं के प्रतीक के रूप हैं। वहाँ पहाड़ी लोग चिल्लर पैसे चढ़ा कर दंडवत प्रणाम कर ही आगे बढ़ते हैं।

अगली नदी पार करते ही पौण गाँव की सुंदर दो मंजिला तीन मंजिला इमारतों के बिल्कुल करीब से निकलते हैं। यह राजपूतों का गाँव है। लगभग पाँच सौ-छह सौ घर हैं। यह बड़ा गाँव है। इसी के बाजू में लगा हुआ एक छोटा गाँव लगभग

पचास घरों का है जिसमें हरिजन जाति के लोग निवास करते हैं।

इनके घरों में शायद ही कोई तीन मंजिला हो। अधिकांश दो मंजिला ही हैं। राजपूतों के पौण गाँव की पगडंडियों से गुजरते हुए ऋतु के अनुसार खेत कभी हरी तो कभी पीली चादर ओढ़े रहते हैं। कभी सरसों के फूलने और धान, गेहूँ की पकी बालियों की सोंधी खुशबू, तो कभी हरियाली के नयनाभिराम दृश्य रहते। पहाड़ी औरतें सिर में कपड़ा बांधे पीठ पर डोक्का लादे तो कहीं सिर पर गट्ठा रखकर ढोती दिखाई देती हैं। घास काटती, घास, पत्ते, गोबर ढोती काम में मग्न इन घसियारिनों के मधुर कंठों से निकले गीतों के बोल कानों में रस घोलते हैं।

दूर पहाड़ियों में चरने गये जानवरों, गाय, बकरियों, बैलों के गले की टन-टन बजती घंटियों की आवाजें भी सन्नाटे को खत्म कर एक ताल पर मधुर संगीत की धुन सुनाती लगती हैं। यहाँ गर्मियों (मई-जून) में भी ऋतुराज बसंत का ही राज होता है। ठंडी हवा के झोंकों के बीच आँख मिचौनी खेलती प्रकृति पल में बरखा, पल में धूप, यह पल-पल बदलता पहाड़ों का मौसम है।

पौण गाँव की खेतों की सीढ़ीनुमा पंक्ति खत्म होते ही नीचे फिर एक नदी है। उसे पार करते ही मेरे गाँव बडोली (लगभग 100-150 घर) के सीढ़ीनुमा खेतों की सीढ़ी वाली चढ़ाई पुनः प्रारंभ होती है। यह गाँव इस पहाड़ी श्रृंखला का अंतिम गाँव है जो लगभग पौण गाँव से दोगुनी ऊँचाई पर बसा है। इसी गाँव के सबसे ऊपरी भाग में मेरा घर है। घर के पीछे से ही जंगल शुरू होता है। रात को यदि कोई जानवर या इंसान गलती से अकेला बाहर रह जाए तो उसकी खैर मनाएँ यदि वह बाघ या चीते से बच जाए।

बडोली गाँव के बामन और पौण गाँव के खसिया (राजपूत) में यजमान पुरोहित का रिश्ता है। राजपूत बामनों को बहुत सम्मान देते हैं। हरिजन लोग खसियों (राजपूतों) और बामनों दोनों को दूर से पाँव लागे कहते, प्रणाम करते।

बडोली गाँव की पहाड़ी पर ही एक प्राथमिक शाला सुकौली है जिसमें ब्राह्मण और राजपूतों के बच्चे पढ़ते थे। इसके अलावा अन्य दो-तीन गाँव के बच्चे भी उसी स्कूल में पढ़ने आते थे। माध्यमिक और हाईस्कूल के लिए पिथौरागढ़ शहर तक पदयात्रा करनी पड़ती थी जो कि अन्य पहाड़ी गाँव के अपेक्षा शहर पिथौरागढ़ के सबसे करीब का गाँव माना जाता था।

प्राथमिक शाला सुकौली में लगभग पाँच शिक्षक थे। मैं उसी शाला में दूसरी कक्षा पढ़ती थी। मेरे कक्षा शिक्षक श्री मनमोहन सिंग मासाब थे जो कि पौण गाँव के रहने वाले थे। एक दिन कक्षा में मासाब ने प्रतिदिन की तरह कुछ पढ़ाया, समझाया और फिर एक-एक बच्चे को खड़ा करके पढ़ने को बोला। सब बारी-बारी से खड़े होकर पढ़ रहे थे। मेरी बारी आई तो मैं खड़े होकर जोर-जोर से पढ़ने लगी। तभी अचानक जोर की आवाज आई। मैंने किताब मुँह के सामने से हटाकर देखा तो मेरे रोंगटे खड़े हो गए; मासाब कुर्सी से नीचे गिरे थे। उनका एक हाथ कुर्सी में लटका

था और उन्हें जोर से झटके जैसे लग रहे थे। तभी उनका एक हाथ मेरे पैर पर आया और जोर से मेरा पैर पकड़ लिया। मेरे हाथ से किताब छूट गई; मैं डर के मारे थर-थर कांप रही थी...छोड़ो...बचाओ...बचाओ...मुझे छोड़ो...पैर छोड़ो...मैं बदहवास चिल्लाने लगी। सब बच्चे बस्ते छोड़कर भाग गए; स्कूल में भगदड़ मच गई; दूसरी कक्षा पूरी खाली हो गई। बच्चे चिल्लाते जा रहे थे बचाओ...आवाजें सुनकर बड़े मासाब और अन्य मासाब हमारी कक्षा की ओर दौड़े। तभी एक झटके के साथ मासाब ने मेरा पैर छोड़ दिया। डर के मारे रो-रोकर मेरा बुरा हाल था। जैसे ही पैर छूटा मैंने देखा- मासाब के मुँह से झाग निकल रहा था। वो मुझे घूर रहे थे। मैंने आव देखा ना ताव पूरी फुर्ती से दौड़ी; शरीर की पूरी ताकत जैसे पैरों में आ गई हो। मैंने हिरण की तरह छलांगें लगाकर दो किलोमीटर का रास्ता मिनटों में पार कर अपने घर में आकर ही दम लिया।

मैंने डर के मारे पीछे पलट कर भी नहीं देखा। उस दिन से कई दिनों तक मैं स्कूल जाने के नाम से ही बीमार पड़ जाती थी। मेरा चचेरा भाई प्रेम दादा भी मेरी कक्षा में ही पढ़ता था।

प्रेम दा ने बताया कि उस दिन जैसे ही मासाब को मिर्गी आई और तुझको पकड़ लिया तो हम अपनी जान बचाकर चिल्लाते हुए भागे कि बड़े मासाब तुझको बचा लेंगे पर हमारी हिम्मत पीछे मुड़कर देखने की भी नहीं थी। जब दूसरी पहाड़ी पर चढ़ गए और विश्वास हो गया कि अब मिर्गी मासाब हमें नहीं पकड़ पाएँगे तब हम लोगों ने पलटकर शाला की तरफ देखा था।

पाँचवी कक्षा की नीरू दीदी ने बताया कि अचानक दूसरी कक्षा से रोने, चिल्लाने और बचाओ-बचाओ की आवाजें आईं तो हमारे मासाब उधर देखने के लिए दौड़े। हम लोग भी झाँककर देखने लगे। सभी मासाब मनमोहन मासाब के इर्द-गिर्द खड़े थे। मनमोहन मासाब जमीन पर पड़े थे। जोर-जोर से कुछ रगड़ने जैसी आवाज आ रही थी; उनके मुँह से झाग आ रहा था। बड़े मासाब उनको जूता सुंघा रहे थे। फिर एक मासाब पानी का जग भर कर ले आए। तभी पाँचवी कक्षा के छात्र भी डर के मारे बस्ता लेकर भागने लगे। एक मासाब की नजर भागते हुए छात्रों पर पड़ी तो वह चिल्लाए "कोई नहीं भागेगा कक्षा में चुपचाप बैठकर पाठ उतारो जो अभी पढ़ाया है।"

हम सब बच्चे डरकर चुपचाप बैठ कर लिखने लगे। बहुत देर तक जूता सुंघाने, पानी के छींटे मारने के बाद मिर्गी के झटके कम हुए फिर एक जोरदार झटके के साथ मासाब बेहोश होकर चित्त हो गए। फिर सब शिक्षक अपनी कक्षाओं में आए। हमको हमारे मासाब ने समझाया कि "डरने की जरूरत नहीं है कोई स्कूल से नहीं जाएगा। अभी तुम लोगों की प्ले अवर (हाफ टाइम) है सब अपनी प्ले अवर मनाओ खाना खाओ। बड़े मासाब ने कहा है कोई भी छात्र-छात्रा मनमोहन मासाब के आसपास नहीं आएगा। फिर चौथी कक्षा के मासाब कुर्सी रखकर मनमोहन

मासाब के पास ही बैठे रहे। पहली कक्षा के मासाब, मनमोहन मासाब के गाँव पौण सूचना देने और लोगों को बुलाने गए।

शाला की छुट्टी के पहले पौण से चार आदमी आकर मासाब को खटिया पर लिटा कर ले गए थे।

मैं तो उस दिन से लगभग 15-20 दिन शाला नहीं गई परंतु बाकी बच्चे हफ्ते भर बाद जाने लगे थे।

मासाब को ठीक होने में बारह दिन लगे। तेरहवें दिन से वो स्कूल आने लगे। वे बहुत अच्छे से पढ़ाते और समझाते थे। पर बच्चों का मन पढ़ाई में नहीं लगता था; उन्हें मिर्गी वाले दिन के मासाब के हाव- भाव और घूरने की घटना की याद आती और वे भयभीत नेत्रों से मासाब को देखते रहते थे। इस प्रकार मिर्गी का दौरा लगभग एक-डेढ़ माह में आता रहता था और हमारी पढ़ाई बर्बाद होती रहती थी। बहुत समझाने-बुझाने के बाद मैं बीसवें दिन स्कूल गई तो सबसे पीछे बैठी।

हर वक्त सतर्क रहती कि जैसे ही मासाब को मिर्गी आएगी वो कुर्सी से गिरेंगे मैं सबसे तेज दौड़ लगाकर भाग जाऊँगी ताकि मुझे पकड़ ना पाएँ। मेरा सारा ध्यान मासाब की मिर्गी और मेरी दौड़ पर ही लगा रहता। कक्षा में क्या पढ़ाया मेरे ऊपर से निकल जाता। मैं उस वर्ष फेल हो गई। मनमोहन मासाब एक सरल, सभ्य, अल्पभाषी, बुद्धिमान पुरुष थे परंतु उनके इस रोग ने उन्हें कहीं का न छोड़ा था। न अपने कर्तव्य का पालन स्कूल में कर पाते थे न घर में बीवी- बच्चों के प्रति अपना कर्तव्य ठीक से कर पाते। जिन दिनों वे ठीक रहते उन दिनों भी अपने मिर्गी रोग होने की शर्मिंदगी के कारण किसी से ज्यादा बात भी न कर पाते थे। मेरा तो पूरा एक वर्ष हो गया इस मिर्गी के नाम लेकिन मेरे मनमोहन मासाब का तो पूरा जीवन ही नरक कर दिया था इस रोग ने। काश, उस समय भी इस रोग का इलाज होता तो न मैं दूसरी में फेल होती और न मनमोहन मासाब की असमय मौत होती।

नर्मदा में एक डुबकी

रह-रहकर करवट बदलती लछमा के चेहरे से असहनीय पीड़ा की अनुभूति हो रही थी। शरीर के पोर-पोर असहनीय दर्द और चेहरे पर अपमान व बेबसी झलक रही थी। अचानक आँखें खुलते ही लछमा आँखें फाड़-फाड़कर कमरे में इधर-उधर देखने लगी। फिर सचेत होकर-अरे रस्सी कहाँ है? वो पुलिस वाली कहाँ है?... नहीं मैं जेल में नहीं हूँ।...और जोर-जोर से सांस लेते हुए बिस्तर पर उठकर बैठ जाती है। पसीना पोंछकर...फिर दस वर्ष पूर्व का वो मनहूस दिन याद आता है जब लछमा के पति देश के लिए लड़ते-लड़ते शहीद हो गए थे। फौजी जीवन ही बलि के बकरे की तरह होता है। उस समय बच्चों की उम्र पंद्रह से अठारह वर्ष ही थी।

जैसे-तैसे जिंदगी की ककरीली, पथरीली, कांटो भरी राहों में चलकर लछमा ने अपने चारों बच्चों को पाला-पोसा था। समय से लछमा ने एक-एक करके अच्छे घर-वर देखकर अपने बच्चों की शादी कर दी। बड़ा बेटा रमेश स्वभाव से सीधा-सादा था। उसकी पत्नी रानी भी एक सुघड़ गृहिणी थी। मंझले बेटे दिनेश की पत्नी निर्मला को आए अभी छः माह भी नहीं हुए थे। निर्मला स्वभाव से बहुत तेज थी। वह घर में जेठ-जेठानी, सास सब पर हुकुम चलाने लगी। घर गृहस्थी के सारे कार्य रानी करती पर श्रेय निर्मला ले लेती। उसके सामने किसी की न चलती थी। रानी जेठ से कहती-"जेठजी यह लिस्ट है यह सब सामान ला देना।" चूंकि दिनेश बाहर था इसीलिए रमेश निर्मला द्वारा बताया गया काम सबसे पहले अपने दूसरे कार्य छोड़कर कर देता ताकि नई बहू खुश रहे।

निर्मला उसे अपना अधिकार समझती और अपने व्यक्तिगत सजने-संवरने का सामान भी खूब मंगवाती। एक दिन रानी ने पति से कहा-"क्यों जी? आप इतने वर्षों में दो बच्चों के पिता बन गए फिर भी मेरे कहने पर तो ऐसे कभी सामान नहीं लाए। बहू के लिए तो एक पैर पर खड़े रहते हो सब काम छोड़ कर उसका सामान लाते हो।"

रमेश-क्या करूँ! भाई घर पर नहीं है मैं नहीं लाऊँगा तो कौन लाएगा? माँ ने दो चिट्ठी लिखवा दी हैं दिनेश को कि बहू को साथ में ले जा, साथ में रख। पर

मिलिट्री में सब हमारे अनुसार थोड़े ही होता है। उसे क्वार्टर नहीं मिल रहा है। एक साल बाद जब दूसरी जगह ट्रांसफर होगा तब क्वार्टर मिलेगा, तब तक तो बहू को यहीं रखना है। इसीलिए सोचता हूँ कि उसका मन लगा रहे जैसे रहती है, रहने दो।

रानी को बुरा तो लगा पर कुछ बोल नहीं पाई। बस सोचने लगी यह महारानी तो अभी छः महीने में ही मेरे नाक में दम करके बैठी है; एक साल कैसे निकलेगा? पता नहीं क्या समझती है, अपने आपको। ये तो भाई के कारण सब करते हैं। वो तो हम सबको नौकर जैसे समझती है। ऐसे आर्डर देती है जैसे मैं और माँ जी उसकी नौकरानियाँ हैं, ये नौकर हैं। घर की सब चीजें, माँ जी के सारे जेवर सब उसके हैं। घर में और सब बेकार हैं। कुछ भी नहीं जानते, अनपढ़ हैं, बस वही पढ़ी-लिखी है। रानी अपने आपको बहुत समझाती पर फिर भी उसे निर्मला की बहुत सी बातें चुभ जाती थीं। इसके कारण रानी और रमेश के बीच मनमुटाव हो जाता। रमेश अपनी पत्नी को मनाने और समझाने के बदले अब जली-कटी भी सुना देता और खामियाँ निकाल देता साथ ही निर्मला की तारीफ कर देता यह सब रानी को असहनीय हो जाता था। निर्मला जेठ के सामने बिल्कुल सीधी बन कर उसका काम करती। उसके आते ही चाय-पानी और खाना लगा देती; भले ही खाना रानी ने बनाया हो।

ये छोटी-छोटी बातें देखने में जितनी छोटी लगती थीं, रानी के दिल में उतनी ही बड़ी चोट कर रही थीं। वह पति के प्यार के लिए तरस जाती कि रमेश उससे दो शब्द प्यार से बोले, उसे समझाए; उसकी तारीफ करे; पर ऐसा न हो पाता। लछमा बेटे को समझाती थी; रानी को समझाती; पर निर्मला से कुछ कहने की हिम्मत तक नहीं कर पाती क्योंकि निर्मला सास को एक बात की दस सुना देती। इसलिए लछमा रानी से कहती-बेटा एक साल की बात है बस सहन कर लेते हैं। एक बार दिनेश को क्वार्टर मिल जाए।

एक दिन दोपहर को लछमा खेत में गई थी। रमेश भी खेत में ही था। खेत में ट्रैक्टर से बुवाई हो रही थी।

दोनों बहुएँ घर पर थीं। दोपहर का खाना बनाना था। सबेरे का नाश्ता रानी ने बनाया था। वैसे तो दोपहर का भी अधिकांश खाना रानी ही बनाती थी परंतु आज उसका पेट दर्द कर रहा था। उसे लगा शायद महीना (माहवारी) आने वाला है। उसने निर्मला से कहा-''निर्मला तुम खाना बना लो मेरा पेट दुख रहा है।'' निर्मला पलट कर बोली-''अरे दीदी मैं साड़ी में फाल लगा रही हूँ। मुझे कल पहनना है साड़ी। खाना आप ही बना लो। मेरे लिए पालक की भाजी भी बना लेना। मेरे चेहरे पर दाने से हो रहे हैं, पार्लर वाली ने कहा है रोज एक कटोरा पालक की भाजी खाना। आप चिंता मत करो मैं जेठ जी को खाना परोस दूँगी।''

रानी ठगी सी रह गई! मेरा पति और खाना यह परोसेगी, काम कुछ करेगी नहीं, महारानी। मेरे पति तो हैं बेवकूफ-उसी की तारीफ करेंगे। रानी को अपना जीवन बेकार लगा। मेरे पति मेरी ही बात नहीं सुनते-मेरा जीवन बेकार है।

ये तो मेरी शौतन बन गई। मुझे नौकरानी समझती है। काम तो मैं सब कर लूँ-पर ये कौन होती है? मुझे ऑर्डर देने वाली और मेरे पति को खाना परोसने वाली, इसे शर्म नहीं आती-देवरानी है कि शौंत-इसने मेरा जीना हराम कर दिया-और ऊपर से वो भी सदा मुझे कसूरवार ठहराते हैं। रानी गुस्से से तिलमिला उठी।

रानी दरवाजा बंद कर अपने कमरे में चली गई। तभी उसका साढ़े तीन वर्षीय बेटा आ गया। "मम्मी मुझे भी अंदर आना है खोलो ना दरवाजा।"

रानी ने गुस्से में जवाब दिया बेटा तू जा; बाहर खेल। फिर आव देखा न ताव गुस्से से तिलमिलाकर रानी ने गले में फंदा डाल लिया।

निर्मला थोड़ी देर में पानी पीने के बहाने रसोई में देखने आई। उसने देखा रसोई में कोई नहीं था, न खाना बनाने की कोई तैयारी थी। ये क्या, दीदी ने अभी तक कुछ भी नहीं किया ऐसा कहते हुए वो रानी के कमरे की ओर गई तो दरवाजा बंद था। दरवाजा थपथपाकर-दीदी दरवाजा खोलो। अंदर से कोई आवाज नहीं आई तो निर्मला ने खिड़की से झाँककर देखा अंदर रानी गले में रस्सी डाले लटक रही थी। निर्मला चिल्लाई-खेत से दौड़ते हुए रमेश और लछमा भागे-भागे आए। रमेश ने दरवाजा तोड़ा, रानी को पकड़कर रस्सी काटी तब तक रानी के प्राण पखेरू उड़ चुके थे।

लछमा का भरा पूरा घर दूसरी बार फिर उजड़ गया। लछमा सिर पटक-पटक कर रोने लगी। "हे विधाता-तूने यह क्या अनर्थ कर दिया? मेरा घर फिर उजाड़ दिया? हे भगवान! रानी, तूने यह क्या कर दिया। बेटा-बच्चों का मुँह नहीं देखा। आखिर एक घंटे में हुआ क्या? घर में किसी को समझ नहीं आ रहा था।

जैसे-तैसे परिवार में सब ठीक हुआ था उस पर ये वज्रपात हो गया। लछमा की हिम्मत जवाब दे गई। उसने बिस्तर पकड़ लिया। दो छोटे-छोटे नादान बच्चों को छोड़ रानी परलोक जा चुकी थी। उसकी चिता की आग ठंडी भी न हुई थी कि निर्मला ने पुलिस में बयान दिए-मेरी सास और जेठजी दीदी की मौत के जिम्मेदार हैं। मेरी सास दीदी से बहुत लड़ती थी इसीलिए दीदी ने आत्महत्या की है। मैं भी बहुत भयभीत हूँ। मैं अब उस घर में नहीं रह सकती। पुलिस ने इस बयान को चश्मदीद का बयान बनाकर आगे की कार्यवाही प्रारंभ की। निर्मला के बयान की जानकारी घर में किसी को नहीं थी। उसने मायके जाकर बयान दिया था। फिर उसने भाई से कहा-"मुझे अस्पताल में भर्ती करा दो, कह देना कि निर्मला दहशत में है; उसकी तबीयत बहुत खराब हो गई है। मिलिट्री अस्पताल में बार-बार कोई पूछताछ के लिए भी नहीं आ पाएँगे।"

लछमा पछाड़ खा-खाकर बिस्तर पकड़ चुकी थी। रो-रोकर आँखें पथरा गई थीं। तिनका-तिनका जोड़कर जिस नीड़ को बनाया वह पल में टूट गया था, बिखर गया था। रमेश परिजनों के साथ रानी की अस्थियाँ लेने श्मशान गया था। लछमा बिस्तर पर पड़ी रो रही थी। तभी पुलिस की गाड़ी आई और महिला पुलिस गाड़ी से

उतरकर सीधे लछमा के हाथों में हथकड़ी डाल कर ले गई। किसी को कुछ भी समझ में नहीं आया। दोनों बच्चे लछमा के पोते-पोती रो-रोकर दादी को छुड़ाने की कोशिश कर रहे थे। पर पुलिस ने एक पल भी देरी किए बिना लछमा को गाड़ी में बिठा लिया।

लछमा भयभीत हो महिला पुलिस को देखकर गिड़गिड़ा रही थी-छोड़ो; मुझे क्यों पकड़ रही हो? मैंने क्या किया है? आँखों से गंगा-जमुना बह रही थी। ऐसा लगता था कि कब धरती फट जाए और वह उसमें समा जाए। वह रोते हुए बोली क्या इसी दिन के लिए मैंने बच्चों का विवाह किया था। पुलिस वाली ने लछमा को गाड़ी में बैठाकर उसके घर पर खड़े लोगों से कहा ''इसके लड़के से कहना थाने आ जाए जमानत कराने।'' तभी रानी के पिता ऑटो से उतरे और लछमा को पुलिस की गाड़ी में बैठे देख झटपट गाड़ी के पास आकर पुलिस वाली से बोले-''कहाँ ले जा रहे हो इनको आप लोग?'' पुलिस वाली बोली थाने ले जा रहे हैं और कल दमोह से जबलपुर जेल भेज दी जाएगी। आप कौन हैं इसके?'' ''मैं उस बदकिस्मत इकलौती बेटी का पिता हूँ, इनकी बहू का पिता।'' अरे, फिर तो आपको खुश होना चाहिए पुलिस इसे जेल भेज रही है। रानी के पिता- किस खुशी की बात कर रही हो एक तो मेरी बेटी चली गई, बच्चों के सिर से माँ का साया चला गया ऊपर से आप बच्चों की दादी को भी ले जा रही हो! क्या आपने सोचा है कि मेरा नाती साढ़े तीन साल का और नातिन डेढ़ साल की है। उन बच्चों को कौन पालेगा?

आपको बच्चों की बहुत पड़ी है, अपनी बेटी की हत्यारिन को सजा नहीं दिलाएँगे। रानी के पिता झुंझलाकर बोले-किसने कहा यह हत्यारिन है? पुलिस वाली ने कहा-हमारे पास समय नहीं है जो कहना है अदालत में कहना। चलो गाड़ी चलाओ।

रानी के पिता हतप्रभ रह गए यह क्या हो रहा है! एक तो मेरी बेटी चली गई और यह पुलिस इनको क्यों ले जा रही है। दूसरे दिन निर्मला के बयान के बारे में पूरी जानकारी मिलते ही रानी के पिता निर्मला के पास अस्पताल जाकर पूछते हैं ''तुमने ऐसा बयान क्यों दिया? निर्मला बोली जो सही था मैंने वो कहा है।'' रानी के पिता बोले ''आज सात वर्ष हो गए शादी को; रानी ने हमें तो कभी नहीं बताया कि सास खराब है, फिर तुम ऐसा क्यों कह रही हो? अंतिम समय तुम ही उसके साथ थी और तुमने ही मेरी बेटी को मारा है।''

आज लछमा के केस का फैसला होना था। रानी के पिता ने अपने बयान दिए थे ''मेरी बेटी की शादी को सात वर्ष हो चुके हैं। आज तक उसने अपनी सास के विषय में कोई शिकायत नहीं की थी। रानी मेरी इकलौती बेटी थी उसे कभी भी ससुराल में कोई कष्ट नहीं हुआ। मैं मेरी बेटी की मौत के लिए समधिन (उसकी सास) को जिम्मेदार नहीं मानता हूँ। उन्हें बरी किया जाए यह मेरी कोर्ट से विनती है...।

उनके बयान के बाद एवं अन्य सबूतों के फलस्वरूप कोर्ट ने आज लछमा को निर्दोष घोषित कर बरी कर दिया। लछमा ने जेल के बाहर कदम रखा। बिखरे बाल, मैली गंदी धोती, दयनीय हालत, धंसे हुए गाल, बेकसूर लछमा कठोर अमानवीय यातनाओं और जिल्लत भरी जिंदगी जैसे नर्क में रहकर आज एक वर्ष बाद बाहर आई है। जिसने कभी किसी अन्य के हाथ का बना अन्न ग्रहण नहीं किया चाहे चार दिन भूखे रहना पड़े। वो जेल में दस हाथों का छुआ, दस जातियों का छुआ अन्न खाकर आई है। वह रोते हुए बोली ऐसा लगता है जैसे मेरे शरीर पर खाज हो रही है। अपने शरीर से घिन छूट रही है किस पाप का नरक भोगा मैंने? मैं मर क्यों नहीं गई? मुझे यह दिन देखना लिखा था। इसी दिन के लिए मैं जिंदा रही, ये तो चले गए। अब तो जब नर्मदा में एक डुबकी लगाऊंगी तभी जेल का नरक, पाप धुलेगा ...अब सबसे पहले रमेश से कहूँगी मुझे ग्वारीघाट ले चल मैं पहले डुबकी लगाऊंगी। अचानक तंद्रा टूटी। रमेश सामने खड़ा घूर रहा था।

''चल जल्दी अभी दोपहर की गाड़ी से निकलना है।'' लछमा-''हाँ चलती हूँ, बेटा बच्चे कैसे हैं?'' हाँ ''सब ठीक हैं जल्दी चल।'' रमेश लापरवाही से बोला। लछमा बेटे का रुख देख सहम सी जाती है फिर भी हिम्मत करके बोली- ''बेटा ग्वारीघाट ले चल मुझे बहुत घिन हो रही है एक डुबकी लगाना है।'' रमेश की बहन ने भी भाई से कहा भाई माँ की हालत खराब है और उन्हें नर्मदा में नहाना है। एक दिन रुक जा, मैं उनकी इच्छा पूरी कर दूँ। पर रमेश तो किसी और मिट्टी का बना था। माँ से वह बोला-''इतना समय नहीं है सीधे बस में बैठकर घर चल, इतने महीने से पेंशन निकालना है। पहले तुम्हें लेकर बैंक जाऊंगा पूरे एक साल की पेंशन निकालना है। एक-एक पैसे की किल्लत हो रही है, सबका पैसा चुकाना है। लछमा ने कई बार दोहराया पर रमेश ने एक न सुनी। आखिर लछमा की इच्छा अधूरी ही रह गई नर्मदा में एक डुबकी लगाने की...।

पक्क्यात

सूरज के पिता की मृत्यु को अभी एक वर्ष भी न गुजरा था। घर में एक छोटा भाई, माँ और एक सोलह वर्षीय छोटी बहिन सुनीता थी। सूरज की उम्र अभी बाईस वर्ष की थी। पिता के रहते ही सूरज ने पढ़ाई छोड़ दी थी। बहुत कोशिश की पिता ने उसे पढ़ाने की पर उसका मन पढ़ने में न लगता था। अतः नवमी भी नहीं कर पाया तो पिता ने उसे थक-हार कर पुलिस में भर्ती करा दिया। उसे नौकरी करते हुए 4 वर्ष बीत गए थे। अब घर का मुखिया सूरज बन गया था। उसकी मित्र-मंडली ने उसे सलाह दी कि पहले अपनी बहिन की शादी कर उसे निपटाए। सूरज ने बहिन के लिए रिश्ते ढूँढ़ने शुरू कर दिए। उसकी बहिन दसवीं पास कर ग्यारहवीं में आ गई थी। सूरज का विचार था कि जब मैं नवमी तक पढ़ा हूँ तो बहिन को भी उतना ही पढ़ाना था। उसकी शादी कर देनी थी। पिताजी ने पता नहीं क्या सोच कर उसे आगे पढ़ाया। आखिर लड़कियों को तो चूल्हा-चौका और रसोई ही संभालना है। सूरज ने सभी मित्रों और परिचितों से कहा मुझे लड़का बताओ मैं इसी वर्ष बहिन की शादी निपटाना चाहता हूँ ताकि अगले साल तक मेरी शादी हो सके। सुनीता की बोर्ड परीक्षाएँ (हायर सेकेंडरी) चल रही थीं। वह अपना पूरा ध्यान पढ़ाई पर देना चाहती थी परंतु घर का वातावरण ऐसा था कि सूरज जब तक घर पर रहता सुनीता किताब नहीं पकड़ सकती थी। सूरज गालियाँ देता-महारानी को कोई काम नहीं किताब पकड़ कर बैठ गई। चुपचाप चलकर रसोई का काम कर, घर की सफ़ाई कर, हरामखोर...और जाने क्या-क्या गंदी-गंदी गालियाँ बकता था।...माँ कुछ कहती तो उसको खाने दौड़ता, सुनीता का जवाब तो आग में घी का काम कर जाता था। फिर तो सीधे हाथ पैर ही चलते थे।

सुनीता को एक तरफ पिता के जाने का दुःख दूसरी तरफ भाई का दुर्व्यवहार और बोर्ड की परीक्षाओं की तैयारी एक साथ करना बहुत ही दुश्कर हो रहा था। कभी सोचती क्यों पढ़ूँ? क्या होगा पढ़कर। इस घर से किसी भी तरह निकल जाऊँ तो मुक्ति मिले। फिर तो भाई का मुँह भी न देखूँगी।...फिर दूसरे ही पल ख्याल आता...नहीं मैं पढ़ूँगी। मुझे पढ़ना है। सुनीता कभी दुविधा में पड़ जाती थी, सूरज

क्या चाहता है? समझ ही नहीं आता! बस इतना समझ पाई थी कि सूरज उसे पढ़ते नहीं देख सकता।

सूरज को किसी ने लड़का बताया। लगभग 30 वर्ष उम्र थी। माता-पिता नहीं थे। पिता की मृत्यु होते ही उसे अनुकंपा नियुक्ति मिली थी। चार छोटे भाई-बहिन और एक बहिन बड़ी थी जिसकी शादी हो चुकी थी। सूरज ने खुशी-खुशी खबर भेजी कि घर आकर देखें, तो लड़के के जीजा लड़के को लेकर सूरज के घर आने वाले थे। सुनीता को कोई जानकारी नहीं थी। माँ को भी सूरज ने पहले से जानकारी नहीं दी थी न ही कोई सलाह-मशविरा किया। सुनीता अभी सत्रह वर्ष में लगी थी। सूरज ने गुपचुप सब तैयारी नाश्ता वगैरह और टीका का सामान ला कर रख लिया था। वह आज इस रिश्ते को पक्का करना चाहता था। सुनीता इस बात से बेखबर थी; वह सूरज के कहने पर आगंतुक के लिए दरवाजा खोलने गई। सामने एक सज्जन को देख प्रणाम कर बोली-किससे मिलना है? वह ठगा सा सुनीता की सुंदरता को निहारने लगा। तभी पीछे से अन्य सज्जन ने आगे आते हुए कहा-क्या आप ही सूरज जी की बहिन हैं? उनका घर यही है?

नमस्कार-नमस्कार। आइए यही मेरा घर है, ये छोटी बहिन है जिसकी बात की थी। सूरज-आदरपूर्वक मेहमानों को बैठने को कहता है। सुनीता अंदर जाते हुए महसूस करती है कि वो सज्जन उसे लगातार निहारे जा रहे हैं। सूरज का इतना अच्छा व्यवहार और अपना परिचय इतने अच्छे से दिए जाने पर सुनीता को कुछ खटका। वह सोचने लगी आखिर ये लोग कौन हैं और क्यों आए हैं। तभी सूरज की आवाज आई-सुनीता पानी लाओ-चाय नाश्ता लाओ। अब सुनीता का शक यकीन में बदल गया। जरूर दाल में कुछ काला है वह आदमी जो मोटा-सा कोट-पेंट पहने है वो तो मुझे लगातार देखे जा रहा था। सुनीता माँ के पास जाकर-मम्मी ये कौन हैं आपको पता है? हाँ बेटा, मुझे भी अभी बताया है। सूरज ने इन्हें बात पक्की करने बुलाया है ताकि वो तुझे देख लें। लड़का और उसके जीजा आएँगे बोल रहा था। लड़का मास्टर है। सुनीता माँ पर चिल्लाने लगी-मम्मी जब आपको पता है कि पापा कहते थे सुनीता की पूरी पढ़ाई कराकर ही शादी करूँगा तो फिर भैया बार-बार क्यों बुलाते हैं लड़के वालों को? आप भैया को मना क्यों नहीं करतीं?

माँ-(सुनीता को समझाते हुए) बेटा सूरज मेरी कुछ सुनता नहीं उल्टा मुझे ही भला-बुरा कहता है। फिर मुझसे तेरे लिए उसका दुर्व्यवहार गाली-गलौज देना देखा भी नहीं जाता। यहाँ कौन सा तुझे सुख मिल रहे हैं। इससे अच्छा तो अगर लड़का ठीक होगा तो वो तुझे पढ़ा भी लेगा और तू इस नरक से भी छुटकारा पा जाएगी। बेटा लड़का ठीक हो तो तू हाँ कर देना। अब तेरे पिता नहीं हैं। मेरी तो यह सुनता ही नहीं क्या हर्ज है। तू ससुराल जा कर पढ़ लेना। सुनीता चुप रही उसे मम्मी का समझाना भी ठीक नहीं लगा। बाहर चाय-नाश्ता रख आई। फिर अपनी सहेली नीता को बुलाकर सब उसे बताया। लड़का उससे लगभग 12-13 वर्ष बड़ा था। शरीर से

वह हृष्ट-पुष्ट लग रहा था। दोनों का कहीं मेल नहीं। सुनीता ने सहेली के पूछने पर उसे सब बताया और बोली भैया आज टीका और सगाई करने वाले हैं। मेरा तो जीवन बर्बाद हो जाएगा अब मैं क्या करूँ? नीता यदि मैं मना करती हूँ तो भैया मुझे कच्चा चबा जाएगा। एक तरफ कुआँ दूसरी तरफ खाई। जाऊँ तो जाऊँ कहाँ? नीता सुनीता की पक्की सहेली तो थी ही, उम्र में सुनीता से बड़ी और बहुत समझदार थी। उसने कहा मैंने एक तरीका सोच लिया है ऐसे में न भैया को शक होगा न ही पता चलेगा और अपना काम भी हो जाएगा। नीता ने सुनीता को सब समझा दिया।

थोड़ी देर बाद नीता मेहमानों के सामने जाकर अभिवादन करके बैठ गई। सुनीता की माँ ने मेहमानों से उसका परिचय कराया तो वह सबसे बात करने लगी। उसने लड़की के जीजा जी से कहा-'जीजाजी आपकी इजाजत हो तो हम अपने होने वाले जीजाजी से थोड़ी बात कर लें और बाहर बगीचा भी घुमा लाएँ? जीजाजी तुरंत मान गए।' बोले-'ले जाइए आप लोग राजू को बगीचा घुमा लाएँ, अपनी सहेली को बुला लें। हम लोग सगाई की तैयारी कर लेते हैं। क्यों सूरज जी ठीक है ना।' सूरज-'खुशी से, जी ठीक है जैसा आप कहें लड़के की इच्छा है तो जरूर बात कर लें।' नीता सुनीता को लेकर बगीचे में आ गई वहीं लड़का (राजू) भी आ गया। राजू तो जैसे सुनीता पर लट्टू हो गया था। सुनीता की हिरणी जैसी आँखें, कमर तक लटकती दो चोटियाँ, सुंदर मुखड़ा, नाजुक तन जो देखता, देखता ही रह जाता था। नीता ने बातचीत शुरू की। वह बोली-आपके घर में कौन-कौन हैं? राजू बोला जी मेरे घर में मेरे छोटे चार भाई-बहन हैं। माँ की मृत्यु पहले ही हो गई थी। दो वर्ष पूर्व पिता भी चल बसे। 'तो आपको जल्दी ही शादी करनी होगी। घर चलाने के लिए घरवाली तो जरूरी है'? वह बोला-सुनीता की ओर देखकर 'आपकी सहेली मुझे बहुत पसंद है। जब जैसा वो कहेंगी वैसा ही कर लेंगे।'

नीता ने सुनीता को इशारा किया बोलने के लिए-सुनीता समझ गई। वह बोली-क्षमा करें मैं आपसे एक प्रार्थना करना चाहती हूँ। बात यह है कि मैं अभी आगे पढ़ना चाहती हूँ। मेरे पापा मुझे पढ़ाना चाहते थे। पर वह अब नहीं है। इसीलिए भैया मेरी जल्दी शादी करना चाहते हैं। मैं अभी शादी नहीं करना चाहती। आप बुरा न मानें, आपको जैसी लड़की चाहिए मैं वैसी नहीं हूँ। मैंने कभी घर के काम नंहीं किए; केवल पढ़ाई की है। उसी में मेरा मन है। मैं पापा की इच्छा-अनुसार पूरी पढ़ाई करना चाहती हूँ। मैं भैया से कह चुकी हूँ पर वो नहीं मानते। आप किसी भी तरह इस शादी के लिए मना कर दें, पर मेरे भैया को यह पता न चले कि मैंने आपसे यह कहा है क्योंकि घर में तो सगाई की तैयारी हो रही है। शायद आप लोग भी तैयारी से ही आए हैं। आप प्लीज मुझे माफ करें और मेरी मदद करें। मैं शादी नहीं करना चाहती। रुआँसी होकर हाथ जोड़ सुनीता बोली। सुनीता की बातें सुनते-सुनते राजू का चेहरा उतर गया। शायद उसे भी ठेस लगी इतनी सुंदर लड़की मिलते-मिलते रह गई। फिर भी वह सुनीता को ढांढस बंधाते हुए बोला- 'आप बेफिक्र रहें मैं आपके

ऊपर आँच भी नहीं आने दूँगा। आपके भैया को कभी पता न चल पाएगा। मैं जल्दी जाकर जीजा जी से बात करता हूँ।

वह दु:खी हो तेज कदमों से लौटा और घर के बाहर से ही हाथ के इशारों से अपने जीजा को बुलाया। राजू ने जीजा को सुनीता द्वारा कही हुई पूरी बात बता दी। कुछ पलों को वो भी सोच में पड़ गए। फिर सोचकर बोले लड़की सही कह रही है। अब तुम बताओ क्या करें। राजू बोला–'जीजाजी वह इतनी प्यारी और सीधी है कि मेरे ऊपर जिम्मेदारी न होती तो मैं उससे शादी करने को जिंदगी भर इंतजार कर लेता। जीजाजी मैंने जब उसे आश्वासन दिया तो वह खुश होकर मुस्कुराई। मैंने पहली बार उसे मुस्कुराते देखा। उसे खुश देखकर मुझे बहुत अच्छा लगा। मैं उसकी खुशी लौटाना चाहता हूँ शायद वह मेरी किस्मत में नहीं होगी।'

जीजाजी ने राजू की पीठ थपथपाते हुए आश्वासन दिया। शाबाश राजू अब हमें ऐसा करना है कि उसके भाई को शक भी न हो और उसकी इच्छा भी पूरी हो जाए। वैसे एक बात कहूँ राजू यह जो होगा, अच्छा होगा। तेरी और लड़की की उम्र में भी बहुत अंतर है। बच्ची तो बहुत प्यारी है। भगवान करे वह अपने पिता की इच्छा पूरी कर पाए। देखना तुझे भी अच्छी ही लड़की मिलेगी तेरी उम्र की...। फिर कुछ सोचकर–राजू मैं कुछ बहाना बनाता हूँ और फिर जल्दी ही निकल चलते हैं। ज्यादा देर नहीं रुकेंगे। दोनों वापस लौटे तो सूरज ने आदर से पूछा–'अच्छा मेरी बहन तो पसंद है न आपको, तो पहले आप लोग जो नेग करना चाहते हैं कर लें, फिर हमारी तरफ से होगा। राजू के जीजा बोले 'हाँ पहले मैं भी यही सोच रहा था पर अब सोच रहा हूँ इतनी जल्दी भी क्या है। पहले हम लोग घर जाकर इसकी दीदी को बताते हैं फिर उनको भी लेकर आएँगे; नहीं तो वह नाराज हो जाएँगी कि मेरे बिना ओली कैसे डाल आए?'

अब हम सब साथ में तभी खाना भी खाएँगे। अभी आप हमें जाने की इजाजत दें। मैं पत्र से सूचित करूँगा कब आना है। कहकर राजू से बोले–राजू चलें अब अपनी दीदी को लेकर ही आना। राजू तो तैयार ही था सबको अभिवादन करके जाने लगा पर किसी को खोजती निगाहें बगीचे की तरफ गईं। जहाँ पेड़ के नीचे खड़ी सुनीता खुशी से हाथ हिलाकर छुपकर अभिवादन कर रही थी। उसने भी हाथ हिलाया। जीजा जी की नजर भी पड़ गई तो उन्होंने भी सामान्य होकर सुनीता का अभिवादन स्वीकार कर हाथ जोड़ दिए और फिर हाथ हिलाकर विदा ली। सूरज को किसी भी प्रकार की भनक नहीं लग पाई। वह सोच रहा था लड़के की बहन को लेकर ही यह लोग सगाई करना चाहते हैं। ठीक है अगले हफ्ते तो हो ही जाएगी। सब देखकर तो लड़का खुश है। अब बस शादी की तैयारी करना है। बस सब झटपट हो तब मैं अपनी शादी करूँगा।

तेहरवां दिन ही राजू के जीजा का पत्र आ गया। अभिवादन के बाद लिखा था–

मित्रवर, शादी ब्याह का मामला दो जिंदगियों को मिलाता है। इसमें हमें दोनों के परिवारों के जीवन स्तर का ध्यान रखना आवश्यक है। आपकी बहन बहुत ही सुंदर, सुशिक्षित है वो जिस घर जाएगी स्वर्ग बनाएगी। पर शायद हमारे राजू की किस्मत में वो नहीं है। वो शहर में पली-बढ़ी है। राजू ठेठ देहाती, फिर हमें केवल आठवीं तक पढ़ी हुई लड़की चाहिए जो घर का चूल्हा-चौका संभाले। आपकी बहन में मुझे एक प्रतिभावान छात्रा नजर आती है। ऐसे बच्चों को मौका मिले तो ये बहुत आगे जाते हैं। क्षमा करें, मैंने आपका समय लिया आपकी बहन के उज्जवल भविष्य की कामना करते हैं। आपकी माता जी को चरण स्पर्श। आपका मित्र चंद्रभान पांडेय।

पत्र पढ़कर सूरज बड़बड़ाया-साला बेवकूफ है। अच्छी लड़की मिल रही फिर भी भाव बढ़ रहे हैं। साला बहाने बनाता है। लड़कों की कमी है क्या? मैं दूसरी जगह बात करूँगा। नीता और सुनीता की योजना काम कर गई। इस बार सुनीता की शादी होने से बच गई। दोनों की जान में जान आई। सूरज को यदि भनक भी पड़ जाती तो वह राजू के घर जाकर जबरदस्ती रिश्ता कर आता और सुनीता को मारता सो अलग, पर इस बार सुनीता की किस्मत अच्छी थी।

इसी प्रकार लड़के देखने दिखाने में बोर्ड की परीक्षा पूरी निकल गई। सुनीता की पढ़ाई में बहुत मुश्किलें आ रही थीं परंतु परिणाम आया तो सुनीता प्रथम श्रेणी में उत्तीर्ण हुई। वह अपना परिणाम मेरिट में ढूँढती रही क्योंकि उसने मेरिट में आने की तैयारी की थी परंतु सूरज की प्रताड़ना के चलते वह उस स्थान तक नहीं पहुँच सकी। उसे प्रथम श्रेणी में ही संतोष करना पड़ा। हायर सेकेंडरी परिणाम की घोषणा होते ही सुनीता के लिए जैसे आपातकाल घोषित हो गया हो। सूरज ने स्पष्ट कह दिया कि अब पढ़ाई की कोई जरूरत नहीं है। घर का काम करो। घर का चूल्हा चौका ही करना है। कलेक्टर नहीं बनना। नहीं तो चूल्हा-चौका भी हाथ से चला जाएगा। जब हम कॉलेज नहीं गए तो इसे जाने की क्या जरूरत? वैसे भी इस साल तो किसी भी हाल में शादी होकर रहेगी।

सुनीता अपने भविष्य के विषय में हमेशा आशंकित रहने लगी। अब फिर एक लड़के वालों को बुला लिया। इस बार सूरज ने माँ से कहा किसी ने लड़के वालों को सुनीता के विषय में बताया है इसीलिए वो आ रहे हैं। इस बार लड़का अपनी बहिन के साथ आया था। सूरज ने स्वागत किया फिर बातचीत शुरू हुई। लड़की की बहिन ने कहा सूरज जी आप अपनी माँ को बुलाइए मैं उनसे पहले बात करना चाहती हूँ। सूरज ने माँ को बुलाया। लड़के की बहिन ने कहा माँ जी मेरे माता-पिता नहीं हैं। मैं सबसे बड़ी हूँ। मुझसे छोटा एक भाई एक बहन हैं। मैंने ही इनको पाला है। मैं नौकरी करती हूँ। बहिन की शादी मैंने रिश्तेदारी में ही कर दी है। अब यही इकलौता भाई है। यह बैंक में नौकरी करता है, एम.काम. किया है। आपकी बेटी की बहुत तारीफ सुनी थी। मेरा भाई भी लाखों में एक है। मैं झूठ नहीं बोलना चाहती। मैंने अपने सहकर्मी से लव-मैरिज की है। दो बच्चे भी हैं। मेरे पति हमारी जाति-

बिरादरी के नहीं है मेरा भाई अपनी जात-बिरादरी में ही विवाह करना चाहता है। आपकी बेटी को तो हमने देख लिया। जैसा सुना था उससे कहीं ज्यादा है। वो हमें पसंद है। पर मैं उससे भी उसकी इच्छा जानना चाहूँगी। माँ जी हमें एक नया पैसा भी नहीं चाहिए। आप जैसा विवाह चाहोगे वैसा ही करेंगे। आपकी मर्जी है।

सुनीता की माँ थोड़ा सोच में पड़ गई फिर बोली-ठीक है। आपने सब सच बता दिया। मैं बेटे से सलाह करके बताती हूँ कहकर दूसरे कमरे में चली गई। तब तक दांत पीसता हुआ सूरज भी कमरे में आया। माँ से बोला 'बेशर्मी की तो हद है एक तो लव-मैरिज की ऊपर से खुद आ गई। मुझे नहीं करना इस खानदान में शादी, मैं मना कर देता हूँ। ये लड़का अकेला आता तो मैं कर देता पर ये रांड छिनाल को लेकर क्यों आया? इसकी इतनी हिम्मत कि सीना ठोककर कह रही है कि मैंने लव-मैरिज की है! कुलक्षिणी कहीं की।' कहकर पैर पटकता हुआ बाहर निकल आया। माँ रोकती रह गई। उसने माँ की एक न सुनी। सूरज ने लड़के की दीदी से कहा- 'हमारे खानदान में आज तक दूसरे जात-बिरादरी में शादी नहीं हुई। आपके घर में तो सब चलता है, हमारे यहाँ नहीं चलेगा। हम यह रिश्ता नहीं कर सकते। लड़का सुनकर खड़ा हो गया बोला-दीदी चलो जहाँ आपकी इज्जत नहीं, मैं वहाँ नहीं रुक सकता। आपसे बढ़कर मेरे लिए कोई नहीं है।'

लड़के की दीदी ने उठते हुए सूरज की तरफ देखकर हाथ जोड़े और बोली- आप अच्छे से सोच लें। मेरी शादी कहीं भी हुई हो, आपकी बहिन की तो अपनी बिरादरी में ही होगी। आपकी बहिन और मेरे भाई की जोड़ी बहुत अच्छी होगी। आपकी बहिन, मेरे भाई के साथ हमेशा खुश रहेगी, यह मैं गारंटी देती हूँ। आपको अपनी बहिन की खुशी चाहिए कि नहीं? नमस्कार कहकर भाई के साथ चली गई। सूरज गुस्से में बड़बड़ाता रहा। क्या वास्तव में उसको बहन की खुशी चाहिए थी?

❑❑❑